河北省高等学校人文社会科学研究优秀青年基金项目（SY13118）

河北省重点学科培育项目

河北省生态和发展环境研究基地项目

李扬◎著

从第三厅、文工会看国统区

抗战文艺

1937-1945

中国社会科学出版社

图书在版编目(CIP)数据

从第三厅、文工会看国统区抗战文艺：1937—1945/李扬著 . —北京：
中国社会科学出版社，2016.8
　ISBN 978 - 7 - 5161 - 8941 - 2

　Ⅰ.①从… 　Ⅱ.①李… 　Ⅲ.①抗战文艺研究
Ⅳ.① I 206.6

中国版本图书馆 CIP 数据核字(2016)第 221311 号

出　版　人	赵剑英	
责任编辑	郭晓鸿	
特约编辑	席建海	
责任校对	韩海超	
责任印制	戴　宽	

出　　版	中国社会科学出版社	
社　　址	北京鼓楼西大街甲 158 号	
邮　　编	100720	
网　　址	http://www.csspw.cn	
发 行 部	010 - 84083685	
门 市 部	010 - 84029450	
经　　销	新华书店及其他书店	

印　　刷	北京君升印刷有限公司	
装　　订	廊坊市广阳区广增装订厂	
版　　次	2016 年 8 月第 1 版	
印　　次	2016 年 8 月第 1 次印刷	

开　　本	710×1000　1/16	
印　　张	17.75	
插　　页	2	
字　　数	228 千字	
定　　价	66.00 元	

凡购买中国社会科学出版社图书，如有质量问题请与本社营销中心联系调换
电话:010 - 84083683

目　录

绪　　论

一　被遮蔽的文学史现象

对史学家而言，历史是一种客观存在的呈现，历史叙述不应为个人主观情绪、意识形态等因素所左右。但是在文学家看来，所有的历史文本都是以叙述话语的方式呈现的，于是，对于历史的书写往往也成为一种叙事。由于任何叙述和阐释都不可能是完全客观的，无论是历史材料的取舍还是历史意义的表述，都是在政治抑或个人主观目的的影响下，对历史真实进行的有意识的加工和修改。正如海登·怀特所指出的，"多数历史片段可以用许多不同的方法来编织故事，以便提供关于事件的不同解释和赋予事件不同意义"①，而在历史文本的书写中，"如何组合一个历史境况取决于历史学家如何把具体的情节结构和他所希望赋予某种意义的历史事件相结合"②。从这个角度上讲，历史从来都不是客观自明的事实真相，而是以各种文本形态呈现的历史叙事。历史的这种"可叙述性"在中国近现代史中体现得尤为鲜明，从不同的政治立场、思想立场出发，往往会勾画出截然相反的历

---

① ［美］海登·怀特：《作为文学虚构的历史文本》，张京媛主编《新历史主义与文学批评》，北京大学出版社1993年版，第163页。

② 同上书，第164页。

史图景。文学史的写作同样受制于这一规律，任何文学史叙述都遮蔽了大量的真实细节。从这个角度来重新审视 20 世纪三四十年代的中国现代文学史，很容易发现其实"正典"的叙述，使得许多曾经对抗战文学发展和呈现发生过影响的文学现象，被省略或简化了。毋庸置疑，文学研究者不可能真正地回到过去，但是如果能够通过发现更为丰富的文学史细节，重设文学文本产生时的历史语境和文化氛围，就会使文学及文学史研究进入更为深入和宽广的境界。

本书正是试图以这样的历史视角，研究抗战时期的第三厅和文化工作委员会（文工会）这两个体现国共合作的政府文化机构在抗战时期的表现与对于国统区抗战文艺的种种影响，来重新观照生存于战争和政治的纠缠之中的现代文学的发展路向和生存机制。

第三厅成立于 1938 年 4 月 1 日，1940 年 9 月成员集体辞职；文工会于 1940 年 10 月 1 日成立，1945 年 3 月 30 日解散。这两个机构相继成立，在时间上几乎与抗日战争相始终，对于国统区抗战文艺的发展起到了重大的影响作用。这两个部门都是国民党军事委员会政治部下属负责文化事务的机构，直接组织、引导着国统区的文化人和抗战文艺运动。第三厅在抗战初期昂扬乐观的社会氛围中成立，以规模宏大的抗战文化宣传活动激发全国民众的抗战热情，为聚集在大后方的众多知识分子和文艺工作者提供了用武之地。它一方面从事国际国内宣传、军队思想政治教育、抗战军事报刊出版发行、抗战文艺作品创作演出等对抗战有益的具体工作，另一方面则通过下属众多的工作团体的文化宣传活动深入前线后方的军民之中，在宣传抗战救亡的同时，把现代文明带到了中国大西南腹地未经开化的城镇乡村，为中国的现代化奠定了最初的思想基础。文工会则继承了第三厅的人员构成与工作传统，在抗战中后期的国统区通过文化学术活动引导文化界的思想发展，使反抗国民政府文化统制的文化运动最终汇入了反对专制独裁、追求民主自由的进步思潮。

基于上述特征可以看出，第三厅和文工会是观照国统区抗战文艺的一条重要线索，代表着中国现代文学中革命功利主义的一脉在抗战时期的发展和壮大，由此延续到新中国成立之后占据文艺界的统治地位、成为主要的价值标准，从而深刻地影响到了中国当代文学与文化的面貌。因此，从第三厅到文工会构成了一个考察国统区抗战文艺的重要视角，值得重视和深入研讨。但是迄今为止，无论是史学研究还是文学研究，都没有对它们给予应有的重视；而为数不多的记载和评论，囿于党派立场形成了截然对立的观点，又在另一个层面上构成了对这一文学史现象的第二重遮蔽。

二　研究现状

从第三厅、文工会看国统区抗战文艺，在整个抗战文学研究的格局中是一个很少为研究者注意的角度，迄今为止还没有专门的研究。

最初的研究还停留在文献史料阶段，散见于周恩来、郭沫若、阳翰笙等当事人的传记、年谱、日记、回忆录、回忆文章以及一些资料汇编之中。对于第三厅与文工会的详细情况的集中、系统记述只有郭沫若的《洪波曲》和阳翰笙的《风雨五十年》两部革命回忆录以及阳翰笙的两篇回忆长文《第三厅——国统区抗日民族统一战线的战斗堡垒》《战斗在雾重庆——回忆文化工作委员会的斗争》。《洪波曲》写于 1948 年，当时郭沫若寓居香港，在夏衍主编的《华商报》副刊《茶亭》上逐日发表，1958 年又经过整理在《人民文学》上发表。阳翰笙的回忆文章则发表于 80 年代中前期。除此之外，相关研究最重要的参考文献还有阳翰笙 1942 年至 1945 年的日记，是很珍贵的第一手资料。这些文献史料确立了第三厅和文工会作为“国统区抗日民族统一战线的战斗堡垒”的形象，把它们定位为在中共南方局直接领导下在国统区进行进步文化活动、反抗国民党统治的政治文化力量。另外，夏衍的《懒寻旧梦录》、茅盾的《我走过的道路》等回忆录也不同程度地对抗战时期的第三厅、文工会以及国统区抗战文艺的史实有所涉及，也使用了同样的自我定位方法。这些当事人和历史见证者的回忆，确实是重要和珍贵的第一手史料，但是其中充斥着强烈意识形态色彩的文字证明了史料记述者的政治倾向性也是相当明确的。在20世纪80、90年代出版的资料汇编中，南方局党史资料征集小组编的《南方局党史资料》、中共重庆市委党史工作委员会编的《南方局领导下的重庆抗战文艺运动》、楼适夷主编的《中国抗日战争时期大后方文学书系》（第一编　文学运动）、文天行编的《国统区抗战文艺运动大事记》、重庆政协文史资料研究委员会编的《重庆抗战纪事：1937—1945》等，都或多或少地保存了关于第三厅、文工会与国统区抗战文艺的部分史料。这一时期的《新文学史料》《人民文学》《历史档案》等刊物也经常发表资料性的文章，除了在具体史实细节上有所不同之外，这些文章的观点和立场都是完全一致的。

20世纪80年代以来的相关研究著作中，研究者关注的重点集中于抗战文学史、文化史的梳理与抗战文学内部研究。虽然第三厅、文工会是不能绕过的文学史事实，但依然没有获得足够的重视，都是直接沿用了史料的内容与观点。如文天行的《周恩来与国统区抗战文艺》，肖效钦、钟兴锦主编的《抗日战争文化史》，民革中央孙中山研究学会重庆分会编著的《重庆抗战文化史》，饶良伦、段光达、郑率的《烽火文心——抗战时期文化人心路历程》，彭亚新主编的《中共中央南方局的文化工作》，等等，都是基于既有文献史料对第三厅和文工会的工作活动进行简单介绍，并未有针对性地进行系统深入的论述。

同样的情况也存在于相关的单篇论文中，如崔莹的《抗战初期的国民政府军事委员会政治部第三厅》、王谦的《郭沫若与国民政府第三厅》、徐行的《周恩来与抗战初期的政治部第三厅》、徐志福的《阳翰笙与国统区抗战文艺运动》、安子昂的《周恩来同志与国统区抗战文艺》、秦文志的《周恩来与大后方抗日救亡文化运动》等20余篇，都是以回忆、介绍为主或是在整体论述国统区抗战文艺时有所涉及，虽然在一定程度上丰富了历史的细节，但仍未做出有针对性的系统整理和具有突破性的理论分析。

近年来的研究生学位论文中，只有有限的几篇涉及第三厅。题名出现"三厅"的只有武汉音乐学院2004年李莉的硕士毕业论文《"三厅"与武汉抗战音乐》，该文从抗战音乐入手，对第三厅的宣传活动做了较为详细的述评，其对第三厅的介绍和评价也是限于现成史料的。东北师范大学2008年中国近现代史专业韩丽红的硕士学位论文《国统区作家群体述评》也简单介绍了第三厅的成立及发展。湖南师范大学2008年中共党史专业周韬的博士学位论文《南京国民政府文化建设研究（1927—1949）》对中国共产党对第三厅的领导以及宣传活动进行了专节讨论，在资料上较为丰富。

台湾文学批评界在抗战文学研究中对第三厅、文工会同样没有予以重视。金达凯的《郭沫若总论——三十至八十年代中共文化活动的缩影》在论述郭沫若在抗战时期的活动时，完全基于《洪波曲》的记述对第三厅、文工会做出了评述。有趣的是，从相同的史实出发，金达凯的论调却处处与郭沫若相反。他在自序中明确声明："对郭并无好感，一因他的为人，是一个有多重性格的人，对婚姻、家庭、社会都无责任感，缺乏伦理道德观念和做人的原则……二是他没有学术良心，也没有真正的学术素养，他是为政治任务而写作，其学术地位亦由政治力量而来。"[①] 苏雪林等人的《抗战时期文学回忆录》也是站在明确反共的立场上，表现出了强烈的意识形态色彩。由此可见，在"解严"之后的很长一段时间内，台湾文学研究界也没有超出政党意

---

① 金达凯：《郭沫若总论——三十至八十年代中共文化活动的缩影》，台湾商务印书馆1988年版，第1页。

识形态的制约，缺少学术研究应有的客观性和公正性。

综观两岸的抗战文学研究现状，最值得一提的是倪伟的《"民族"想象与国家统制——1928—1948 年南京政府的文艺政策及文学运动》，以 20 世纪 20 年代末至 40 年代末南京政府的文艺政策与文学组织活动作为研究课题，从历史、政治、学术的角度对官方文艺政策的制定与流变及其对于抗战文学的深刻影响进行了深入探讨。他第一次把第三厅与"文协"（中华全国文艺界抗敌协会）相提并论，借助档案材料和自由文化人的评价做出了不拘囿于史料观点的独立判断：第三厅是直属于军委会政治部的文化组织机构，是"抗战前期国民政府所依赖的主要的文化活动机构"①。不仅突出了第三厅与国民政府的密切关联，从第三厅前期活动中分析与国民党政策的符合之处，还详细地探讨了第三厅的抗战文化宣传对于抗战文艺的发展和中国社会的现代化的重要作用。倪伟的研究对于国统区抗战文艺研究具有重大的突破意义。

以第三厅和文工会这一研究视角来考察国统区抗战文艺的研究现状，会发现其存在着比较严重的缺失，而这种状况的出现自有其历史和现实因素。

首先，现代文学学科从建立之初就在二元对立的思维模式下确立了革命、进步的价值标准。以延安为中心的抗日民主根据地的文学被规定为抗战文学的中心，国民党统治区域和大后方文学、孤岛和沦陷区文学都被贴上政治标签而受到"歧视"。此处的"歧视"是指以革命的、政治的标准来评价抗战文学。一直接受中共领导的解放区文学在党派意识形态下当之无愧地树立起了其在抗战文学中的正统地位，国统区文学就必须充分地、甚至过分地挖掘并彰显自身"抗日爱国"

---

① 倪伟：《"民族"想象与国家统制——1928—1948 年南京政府的文艺政策及文学运动》，上海教育出版社 2003 年版，第 245 页。

"革命进步"的一面才能证明自身的价值和意义。即便如此，国统区抗战文学被"边缘化"和被忽视的命运依然不能避免。20世纪80年代之前，国统区抗战文学"右倾论"一直是中国现代文学界的主流观点。

在旧有的文学史研究模式之下，国统区抗战文艺受中共领导革命进步的一面被极力强化，而国民政府则以专制独裁、摧残文艺的反动派形象出现，是进步文艺的对立面。这样的文学史判断失之简单化和概念化，忽视了国民政府对抗战文艺建设和支持的作用，也简化了文学研究对抗战文艺的认识和理解。

当史学界已经肯定了国民党在民族抗战中的正面意义和积极作用后，国民政府对于抗战文学的作用也就不应该为现代文学研究者所忽略，这也是梳理与阐释国统区抗战文学的一条重要线索。抗日战争爆发之后，国共两党迅速实现了第二次国共合作，在抗日民族统一战线之下虽然仍不时有摩擦和冲突，但合作抗日、共赴国难是毋庸置疑的主流。文化界也在抗日救亡的旗帜下形成了广泛的团结局面，中华全国文艺界抗敌协会和政治部第三厅的成立就是最好的证明。绝大多数研究者把"文协"视为国统区抗战文艺的领导核心、"文学界的抗日民族统一战线"，但第三厅在抗战文艺的研究中却被普遍地忽视了。或许是由于意识形态的作用，这部分内容一直只作为史实而没有被纳入文学研究者的研究视野。同样在第三厅之后成立的、作为第三厅继续的文化工作委员会，也很少被论及。

因此在国统区抗战文艺研究中，新的文学史观与文学史研究方法亟待建立。从学界的探索来看，已经取得了具有突破性的成果。中国社会科学院文学所的张中良研究员近几年撰写了一系列关于国民党正面战场文学的论文，以超越政党意识形态之上的立场来观照抗战文学，为考察抗战文学和抗战历史的真相开启了一个新的视角。对于第三厅、文工会的研究，也要全面、客观、公允地探究国民政府对抗战文艺的政策与措施及其影响和作用,才具有积极的理论意义。在当下的抗战文学研究中,正视国民政府的积极作用、重视考察国民党文人与抗战文学的关系,才能全面客观地审视国统区抗战文学,将以往文学史叙述和研究中被压制、忽略的非主流部分呈现出来,使我们能在更丰富、更宽广的背景下进入抗战文学,并在超越国共意识形态之上的高度获得对抗战文学乃至整个现代文学的全新认识,从而推动学术研究的进一步发展。

其次,文献史料问题也是制约国统区抗战文艺研究的主要因素之一。文学史研究必须建立在掌握大量文献资料的基础上,但是抗战时期国统区的文献史料,不仅数量少、难以搜集,而且史料本身的可信性也值得商榷。这就使抗战文艺研究呈现出更为复杂的状况。因此,处理、运用史料的方法就尤为重要,需要从理论层面寻求解释途径。

第一,国共两党持续半个多世纪的对立使得文学研究者的立场和观点一直处于截然对立的状态之中。从抗战之初直到 20 世纪 80、90 年代,国共两党都在讲述以自身为中心的抗战史。因此,基于不同立场和观念的关于抗战文艺的记述,有时在史实上都存在着讹误,这就为客观、准确地认识与评价抗战文学制造了很多障碍。这样的现象在第三厅、文工会的文献材料中俯拾皆是。郭沫若、阳翰笙的回忆录中都极力强调第三厅和文工会的工作是在周恩来和中共南方局的直接领导下进行的,与国民政府和国民党官员的关系则尽力撇清,并强调自身的坚定立场与敌对态度。但是实际上,国共之间的关系在抗战期间是经历了一个从合作到紧张以至对立的过程的,第三厅和文工会的活动、工作都需要具体分析。第三厅的成立代表着国共两党的开诚合作,第三厅全体人员都穿上了国民党的军装,从厅长郭沫若到普通职员都是有军衔的。第三厅成立之初在武汉举办的抗敌扩大宣传周、"七七"献金活动,都以国民政府军委会政治部的名义来进行,只强调中共单方面在活动中的重要作用是不合情理的。从对一些基本史实的重新认识和分析入手，才能为国统区抗战文艺的研究奠定一个比较客观公正的基础。

第二，在抗战文艺研究中把当事人的回忆作为第一手材料是很常见的，但是这一类文献史料的可信度并不高。一方面是因为年代久远，当事人一般都年事已高，在重述历史场景的时候不可避免地会出现记忆的偏差；另一方面则是出于后来形势的变化和需要，或在"革命进步"的文学史观的影响之下，当事人有意识地删改历史，人为地塑造历史，"创造"出了一批"红色史料"。可以说，抗战文艺所面对的绝大多数文献资料都是"红色史料"。因此在研究中，这些材料不仅不可直接作为信史，往往只通过与其他材料的互证也不足以确定其叙述的真实与否，还需要尽可能地搜集档案资料等可信度高的史料加以佐证。更重要的是确立对待史料的态度，要把文献史料作为文本细加辨析，而非历史事实全盘接受。

第三，现有的文献资料汇编也存在着意识形态问题。新时期以来，一些抗战文学亲历者与研究者致力于文献史料的搜集、整理，出版了一系列资料丛书，如《中国解放区文学书系》《中国抗日战争时期大后方文学书系》《中国沦陷区文学书系》等，极大地丰富了抗战文学的文献史料。但是这些文献资料的筛选、汇编，并没有克服政治意识形态的影响，主要还是以"革命进步"为主导价值标准的文学史观来指导文献资料的整理，依然延续着对国统区、沦陷区文学真实性与丰富性的遮蔽。其实，抗战文艺的价值不应该只体现在中共以及左翼文化人的作品中，当时所有的抗战文学现象与作品都是值得重视和研究的文学文本。考察国统区抗战文学史，也并不是为了研究抗战期间国共两党争夺文艺领导权的斗争，而是重新认识和理解当时错综复杂的文学生态状况。

第四，以第三厅、文工会为线索研究国统区抗战文艺会发掘出一些以前研究的盲点,是旧有的文学史研究模式所遮蔽的部分。例如国民政府的官方文化人张道藩、王平陵、邵力子等,属于自由主义但观点倾向官方的文化团体"战国策派"等。这些对国统区抗战文艺产生过很大影响的人物、思想和作品,也是现代文学第三个十年的重要组成部分。要正确认识和理解国统区错综复杂的文学生态,就必须把文学史在过去由于意识形态的问题所忽视的部分重新发现并彰显出来,给予恰当的分析阐释与文学史定位。例如近年来已经开始引起部分研究者关注的"战国策派"文人陈铨,他的四幕话剧《野玫瑰》就曾经震动山城重庆。而因为他极力推崇尼采哲学、倡导民族文学运动,《野玫瑰》又获得了国民政府教育部年度学术奖的三等奖,新中国成立以后近半个世纪的时间里,他都以宣扬法西斯主义的汉奸文人形象出现在现代文学史上。但是通读陈铨的文学作品和理论文章,他所鼓吹的只是民族意识和抗战建国的热情,他是一个正直爱国的自由主义文人。只因为国民政府利用他的《野玫瑰》为官方文艺运动造势的行为,引起了左翼文化人的敌视,左翼文化人就以郭沫若的《屈原》为反击武器,通过演员罢演、文化人抗议等手段压制了《野玫瑰》的再次上演。这一风波被认为是国共两党在文艺领域的正式交锋。在抗战时期,文学不仅仅表现为文本本身,更受到外界环境的深刻影响。当时许多文学作品就如同《野玫瑰》一样,成为意识形态斗争的牺牲品。重新发掘这样的作品,对于全面认识抗战文学的文学生态是非常重要的。

迄今为止,在文学研究和史学研究中,第三厅和文化工作委员会都没有得到足够的重视,在行文中涉及这部分内容的论文、论著也都只限于点到为止的粗略介绍,语焉不详,缺乏有针对性的分析研究。在对照阅读中很容易发现,各种著述中有一些相关的细节还存在着较大的出入,部分史实没有确定的结论。这都会影响、制约研究者对于国统区抗战文艺的正确认识和理解,以及研究的深入发展。这固然囿于根深蒂固的政治意识形态和旧有的文学史研究模式等因素，但更重要的是凸显出学界在研究中对于历史真实和文献史料缺乏必要的问题意识。因此，对于第三厅、文工会的各种活动和发展脉络的系统梳理，对于其对当时国统区抗战文艺发展的影响和指导作用的整理与揭示，是目前学界亟待解决的课题，而且对于整体的现代文学研究也有重要意义。

三　内容框架和研究方法

本书以第三厅、文工会为研究对象，在对相关文献史料、档案资料的搜集整理和系统分析的基础上，通过几个典型事件的选取和具体论述，详细探讨这两个政府机构在国共两党的合作与斗争中的表现和作用以及对于国统区抗战文艺的影响。

本书共五章，另有一个附录，现将各章内容综述如下：

第一章，"名流内阁"：第三厅在武汉。本章主要介绍抗战初期第三厅的成立过程及重要的抗宣活动，通过成立前的人事纠葛、人员组织情况、成立之初的积极活动揭示以第三厅为平台的国共合作在抗战初期对国统区抗战文艺的促进与引导作用。

第三厅成立于武汉，顺应了抗战初期全国蓬勃热烈的民族情绪，是国共合作在国家政权上的标志。国民政府面对严峻的民族危机，在政治上、军事上对中共做出了重大让步，接纳共产党员进入国民政府，为抗战救亡共同战斗。然而国共两党在第二次合作中彼此都有所保留，因此第三厅在未成立之前就已经卷入了政治旋涡的中心。这在第三厅以至政治部的人事任命之争中有明确的体现。但是第三厅依然吸纳了大量来自全国各地的文化人，从各科处的负责人、职员到下属的文化工作团队，都是人才济济、斗志高昂。一方面通过文化人与国统区有志于抗日的文化团体和社会各界人士建立了广泛而紧密的联系；另一方面为国民政府补充了新鲜的血液，工作效率也大大提高。

第三厅最轰动、最成功的抗敌宣传活动都是在武汉举办的，1938 年 4 月 7 日至 11 日的抗敌扩大宣传周和 1938 年 7 月 6 日至 8 日的"七七"献金都极大地调动了武汉乃至全国各地民众的抗战热情，在抗战开始后第一次彰显出中华民族的凝聚力和号召力，为抗战胜利奠定了最初的民众基础。

第二章，从第三厅到文工会。本章从整体上对第三厅的工作、活动以及对于抗战初期国统区抗战文艺的影响做出客观的评价，并在考察第三厅迁移、分流情况与国共关系变化的基础上分析第三厅解散与文工会成立的原因。

由于战争形势的变化，从 1938 年 8 月起，第三厅开始了辗转动荡的迁徙，经过长沙、衡阳、桂林，于 1938 年 12 月底到达重庆。在迁移的过程中，第三厅人员逐渐分流，到重庆后压缩编制，只剩下原来的三分之一。第三厅在抗战初期通过大型的抗战宣传活动和下属文化工作团队的巡回宣传所建立起的周密完善、行之有效的抗战文化宣传体系，到重庆后渐渐无以维系，工作成绩和效率都不尽如人意。其原因固然与国共关系的变化有关，但更重要的是国民政府本身的腐败、人浮于事等种种弊端使第三厅逐渐沾染上致命的官僚气息。即便如此，第三厅对于中国的抗战依然有着重要的贡献，国统区抗战文艺在抗战初期贴近时代、关注大众的发展趋向和艺术成绩，也与第三厅组织、引导抗战文化宣传活动有着密切的关系。第三厅在抗战宣传中表现出来的"左倾"倾向逐渐为国民政府所不容，蒋介石、陈诚屡次要求第三厅全体加入国民党不成，最终以改组为名导致了以郭沫若为首的第三厅人员总辞职。而为收纳更多的文化人，文化工作委员会成立起来。与第三厅相比，文工会延续了第三厅的国共合作性质，更广泛地吸纳了国统区的文化人，但被剥夺了行政权力与组织、参与社会活动的权力，由此与国民政府的关系也从合作走向了龃龉。

第三章，"齐之稷下"：文工会在重庆。文工会作为一个学术研究机构不具备行政权力，在抗战中后期的重庆受到了国民政府的严格限制。中共则指导文工会采取多种形式突破国民党的文化统制，最主要的两个突破口就是为郭沫若祝寿和话剧领域的斗争。本章围绕郭沫若五十大寿和创作生活二十五周年的庆祝活动及一系列的"红白喜事"，讨论文工会在国统区的活动方式及深远的文化意义。

郭寿的策划、举行具有明确的政治目的，经过了中共的深思熟虑和周密筹备。这次祝寿明确了郭沫若成为继鲁迅之后中国革命文化界的领袖，确立了以郭沫若为代表的左翼进步文化人士在国统区文艺界的主导地位，并策略性地取得了国民政府官方的认可。这是"皖南事变"之后，中共重新确认对国统区抗战文艺的领导权的控制，挫败了国民党争夺意识形态领域领导权的文化统制政策。同时，祝寿这一行为本身又符合中国传统文化心理与社会伦理道德，在政治意义之外被赋予更多的文化意义，特别是蒋介石的"文胆"陈布雷在郭寿中的表现，更凸显出文化人在政治之外的情谊。抗战中后期，中共通过文工会在重庆以祝寿、纪念等名义举行的文化人聚会，使文工会紧密团结了更多的文化人、艺术家、学者等各界人士，为抗战后期国统区的民主进步运动做好了准备。但是，以祝寿的方式确立的文坛权威和文化秩序使革命功利主义成为主流，逐渐引起了一部分自由主义知识分子的不满和质疑，甚至导致了抗战胜利后乃至新中国成立之后文艺界的矛盾和分歧的出现。

第四章，两军对垒：《屈原》与《野玫瑰》。本章以重庆第一次雾季公演中出现的《屈原》与《野玫瑰》的对立与斗争为中心事件，通过对《野玫瑰》和《屈原》两剧的写作、演出及对立斗争的考察，探讨文艺领域的意识形态分歧对国统区抗战文艺的深刻影响。

戏剧创作与演出是抗战中后期文工会的工作重点。《野玫瑰》和《屈原》的两军对垒第一次把国共两党之间在文艺领导权上的对立和冲突明确地彰显出来，从而把文艺领域的矛盾上升到了政治意识形态的高度。虽然《野玫瑰》从创作到公演并没有为国民政府张目的企图，但是陈铨所代表的"战国策派"的政治立场在客观上站到了与中共为敌的位置上。由此开始，国共合作以来一直维持的表面上的和谐关系终于被打破，文工会针对《野玫瑰》组织了大规模的批判运动，国民政府则以行政手段支持《野玫瑰》、压制《屈原》。《屈原》与《野玫瑰》之争，证明了中共对于国统区文艺界的实际领导权。但是国民政府利用手中的政权，以一系列强硬的审查与监管制度对话剧剧本和演出的生存空间进行挤压，使左翼戏剧界受到了严厉的压制，也使抗战后期的国统区戏剧产生了商业化、庸俗化等不良倾向，从整体上丧失了时代意义和艺术价值。

第五章，国统区抗战文艺领导权的转移。本章首先从抗战期间国统区关于抗战文艺的三次文艺论争入手，探讨整个抗战文艺界在思想领域的转变。国民政府一直未能出台行之有效的文艺政策，其以日趋苛严的审查制度为核心的文化统制激发了越来越多文化人的反抗和抵制，民主、自由成为国统区最强大的思潮和呼声。文工会在抗战胜利前夕对国统区民主诉求的充分张扬发挥了主要作用。

国共两党在政治上的矛盾冲突使得国统区的文学活动不可避免地卷入了意识形态之争。从"暴露与讽刺""与抗战无关论"和对"战国策派"的批判等一系列的文艺论争中，能够看到文艺界关注的重点由现实社会与战时生活逐渐转向政治问题，更重要的趋势是这种"一边倒"式的论争早已溢出了文艺的范畴。以左翼文化人为中心的抗战文化界对国统区文化思想界进行了整合，赢得了绝大多数知识者和文化人的支持，并形成了一股强大的要求民主自由、反对独裁统治的思想潮流。而国民党面对逐渐丧失的文艺领导权，一直缺乏积极有效的文艺政策，只有以消极查禁取代对抗战文艺的组织管理，张道藩的一再努力亦难以挽回败局。《文化界对时局进言》的发表直接导致了文工会的解散，然而在文工会的引导下，国统区抗战文艺界已经为中共赢得了思想文化上的决定性胜利。

附录：第三厅、文工会与抗战文艺大事年表。在综合考察《郭沫若年谱》《周恩来年谱》《阳翰笙日记选》《国统区抗战文艺运动大事记》《南方局党史资料》（一、大事记）《重庆抗战剧坛纪事：1937.7—1946.6》等文献资料的基础上编辑整理而成，以利研究者查考。

本书以第三厅、文工会为线索考察国共两党抗战期间在官方层面的合作对国统区抗战文艺的影响，期望能够正视文学在政治、战争的纠缠中脱离文学理想的现象，以一种客观公正的学术态度对待国统区抗战文艺，对其合理性、正当性给予肯定，对其缺陷和偏颇之处给予宽容理解。在半个多世纪后的今天，以超越、开放的视角重新厘定抗战文艺的发展历程，把研究视野拓展到文学学科应有的宽广领域。文学史研究的生长点也许就在于此。唯愿此书能够抛砖引玉，希冀学界对国统区抗战文艺给予更多的关注和研究，使中国现代文学史的研究能够有跨越性的突破。

第一章 "名流内阁"：第三厅在武汉

《诗经·小雅》中有《常棣》诗云："兄弟阋于墙，外御其侮。"这仿佛是一个古老的寓言，预示了现代中国走出历史困境的必经之途。1937年7月7日是第二次中日战争的转折点。国难当头，促使国共两党迅速结束了绵延十年的内战，在中华民族生死存亡的关键时刻实现了第二次国共合作。由此，中国开始了历时八年艰苦卓绝的全面抗战。"卢沟桥事变"爆发后，随着一系列通电、声明和宣言的发表，国共双方都明确表达了合作抗日的坚定决心，成就了前所未有的团结统一局面。南京国民政府作为当时全权代表中国的合法政府，接纳中国共产党共赴国难，积极改组政府机构以适应战时需要。于是，作为国共合作在政府组织机构上的表现形式，第三厅登上了中国抗战历史的舞台。

第三厅的全称叫作"国民政府军事委员会政治部第三厅"。1938年年初，国民政府改组军事委员会，下设军令、军政、军训、政治四个部。在十余年前的北伐战争中，政治部跟随国民革命军北上，沿途向各地民众进行宣传，起到了普及革命精神、广泛发动群众的重要作用，享有很高的声望。于是蒋介石沿袭第一次国共合作时期国民革命军政治部的组织方式，撤销原军事委员会下属的行营训政处和军委第六部，重建了政治部。而政治部第三厅的成立则体现出蒋介石开放政权、实行民主政治的意向，成为第二次国共合作的标志之一。作为专门负责抗战文化宣传的政府机关，第三厅几乎自诞生之日起就奠定了在国统区抗战文艺中的核心与领导作用，而第三厅所面临的艰难复杂的处境也在成立之前就已经显露峥嵘了。

第一节　政治部与第三厅的人事之争

一　政治部上层人选的确定

政治部成立于 1938 年 2 月 6 日，蒋介石指定国民党将领陈诚任政治部部长，两位副部长则是在陈诚的推荐之下，由共产党的主要领导人之一周恩来和第三党（中国国民党临时行动委员会）的领袖黄琪翔担任。显而易见，这三个人选的确定是蒋介石深思熟虑的结果。

陈诚（1898—1965），字辞修，浙江丽水青田县人。从在黄埔军校做教育副官时起，陈诚就是蒋介石的忠实部属。后来因为战功卓著，深得蒋介石赏识。蒋介石和宋美龄还亲自主婚，把蒋介石的干女儿、谭延闿的三女谭祥嫁给陈诚，甚至常把"中正不可一日无辞修"挂在嘴边，无疑视陈诚为心腹。抗战军兴，陈诚就任第九战区的司令长官兼湖北省政府主席，集军政大权于一身，正是蒋介石面前炙手可热的人物。不仅如此，陈诚与周恩来和黄琪翔也颇有渊源。当年陈诚初到黄埔军校时，周恩来是军校政治部主任，从职务级别上讲是陈诚的领导，他的精神气度、人格魅力更令陈诚折服。而早年在保定军校求学之时，陈诚与邓演达有师生之谊，1920 年黄琪翔在保定军校任炮兵队队长时，陈诚正是他队上的学生。后来陈诚与第三党一直保持了融洽的关系。因此，陈诚凭借开明的国民党将领形象、精明的政治头脑以及对蒋介石的绝对忠诚，成为蒋介石眼中最佳的政治部部长人选。

周恩来是中共的重要领导人，在民众中树立了极高的威望，他从事革命事业的资历也值得重视。1924 年周恩来就担任了黄埔军校的政治部主任，并作为第一军副党代表兼政治部主任，与蒋介石共事多年。由他执掌的政治部与教练部、教育部并称为黄埔"三大支柱"。蒋介石接纳周恩来参加军委会政治部，可以充分体现国民政府的民主、开放，以及实现国共合作的诚意。在蒋介石和陈诚一再邀请周恩来加入政治部的同时，时任行政院院长的孔祥熙也力邀他到行政院任职。但经驻武汉的中共代表团研究，认为孔祥熙是主和派，对抗战不够坚定，而蒋介石和陈诚坚决主战，并且政治部属于军事范围，有利于促进合作抗战，于是决定周恩来出任政治部副部长。这是整个抗战期间共产党人在国民党军政部门担任的唯一要职，是抗战初期国共合作的一件重要的大事。①

黄琪翔（1898—1970），字御行，广东梅县人。黄琪翔也是北伐时期的名将，属于国民党左派，是第三党（中国国民党临时行动委员会）的创始人之一，著名的爱国将领。1931 年 11 月邓演达被蒋介石杀害后，黄琪翔成为第三党的主要负责人。1936 年 10 月接到陈诚电报，因 1933 年"福建事变"反蒋失败而流亡德国的黄琪翔毅然回国参加抗战。抗日战争期间，黄琪翔历任第七集团军副总司令、第八集团军副总司令、政治部副部长、军训部次长、第六战区副司令长官、中国远征军副司令长官等职。很明显，心怀芥蒂的蒋介石从没有重用他的打算，这次让他担任政治部副部长也是一个权衡的结果。给予国共两党之外的中间力量以一席之地，一来可以

---

① 李建力、鹿彦华：《周恩来与陈诚》，华文出版社 2001 年版，第 118 页。

显示国民政府积极组织抗日民族统一战线的姿态，二来是为了控制中共力量在政权中所占的比例及其发展。而后者可能是蒋介石最主要的考虑。

除了部长、副部长之外，政治部还设有秘书长一职，由张厉生担任。政治部下设的三个厅，第一厅主管军队政训，厅长贺衷寒；第二厅主管民众组训，厅长康泽；第三厅主管抗战的国际国内宣传，厅长郭沫若。另外还设有一个总务厅，厅长赵志尧。从这个人事安排可以看出，历来任人唯亲的蒋介石派他信任的心腹操控着政治部的实权，给予中共及其他民主党派的政治空间只是象征性的，不涉及任何具有实质性的政权。特别是周恩来这个副部长，只是主管第三厅的副部长，其他涉及国民党的部务都无权过问。从整个政治部来看，除第三厅以外，其余各单位、各部门从领导人员到工作人员几乎都是国民党员，在政治部中占比例并不高的共产党人则是在国民党党团组织的监视下活动的。

值得注意的是，第三厅并不是国家政权中唯一负责文化宣传工作的部门，国民党中央宣传部、行政院教育部同军事委员会政治部一样掌有领导和控制国统区抗日文化运动的权力。在这三个部里都专设了厅或处，分管宣传和文化（包括文艺）工作。实际上，第三厅更多的只是一个组织、领导实际抗战文化宣传的工作部门，而非管理部门或政策部门。中宣部和教育部则在对抗战文化活动的管理中始终贯彻着1938 年 4 月制定的《抗战建国纲领》的旨意。这样，第三厅与中宣部、教育部之间就构成了错综复杂的制约关系。但是中共不失时机地抓住了国民党政权开启的缝隙，周恩来对第三厅的工作人员强调："三厅是个政权组织，政权组织的作用是很大的，我们不能小看它。全国各民主党派、人民团体要求改革政府组织，政权公开。国民党就寸权不让，死不公开，为什么？他们就要搞一党专政嘛！我们如果有一个政权机构，哪怕是很小的机构，也可以利用它为全面抗战作许多事情。""我们拿着三厅这个招牌，就可以政府的名义，组织团体到前线去，也可以到后方去，到后方大大小小的城市乡村去，公开地、合法地、名正言顺地进行宣传，既可以宣传民众，也可以宣传士兵。政权机构的意义就在这里，我们的工作意义就在这里。"[1]

蒋介石尽管做出了民主开明、开放政权的姿态，但是关系到国民政府命脉的重要部门他是绝对不肯让政敌插手的。权衡之下，蒋介石认为政治、经济、军事等实权部门是保证政权的根基，只有文化宣传相对比较虚，不是关键部门，可以稍稍放松一点。于是抗战初期的抗战宣传和文学领域"几乎全部留给了共产党及其同情者"[2]。然而蒋介石没有料到，他开放的这一点点政权恰恰成了中共最终夺取政权的重要突破口之一。

二 郭沫若：时代的选择

"卢沟桥事变"爆发时，郭沫若已经在国民党的通缉下流亡日本十年。强烈的爱国热情和民族责任感驱使他勇赴国难，毅然别妇抛雏回到祖国，从此成为中国抗战文化的重要领军人物。

在中国现代文学史上，郭沫若是最具争议性的人物之一。他的人格信仰、道德品质、婚恋生活、政治经历、文学创作、学术研究等方面，都是研究者言说不尽的话题。直到他去世30多年后的今天，依然众说纷纭，难以盖棺定论。中国郭沫若研究会会长、北京郭沫若纪念馆副馆长蔡震研究员在《"革命文化的班头"：抗战赋予郭沫若的历史角色》一文中详细分析了抗日战争爆发后，时代是如何选择了郭沫若。

早在"五四"时期，郭沫若就以诗集《女神》奠定了他新文学旗

---

[1] 阳翰笙：《第三厅——国统区抗日民族统一战线的一个战斗堡垒（一）》，《新文学史料》1980年第4期，第26页。

[2] ［美］费正清主编：《剑桥中华民国史》，中国社会科学出版社1994年版，第534页。

手的地位，也以他狂放不羁的浪漫诗情开创了以创造社为代表的浪漫主义文学潮流；随后的无产阶级文学运动和左翼文化运动，郭沫若都是积极的倡导者和实践者；流亡日本的十年中，郭沫若沉潜于中国古代社会和古文字的学术研究，亦取得了令人瞩目的开创性成果，在国内国际赢得广泛的声誉。"所有这一切，使郭沫若在新文化领域成了一个具有广泛影响力的重量级人物。"① 但与大多数"五四"新文化运动先驱者不同的是，郭沫若还怀抱着强烈的政治热情和英雄主义精神，积极投身社会政治革命。1926 年 5 月中旬，郭沫若在广州大学加入了国民党，而后投笔从戎参加北伐战争，先后担任国民革命军总政治部宣传科科长、副主任（当时邓演达为主任，李一氓为主任秘书）、蒋介石的总司令行营政治部主任。但是，备受蒋介石重用、已被国民党高层接纳的"戎马书生"郭沫若却写出了酣畅淋漓的讨蒋檄文——《请看今日之蒋介石》，揭露、批判其背叛革命的事实，与之彻底决裂，从而被开除国民党党籍并受到通缉。1927 年 9 月初，在南昌起义后的征途上，郭沫若加入了中国共产党。即使不得不流亡日本、远离祖国长达十年时间，他的政治经历和在中国政坛的地位也是无人能及的：郭沫若不仅是文学家、学者，还是革命者，更是一位在中国具有极大公众影响力的风云人物。

国民党当局为准备对日抗战，努力招揽各方面的人才，对黄琪翔、郭沫若等昔日的政敌也予以借重，表示出了不计前嫌、开诚接纳的姿态。早在 1937 年年初，由于张群、陈公洽、邵力子、何廉、钱大钧、陈布雷等人的进言，筹备"牯岭国事会议"的邀请名单上就出现了郭沫若的名字。虽然当时郭沫若还未归国，但是国民党当局的这种政治姿态已表明把文化统一战线问题纳入了国民党国是政策的考虑

---

① 蔡震：《"革命文化的班头"：抗战赋予郭沫若的历史角色》，中国郭沫若研究会、郭沫若纪念馆编《文化与抗战——郭沫若与中国知识分子在民族解放战争中的文化选择》，巴蜀书社 2006 年版，第 3 页。

范围。5月中旬，郁达夫致信郭沫若："南京来电，嘱我致书，谓委员长有所借重，乞速归。"[1] 国民政府为郭沫若的回国进行了周密的安排，在金祖同、钱瘦铁、许世英等人的斡旋下，郭沫若才克服了重重阻碍踏上归途。当7月27日下午郭沫若抵达上海时，国民党行政院政务处处长何廉专程从南京赶到码头迎接，并安排了欢迎会，对郭沫若的通缉令也很快取消了。9月，蒋介石专门在南京接见郭沫若，欢迎他"留在南京"，"多多写些文章"，还要给他一个"相当的职务"[2]。蒋介石对郭沫若礼遇有加的态度，一方面是在展示他作为领袖的襟怀宽广，另一方面则更希望借用郭沫若的影响力争取更多的文化界、知识界人士对政府的支持。

鉴于郭沫若的个人经历、影响力、艺术才能和革命热情，他确实是众望所归的第三厅厅长。国民党看重他在国际国内文化界、学术界的地位，亦寄望于借助他的声望延揽全国文化界的知名人士，为政府赢得声誉；而中共则要把握住国民党政权开启的这个狭小缝隙，重新打开局面，重建在内战中失去的政治地位。而处于两党争取之间的郭沫若本人，对于是否承担这个历史使命，是否选择这条亦文亦政的道路，也进行了慎重的思考。

当郭沫若抱着毁家纾难的决心踏上回国的轮船时，对于结束政治流亡后自己的命运并没有把握。是继续专注于学术的书斋生活，还是重拾过去曾经叱咤风云的政治生涯，他一时难以抉择。最初，他愿意以纯粹文化人的方式抗日救亡，比如和夏衍等人筹办抗日民族统一战线性质的《救亡日报》，考虑去南洋为抗战募捐等。但是回国后国民政府对于他的器重似乎恢复到了北伐时期，他接连受到张发奎、陈诚等国民党将领的邀请，驱驰于浦东、昆山等地前线视察，

---

[1] 龚济民、方仁念主编：《郭沫若年谱》（上），天津人民出版社1982年版，第338页。

[2] 同上书，第358页。

并受命组织战地服务团，开始积极投身抗战前线的工作。然而对于第三厅厅长这个职务，郭沫若却犹豫了很久。或许是出于他对这次"国共合作政治态势的某种判断"①，或许是由于与他的计划或初衷有一定差距，他拒绝了很多次，甚至躲到长沙去。直到陈诚同意了他提出的"约法三章"（工作自主权、人事自主权、确定的事业费），才同意就任。

这是一个决定了郭沫若命运和人生轨迹的抉择。回国之后的郭沫若很快就意识到，为民族抗战服务势必涉及政治的问题，投身抗战洪流的文化人不可避免地会被裹挟在党派纷争之中。他虽不认同徐特立兴办教育的革命方式，但为国民党做"冯妇"是无法激发他的主动性与热情的。其间，原来创造社的朋友都劝说他在国共合作的形势下应当争取第三厅厅长的有利地位。特别是来自中共的意见都强调宣传工作的重要性。周恩来甚至说，如果郭沫若不做第三厅厅长，他做副部长也是没有意义的。② 这些意见都是影响郭沫若投身政坛的重要因素。但最为关键的是，在郭沫若的灵魂深处，对自由的追求、对创造力的向往、对自我英雄主义的期待一直不可压抑地呐喊着。强烈的爱国主义激情与"天下兴亡，匹夫有责"的中国传统士大夫精神是他无法压抑的生命冲动。抱有这样的人生追求，在中华民族生死存亡之际，在英雄有用武之地的情况下，郭沫若一定不会只满足于文章报国。于是，这场神圣的民族战争最终促使郭沫若承担起了历史赋予他的特殊使命，他的后半生走上了亦文亦政的人生轨道。

---

① 蔡震：《"革命文化的班头"：抗战赋予郭沫若的历史角色》，见中国郭沫若研究会、郭沫若纪念馆编《文化与抗战——郭沫若与中国知识分子在民族解放战争中的文化选择》，巴蜀书社 2006 年版，第 8 页。

② 郭沫若：《洪波曲》，人民文学出版社 1979 年版，第 20 页。

三　副厅长人选之争

虽然政治部第三厅是第二次国共合作的标志之一，但蒋介石不会把政权拱手让给共产党；对于郭沫若，他也不可能放手使用。厅长甫定，副厅长人选之争就引发了一场轩然大波。郭沫若先后提出李一氓、潘汉年为副厅长的人选，而蒋介石和陈诚却派来了号称"十三太保"之一的刘健群。

郭沫若愿意为民族战争赴汤蹈火，愿意以国家大局为重拥戴蒋介石为最高领袖，但是让他与陈诚、刘健群之流共事，心中充满了难以克制的反感。当年北伐时，郭沫若是政治部副主任，中将军衔，而陈诚只不过是个小团长。如今陈诚不仅当上了战区司令长官，军衔升至一级陆军上将，还是政治部部长，竟成了郭沫若的顶头上司，郭沫若必须向他称"职"称"呈"。更不用提贺衷寒、康泽、张厉生、刘健群这些人了，当初都是无名之辈，是郭沫若根本不屑一顾的小人物，现在都可以跟他平起平坐了。更使郭沫若不可忍受的是，陈诚、张厉生、康泽等人明显都是蒋介石的亲信，他们同蒋介石一样，口头上对郭沫若比较尊敬，但实际上根本不把他放在眼里。郭沫若已经明确地感觉到被排斥在国民党的权力中心之外，即使他在《蒋委员长会见记》《轰炸中来去》等文章中殷勤地为蒋介石塑造了坚定健康、沉毅积极的领袖形象，即使他积极协助蒋介石拟定《政工人员信条》、表达热情的参政意愿，也无法重获蒋介石的好感和信任。本来在回国之前郭沫若就对蒋介石能否捐弃前嫌一直疑虑重重，这次从陈诚坚持委派刘健群来做副厅长的举动中，政治嗅觉异常敏锐的郭沫若清楚地看到了自己在国民政府中的地位与前途。他曾向黄琪翔抱怨说："今天你陈诚当了政治部部长，爬到我头上来了。为了抗日，这些我都不说了。今天你还要派刘健群来控制我、监视我，我还干什么？"① 既没有

---

① 阳翰笙：《风雨五十年》，人民文学出版社 1986 年版，第 168 页。

人事自由，不能放手工作，又要对那些他所不齿的党国"新贵"们毕恭毕敬、虚与委蛇。此时，无论于公于私，郭沫若都觉得这样的第三厅与他所设想的相差太远。特别是政治部召开的第一次部务会议，彻底激怒了郭沫若。

当时政治部还没有正式成立，郭沫若也还没有决定接受第三厅厅长的职务，但陈诚突然通知郭沫若2月1日到陈诚公馆参加第一次部务会议。① 蹊跷的是，身为副部长的周恩来却没有接到通知。由于听力不佳，郭沫若带着阳翰笙一道去开会。拟议中政治部的高级官员除周恩来之外悉数到场。陈诚正式介绍刘健群为第三厅副厅长，令郭沫若和阳翰笙非常不满。部务会议上正式颁发了两份文件：《政工人员信条》和《政治部宣传大纲》。前者是郭沫若刚到武汉时替陈诚为蒋介石拟制的，是对于一般政工人员的各种规定；后者的主旨就是"要宣传一个主义，一个政府，一个领袖"，这应该就是不请周恩来参加这次部务会议的主要原因。由此可以看出，政治部从组建之初就是对共产党人有所防范的，对待以民主人士身份出现的郭沫若还是相对信任的。但是在会上，国民党官员的言论都非常强势，康泽指责民众运动过火，政府必须采取措施控制群众抗日运动。到郭沫若发言时，他在盛怒之下说自己并没有做厅长的资格，而是以一个朋友的资格提醒：抗战宣传并不是简单的事情，招揽专门人才不是问题，问题是这样的人才绝大部分都不是国民党党员；如果用"一个主义"的标准来衡量，"实在连一打也找不到"②。发言之后，郭沫若就和阳翰笙拂袖

① 这一事件在郭沫若的《洪波曲》和阳翰笙的《风雨五十年》里都有记述，但是细节上有一些出入。首先是第一次部务会议的时间，郭的记载是2月6日，阳的记载是2月1日。但2月6日是政治部正式成立的时间，而这个部务会议应该是在政治部成立之前开的。因此，此处应为郭沫若记忆有误，从阳翰笙之说。其次，关于通知的是陈诚请客还是部务会议，阳翰笙认为是通知去开会，因此经过了长江局的讨论，由他陪同郭赴会。如果是宴会，他没有得到邀请，是不方便与郭一同参加的。此处亦从阳翰笙之说。

② 郭沫若：《洪波曲》，人民文学出版社1979年版，第22—24页。

而去。

明知郭沫若是大革命时期的老资格并请他做第三厅的厅长，陈诚却一点也不买账，不但把刘健群硬塞进第三厅，还拿国民党的宣传大纲来进行约束。郭沫若无法接受这样的第三厅，一气之下出走长沙。在这段时间，郭沫若与田汉等在长沙的朋友聚会、演讲、听戏、写字、游览名胜古迹，周恩来则在武汉与陈诚协商斡旋。恰在此时，刘健群闹出了"桃色事件"，跑去了重庆，副厅长的人选落空了。为使第三厅不致虚悬太久，陈诚答应了郭沫若在工作、人事和经费上的三个条件，还承诺提供"两个国防军"的事业费（每月大约 80 万元），请他回来主持第三厅。虽然事后并没有完全落实，但在当时也给了郭沫若相当的支持。然而第三厅副厅长的人选，依然是一个原则问题。潘汉年作为公开的共产党员是国民党绝不可能接受的人选，最终妥协的结果是范康寿。此人系郭沫若在日本帝国大学的校友，当时是武汉大学的教授，无党派学者。后来陈诚还是又派了范扬来做副厅长，他是从日本帝国大学毕业的国民党党员。至此，副厅长之争终于告一段落，在国共双方的妥协和让步下达成了看似和谐的合作共事的局面。

从国共两党在第三厅人事安排上的分歧就能看出，第二次国共合作并没有做到真正的精诚合作、互相信任。两党虽然在表面上实现了妥协，但双方都坚持不放弃自己的独立性，随时对对方保持着高度戒备和警惕。这就使两党在貌合神离的合作中不可避免地暗藏着各种各样的矛盾和冲突。第三厅面对的局势如同一片暗礁密布的大海，注定是命运多舛的。

第二节　筹组第三厅：文化界的全民总动员

一　第三厅的机构设置与人事安排

从 1938 年 3 月 1 日郭沫若同意职掌第三厅到 1938 年 4 月 1 日第三厅在武汉昙华林成立，只有短短一个月的时间，而郭沫若以不同凡响的工作效率组建起了一个囊括了众多国统区进步文化人的第三厅。从第三厅的成员名单（见表 1）来看，第三厅的筹组确实体现了建立文化界的抗日民族统一战线的努力。

表 1　第三厅组织机构与成员

厅　长		郭沫若（中共党员）	
副厅长		范康寿（无党派）、范扬（国民党党员）	
厅长办公室	主任秘书	阳翰笙（中共党员）	
	秘书	傅抱石	
第五处文字宣传处	处长	胡愈之（救国会）、杜国庠（中共党员）	
	第一科（主管文字编辑）	科长	徐寿轩（东北救亡总会）
	第二科（主管民众运动）	科长	张志让（救国会）
	第三科（主管总务、印刷发行）	科长	尹伯休（中共党员）
	下属组织	4 个抗战宣传队	
	成员	刘季平、刘明凡、尚钺、何成湘、陈同生、曹荻秋、袁文彬、徐步、潘念之、宋云彬、石啸冲、王鲁彦、蔡家桂、勾适生、钱远铎、蔡仪、简泰梁、邢逸梅、管长墉、陈乃昌等	

续　表

第六处 艺术宣传处	处长	田汉（中共党员）			
	第一科　戏剧科 （主管戏剧）	科长	洪深		
		下属组织	孩子剧团	团长吴新稼	
			10个抗敌演剧队		
	第二科　电影科 （主管电影制作发行）	科长	郑用之		
		下属组织	10个电影放映队		
	第三科　美术音乐科 （主管美术宣传）	科长	（徐悲鸿）倪贻德		
		下属组织	漫画宣传队	队长叶浅予	
				副队长张乐平	
				成员有廖冰兄、张文元、陶谋基、陆志庠等	
	成员	史东山、应云卫、马彦祥、程步高、石凌鹤、郑君里、董每戡、冼星海、张曙、沙梅、林路、赵启海、任光、卢鸿基、丁正献、黄普苏、沈同衡、叶浅予、吴衡勤、倪贻德、力群、卢鸿基、罗功柳、王琦、周令钊、王式阔、冯法祀、力扬、李可染、光未然、孙师毅、常任侠、段平右、辛汉文、崔翊、张友慈、刘文杰、龚孟贤、周多等			
第七处 国际宣传处	处长	范寿康			
	第一科（主管设计、日文翻译）	科长	杜国庠（中共党员）		
	第二科（主管国际宣传）	科长	董维键（中共党员）		
	第三科（主管对日文件起草）	科长	冯乃超（中共党员）		
	成员	廖体仁、叶君健、叶籁士、张铁弦、张兆林、蔡仪、朱伯琛、朱洁夫、乐嘉煊、霍应人、先锡嘉、郭劳为、康大川、于瑞熹、刘启光、张常惺、邢桐华等			

　　郭沫若在回忆录中称第三厅各处、科、秘书室的正式编制就有300多人。除上述名单所列出的近百人之外，第三厅还有许多职员、组织成员，如在各种文献中出现过的会计雷一平、秘书吕奎文、副官李也萍等。还有罗髭渔、潘福生、唐文彰、翁泽永、辛汉文、张肩重、卢广声、宗君仁、管长原、徐志刚、梅电霪、林适存、孙陵等，都是比较重要的第三厅工作人员，但是还不能确定他们在何处室就职。另外，政治部还专门设置了设计委员会，特聘一些知名的文化界人士为设计委员，有阎宝航、鹿地亘、池田幸子、郁达夫、何公敢、徐旭生等，很多也都与第三厅关系密切。由于相关史料有限，目前暂时无从考察第三厅确切的人员构成以及具体的工作安排情况。但是据当事人回忆，第三厅在成立时即"荟萃了文化界的精英三百多人"①，被时人誉为"名流内阁"应不是谬赞。

　　迅速吸纳如此众多的文化精英加入第三厅的抗战文化宣传工作，仅靠郭沫若一人的号召力肯定是不可能的。最重要的原因是，这些文化人都是正直热情的爱国知识分子，出于对国家、民族强烈的责任感和爱国心，愿为抗日救亡贡献自己的力量乃至生命。"天下兴亡，匹夫有责"，中国文人士大夫式的文化精神作为中国知识分子的优良传统，早已深深地渗入他们的血脉之中。民族危亡之际，第三厅的成立为他们提供了最直接的报国之门。虽然他们对政府和国民党并不满意，但国民政府在当时是领导中国抗战、代表国家意志的唯一合法政权，为团结抗战计，他们也需要接受并服从于这个政府。加入第三厅，与其说他们是选择了与政府共进退，不如说是选择了与国家民族共进退。他们不计较个人得失，不贪图名利地位，甘受驱遣，为抗战辛苦奋斗。正如洪深所言："只要三厅抗战一天我就干下去……我洪

<hr />

　　①　张肩重：《在第三厅工作的回忆》，中国人民政治协商会议全国委员会、文史资料研究委员会编《文艺史料选辑》第100辑，文史资料出版社1985年版，第60页。

深是来抗日的，不是来做官的。"① 因此可以说，第三厅集合了中国爱国文化人的抗战力量。

另一方面，第三厅的成功筹组，与共产党的积极策划和活动也是分不开的。虽然共产党员在整个第三厅中的人数并不多，但仔细考察表1所列的名单，就会发现第三厅内部的中共党员或中共秘密党员相当值得注意。郭沫若、阳翰笙、田汉、钱亦石、石凌鹤、杜国庠、冯乃超等这些在第三厅担任各级领导职务的中共党员，都是大革命时期就加入中共的老党员。第三厅最初确定的成员就应当在这些人中间。不仅如此，他们还是20世纪30年代的"左联"成员，是一直广泛团结和影响着文化界的进步力量。1936年10月，《文艺界同人为团结御侮与言论自由宣言》的发表，昭示了文艺界在抗日救国的原则下形成了抗日民族统一战线，"左联"完成了历史使命而自行解散，但它的盟员们依然对全国文化界和青年知识者们有着强大的影响力和号召力，为挽救民族危亡积极奔走呼号。全面抗战开始之后，原"左联"成员有的奔赴革命圣地延安，如周扬、丁玲、沙汀、罗烽、田间等，开创了中共领导之下的解放区文学；有的则汇集到大后方，如郭沫若、阳翰笙、田汉、茅盾、钱亦石、石凌鹤、杜国庠、冯乃超、洪深、夏衍、聂绀弩、廖沫沙、林林、林焕平等，苦心经营着国统区抗战文艺。从中国现代文化的精神谱系上讲，第三厅是20世纪30年代左翼文化运动进入抗日战争时期之后的两大分支之一，不仅继承和发展了"左联"的作家队伍，更延续着"左联"的精神传统，把中国文化界的进步力量团结起来，为国家民族的独立、自由而继续奋斗。

第三厅在筹组过程中以中共党员、秘密党员和原"左联"成员为主体，积极团结、动员各民主党派、民间团体，广泛争取文化界、学术界、思想界的民主进步人士加入抗战宣传阵营。郭沫若、阳翰笙、

---

① 阳翰笙：《风雨五十年》，人民文学出版社1986年版，第177页。

田汉等人进行了详尽周密的研究安排,充分地发挥了他们的影响力和号召力。

第三厅下属除办公室外有三处九科。负责民众宣传的第五处原定由救国会与东北救亡总会来负责。但当阳翰笙去联络时,却遭到了邹韬奋的拒绝。他根本怀疑第三厅组建的必要性,认为国民党搞的是片面抗战,对民主党派实行高压政策,压制民众运动,不可能给第三厅多少施展的空间,参加无益。为争取救国会加入第三厅,阳翰笙转而通过救国会的朋友金仲华去说服救国会的元老沈钧儒,最终成功地把胡愈之请来做了第五处的处长。徐寿轩和张志让两位科长也是沈钧儒推荐来的人选。

第六处是艺术宣传处,交给田汉筹组,从科长到科员都是著名的艺术家。田汉素有"田老大"之称,交友甚广。他邀请了洪深和徐悲鸿来做科长。洪深是戏剧界的先锋,丝毫不计较科长官衔低微,慷慨赴任。时年43岁的著名画家徐悲鸿,也带着拳拳报国之心赶来武汉报到。然而,他误走到政治部,却在午饭时间被陈诚晾在部长室里,于是愤愤而归。郭沫若由此感叹"'革命'衙门的气事实上比封建衙门的还要难受"[1],徐悲鸿分明是没有受到应有的尊重而被气走的。后来,这个科长职务就一直由倪贻德代理。而电影科是沿袭武汉行营训政处的"遗产",也就由中国电影制片厂的厂长、著名的电影事业家郑用之兼任。

第七处是在第三厅筹组中途奉蒋介石手令增设的。时间紧迫,来不及请远在福建的郁达夫回来担任处长,便由副厅长范康寿兼任,而实际工作却都是杜国庠、董维键、冯乃超三位科长来主持的。他们既是中共党员,又是外语专家。杜国庠毕业于日本京都大学,冯乃超是日本帝国大学的高才生,特别是董维键,是留美博士,还曾经做过湖

---

[1] 郭沫若:《洪波曲》,人民文学出版社1979年版,第43页。

南省教育厅厅长。蒋介石希望依靠国际力量赢得抗日战争的胜利，因此格外重视国际宣传。这确实对日后的抗战起到了重要的作用，三厅七处的这些专门人才功不可没。

从表1的名单可以看出，不仅第三厅的处长、科长们都是知名的文化人和专门人才，即使是各科室的普通科员，也几乎都是大名鼎鼎。集合了这么多著名的演员、教授、导演、画家、音乐家、文学家，第三厅的社会影响力可想而知。第三厅一成立，就显示了如此强大的阵容和号召力，对于蒋介石、陈诚乃至整个国民政府都是不可想象的。蒋介石希望"天下英雄尽入吾彀中"，既集合这些知名文化人为抗战服务，又要把他们纳入体制之内，然而对他们又有天然的怀疑和警惕。于是，第三厅所开创的团结抗战的崭新局面只能是抗战初期的昙花一现。刚到1938年年底，第三厅从武汉撤离时，就接到国民政府要求压缩编制、废处减科的命令，由三处九科改编为四个科，人数缩减到了三分之一，并且多次被要求全体加入国民党。第三厅在国民政府的处境变得越来越微妙而艰难了。

二　第三厅的附属团队

在正式成立之后的半年多时间里，第三厅在武汉达到了鼎盛。1937年年底，北平、上海、南京相继沦陷之后，国民政府决议迁都重庆。在迁往重庆之前，国民政府的党、政、军机关的首脑、要员以及各党派的领袖都坐镇武汉。全国各地的救亡团体、知识分子、作家、艺术家、流亡学生也云集武汉。于是武汉在当时成了国民党统治区域的政治、军事和文化中心。

满怀抗战激情聚集在武汉的众多文化团体，如夏衍、于伶等组织的12个上海救亡演剧队，杜国庠领导的战地服务队，胡兰畦领导的妇女服务队，孩子剧团以及从北方来的抗日宣传队、文化工作队等民众组织有二三百个，还有来自全国各地的作家和文艺工作者，再加上湖北、武汉本地的作家和文艺工作者，截至 1937 年年底已达千余人，都热烈地盼望着到前线、各战区去做抗日救亡的宣传工作。但是国民政府却以"缺乏严密的组织"为借口严格限制他们的行动，规定没有军委会的批准，民众团体的活动都是非法活动，更不用谈进入战区工作了。1938 年 8 月，国民政府甚至强行解散了蚁社、青年救国会和民族解放先锋队，勒令其他抗日救亡民众团体停止活动。大批爱国青年报国无门，生活也陷入了困境。

第三厅作为专门领导抗战宣传的政权职能机构，组织和领导这些群众团体进行抗战文化宣传工作属于其职权范围。因此，通过向国民政府努力争取，第三厅收编了孩子剧团、上海救亡演剧队等许多民众救亡团体，使它们能够合法地到前线、后方进行抗战文化宣传，发挥出文化工作者的重要作用。第三厅不仅拥有超过 2000 人的工作团队，包括 10 个抗敌演剧队、4 个抗敌宣传队、3 个电影放映队、1 个漫画宣传队、孩子剧团和新安旅行团（见表 2）；还陆续承担起了战地文化服务处、全国慰劳抗战将士委员会总会、全国征募寒衣运动委员会、在华日本人反战同盟等实际上由第三厅指导和负责的机构团体。这些工作团队的加入，使第三厅不单纯是一个国民政府的机关部门，而是建立起了一个具有很强行动能力和工作能力的文化宣传系统，开始源源不断地向前线各战区、后方的城市乡村输送文化食粮与精神动力。第三厅顺应了抗战初期昂扬乐观的社会氛围，把大后方的抗战文化气氛鼓动得有声有色、轰轰烈烈。

表2 第三厅附属工作团队

所属厅处	团队名称	主官姓名	人数	工作地点	派遣时间	所属战区政治部
三厅五处	抗敌宣传队第一队	吴荻舟	20	桂林	1938年9月1日	桂林行营政治部
	抗敌宣传队第二队	何惧	20	浙江	1938年9月1日	第三战区政治部
	抗敌宣传队第三队	郑含华	20	鄂西北	1938年9月1日	第五战区政治部
	抗敌宣传队第四队	卢明德	20	陕西	1938年9月1日	西安行营政治部
	新安旅行团	汪达之	45	桂林		西南行营政治部
三厅六处	抗敌演剧队第一队	徐韬	25	曲江	1938年10月	第四战区政治部
	抗敌演剧队第二队	吕复	28	南昌	1938年11月	第九战区政治部
	抗敌演剧队第三队	徐世津	28	西安	1938年9月	第二战区政治部
	抗敌演剧队第四队	侯枫	28	荆门	1938年10月	第五战区政治部
	抗敌演剧队第五队	王梦生	28	屯溪	1938年9月	第三战区政治部
	抗敌演剧队第六队	陆万美	26	立煌	1938年9月	第一战区政治部
	抗敌演剧队第七队	冼群	23	上饶	1938年9月	第三战区政治部
	抗敌演剧队第八队	刘斐章	30	衡阳	1938年8月10日	第九战区政治部
	抗敌演剧队第九队	徐桑楚	25	桂林	1938年11月	桂林行营政治部
	抗敌演剧队第十队	姚肇平	29	洛阳	1938年9月	第一战区政治部
	电影放映队第一队	林斐	32	衡阳		
	电影放映队第二队	欧阳齐修	32	桂林		

续　表

所属厅处	团队名称	主官姓名	人数	工作地点	派遣时间	所属战区政治部
三厅六处	电影放映队第三队	彭介人	12	桂林		
	孩子剧团	吴新稼	60	重庆	1938年11月	暂由第三厅指挥

　　四个抗敌宣传队以救国会、东北救亡总会为主，队员是从被国民政府解散的三个知名救亡民众团体——蚁社、青年救国会、民族解放先锋队中选拔出来的。十个抗敌演剧队是由各地流亡到武汉来的救亡团体的演剧队改编成的，以上海救亡演剧队为主。其中一队、二队的前身是上海救亡演剧队的三队和四队，三队的前身是张光年组织的在湖北农村流动宣传的民众团体，六队的前身则是以"民族解放先锋队"为骨干的平津学生抗敌移动剧团。这些民众救亡团体在第三厅的收编下有了用武之地，经过两个月的政治、业务和军事训练，被分派到了各个战区，在前线各地进行抗战文化宣传和服务，一直坚持到抗战胜利。

　　孩子剧团和新安旅行团更为引人注目，因为它们的成员全部是学龄儿童。孩子剧团成立于1937年9月3日，全团22个孩子，大多数十二三岁，最小的只有八九岁，年龄最大的团长也才十九岁。他们的父母多是上海杨树浦工厂的工人。"八一三"事变后，家和学校都被毁了，只能进难民收容所。"大家觉得在难民收容所里光吃饭、睡觉，是不对的。现在是抗战的时候，是我们中华民族反抗日本鬼子侵略、求自由独立的时候，许多的大先生们都起来做抗战的工作，我们小朋友也是国民的一分子，我们不愿意做亡国奴，我们也应该起来参加抗战工作，把我们自己小小的力量，贡献给民族国家。"① 他们像大人一样把戏剧歌咏作为宣传抗战的工具。上海沦陷后，他们在好心人的资助下，化妆改扮，分5批从上海逃到南通，又徒步跋涉经过如皋、江堰、扬州、徐州、郑州，一路演出宣传，直到 1938 年 1 月才到达武汉。1 月 9 日，周恩来、叶挺、邓颖超、郭沫若等专门在八路军武汉办事处举行了欢迎会，招待这些可爱又可敬的孩子们。当时，国民政府准备把孩子剧团收编到武汉市党部，但是他们在八路军办事处的帮助下转移到乡下演出，抵制了这个安排。国民党非常不满孩子剧团与共产党的密切联系，于是授意政治部将其解散，把孩子们安排到难民收容所、孤儿院或学校。经过周恩来和郭沫若的一再交涉，才把孩子剧团纳入第三厅的编制，使这个抗战儿童团体能够保存下来并一直活跃在抗战宣传的前线。到 1941 年年底，孩子剧团的足迹已遍及江苏、河南、湖北、湖南、广西、贵州、四川七个省的 43 个县、23 个小镇，演出了 370 次，宣传了 60 多万人。②

相比而言，新安旅行团似乎就没有孩子剧团那么有名，有关国统区抗战文艺的文献资料中很少有专门的论述。其实新安旅行团比孩子剧团成立得更早，规模也更大，但也许是因为接受过国民政府的资助而为当事人和研究者所讳言。新安旅行团"原为江苏淮安小学员生所组织，成立于 1935 年 10 月 10 日，决定以旅行全国宣传总理遗教，并以旅行生活为教育中心，迹遍十三省，行程三万余里，曾得中宣部之补助及教育部之赞许。'七七'抗战时，适在绥远，遂参加抗战宣传工作，旋入宁夏、甘肃而至武汉"③。新安旅行团在成立之初也受到了中共上海地下党组织和陶行知的协助和支持，抗战爆发后辗转到武

---

① 中国第二历史档案馆编《中华民国史档案资料汇编·文化（一）》（1912—1945）第五辑第二编，江苏古籍出版社 1998 年版，第 183 页。
② 同上。
③ 同上书，第 151 页。

汉，参加了"七七"献金等抗战活动，于 1938 年 11 月为第三厅收编，隶属于政治部。郭沫若在《关于收编新安旅行团办法的签呈》中写道："团员多系学龄儿童，现家乡沦陷，成为无家可归之难童，为儿童参加抗战工作之表率。"① 当时全团有 70 人，他们与孩子剧团相互配合，分担了大后方四川、贵州、云南三省的宣传工作，也为国统区的抗战宣传贡献了力量。新安旅行团与孩子剧团一样接受了中共的支持和指导，因此在 1940 年年底被国民政府以"领导人员思想左倾，无存在必要"② 为由，停止了经费补助。"皖南事变"之后，新安旅行团从桂林出发绕道香港转移到了苏北敌后抗日根据地，坚持抗战文艺宣传直到解放战争胜利。

第三厅不仅收编了许多爱国抗日宣传团体，还在后来的工作中创建了战地文化服务处、全国慰劳抗战将士委员会总会、全国征募寒衣运动委员会、在华日本人反战同盟等直接服务于抗战的机构团体。这些机构在行政建制上与国民政府的许多机关部门都产生关系，但在实际工作上是与第三厅相配合、甚至接受第三厅领导的。在武汉的半年多时间里，第三厅聚集了全国各地的大量人才，从上海的难童到社会各界的领袖，从普通的文艺工作者到文化界、学术界的大师，真正实现了盛况空前的抗战全民总动员。

三 第三厅的社会关系

与一般的政府机构不同的是，第三厅拥有广泛的社会关系。这一方面是由第三厅的工作性质决定的，另一方面则取决于第三厅特殊的人员构成情况，它天然地就与国共两党、民主党派、进步人士、知识分子和民间社团有着千丝万缕的联系。

---

① 中国第二历史档案馆编《中华民国史档案资料汇编·文化（一）》（1912—1945）第五辑第二编，江苏古籍出版社 1998 年版，第 151 页。

② 同上书，第 152 页。

　　首先，第三厅与中共之间的关系。在郭沫若和阳翰笙的回忆录里，都强调第三厅是接受中共中央长江局和南方局的领导，由周恩来具体负责的国共合作下主管抗战宣传运动的领导机关。表面上第三厅是国民政府的机构，但实质上也接受了中共的直接领导。由于是在国民党的军事机关里工作，第三厅内部成立了秘密党组织，有领导干部党小组与基层特别支部。领导干部党小组由周恩来领导，成员包括郭沫若、杜国庠、董维键、冯乃超、田汉和阳翰笙。基层特别支部由第七处的冯乃超任支部书记，第五处的刘季平任组织委员，第六处的张光年任宣传委员，他们还担任各处的党小组组长。领导干部党小组与基层特别支部分开活动，由冯乃超负责长江局、南方局与第三厅的联络。这样特殊的活动方式既保证了第三厅内部的一致，又可以保护郭沫若、张光年等中共秘密党员在公开场合的民主进步人士的身份。第三厅下属的抗敌演剧队、抗敌宣传队、战地文化服务处也都建立了秘密的党支部或党小组，每当政治形势发生变化时，周恩来、董必武等中共领导人都会直接指示各个团体应对复杂局势的对策。

　　中共对第三厅施加的影响力是毋庸置疑的。周恩来与长江局一手操办了第三厅的筹备事宜，没有共产党在 20 世纪 30 年代初期培养的文化人才，第三厅不可能在不到一个月的时间里吸纳如此众多的文化精英。第三厅成立之初的历次大型宣传活动，都能迅速得到基层工人群众组织的支持和援助，也有中共湖北省委的协助之功。担任了政治部副部长的周恩来实际上是中共专门负责国统区统战工作的领导人，第三厅在周恩来的直接领导下，与中共的关系确实是非常密切的。虽然第三厅的许多宣传工作是在国民政府的指示下进行的，但是随着形势的发展，当它由一个国民政府的政权机关蜕变成"国统区抗日民族统一战线的战斗堡垒"时，就不得见容于国民政府了。

　　公允地说，第三厅是国共合作的产物，它所取得的工作成绩（主要是初期）也应该是国共两党共同奋斗的结果。两党虽然在抗战宣传的最终目的与工作方式上有着质的区别，但可以肯定的是，国共两党的出发点都是为了抗日救亡、挽救民族国家，都是在全力以赴为抗战奋斗。因此，单纯突出任何一方的重要性都与历史真实不符，只是由于以蒋介石为首的国民党坚持专制独裁统治，使它在失去政权之前就丧失了人心。

其次，第三厅与国民党方面的关系。国民党在当时是执政党，掌握着中国的行政、司法等最高权力，隶属于国民政府的第三厅在日常行政事务上肯定要接受国民党的领导和指挥。但是，郭沫若在接受厅长职务前提出了三个条件，即独立的工作自主权、相对的人事自主权、确定的事业费，基本保证了第三厅的独立与自主权。除了经费方面没有得到完全兑现外，其他两个方面还是得到了一定的自由。特别是第三厅在武汉时，国共合作处于难得的"蜜月期"，第三厅的许多工作都能得到国民政府其他部门的配合与支持，与中宣部、军训处、各战区政治部等军政机关都保持了良好的合作关系。

抗战初期，对日军事和机关厂矿及人民内迁使国民政府无暇他顾，对于第三厅抵制"一个主义，一个政府，一个领袖"而宣传中共十大救国纲领的做法并没有认真计较。第三厅下属的抗敌演剧队和抗敌宣传队广泛深入各个战区的国民党军队，自由开展各种形式的抗日救亡宣传活动，不拘泥于国民党的宣传大纲，也得到了各战区司令长官的支持。

在个人交往方面，第三厅的主要成员如郭沫若、田汉、张志让等作为知名的民主进步人士，早年即与许多国民党要员（特别是国民党左派）如沈钧儒、冯玉祥、宋庆龄、何香凝、蔡元培、于右任等支持国共合作的国民党元老有比较深的私交。第三厅重视利用个人交往扩展社交范围，不仅能为工作创造便利条件，赢得更多的有力支持，更是在抗战宣传上体现国共合作的政治态度。良好的私人关系也可以使两党在合作时尽量避免不必要的冲突与摩擦。例如在政治部举办的"总理纪念周"上，按仪式规定开始时要唱国民党党歌，诵读《总理遗嘱》，结束前诵读国民党的《党员十二守则》。陈诚并不勉强周恩来参与这样的仪式，周恩来有意迟到，等到《总理遗嘱》读完之后进场，陈诚则会特意陪同周恩来提前退场以避免尴尬。

这种相对比较和谐融洽的合作模式，是在当时抗战军兴、昂扬激越的社会氛围下的状态。国民党关注的重点是与日军的军事作战方面，而一旦战局明朗、相持局面形成之后，一系列针对中共的政策便纷纷出笼，国民政府开始把矛头转向内部。一方面，收紧文化政策，采用审查、查禁等种种非常手段控制第三厅的文化宣传活动；另一方面，利用改组政治部的政治手段把第三厅收回到政权控制的范围内，将原有的那一批"左倾"的文化人排挤出政权。

再次，第三厅与以"中华全国文艺界抗敌协会"为代表的民间团体的广泛联系。作为主管抗战文化宣传的政府机构，第三厅是负责管理民间文化团体的职能部门；而从人员构成上讲，第三厅与众多的民众团体存在着一定的交集。往往第三厅的成员也是民间团体的主要成员，起着重要的领导作用。另外还有一个关键因素，就是这些进步的文化团体大多都是在抗日民族统一战线的旗帜之下建立起来的，共同的组织方式和思想背景更有利于国统区文化界的团结一致和协同工作。

以文协为例。在文协成立之前，中华全国戏剧界抗敌协会、中华全国电影界抗敌协会、中华全国歌咏抗敌协会等文艺界团结抗战的组织纷纷成立，文学艺术界也急迫地需要联合起来。由阳翰笙、王平陵牵头，近百位作家响应。文协的成立标志着文艺界抗日民族统一战线的最终形成。而文协的加紧筹备、比第三厅早四天成立在某种意义上说也是一种策略。在第三厅成立甫一周就举行的"抗敌扩大宣传周"上，文协与其他的民间团体一起，加入了轰轰烈烈的宣传队伍。后来文协也经常联合第三厅一起举办活动，特别是1939年的文协战地访问团就是在第三厅安排、组织下得以成行的。1983 年出版的《中华全国文艺界抗敌协会史料选编》把这件事仅作为文协的事迹，完全忽略了第三厅的重要作用。试想，早在文协开第一届年会的时候，郭沫若就在发言时替文协向时任行政院院长的于右任、中宣部部长的叶楚伧要求一万元的经费支持。虽然国民政府起初对文协表示重视，但经费问题却根本得不到落实。文协作为一个民间组织，一直捉襟见肘，会务经费全靠老舍等人东挪西借，勉力支撑，是无法组织大型活动的。而国民政府组织作家访问团属于第三厅的职权范围。凭借抗战宣传上的职权，第三厅为文协争得了这个机会。国民政府的相关档案资料，也明确记载了作家访问团的筹组情况、出发情形及其与第三厅的密切关系。①

至于其他的自由主义知识分子、民主进步人士和民主党派的团体组织，也是第三厅团结和合作的对象。第三厅的郭沫若、田汉等人保持了民主人士的身份，维系着广泛的社会交往和朋友联系，引导、吸引更多的民主进步人士参与到国统区抗战文化宣传之中，对于国统区形成追求民主、自由、进步的社会思潮起到了重要的推动作用。

第三节　第三厅的抗日宣传活动

一　抗宣工作概况及意义

台湾学者金达凯在《郭沫若总论——三十至八十年代中共文化活动的缩影》一书中，提到第三厅"工作范围甚为广泛，诸如军中的政

---

① 中国第二历史档案馆编：《中华民国史档案资料汇编·文化（一）》（1912—1945）第五辑第二编，江苏古籍出版社 1998 年版，第 215—217 页。

治思想教育，军事报刊之出版发行，戏剧之演出，音乐、歌曲之演唱，电影之制作放映，以及各种艺术形式和群众性的宣传活动，都由它主管"[1]。他认为在这些抗日文化宣传工作上，"除群众性宣传活动和戏剧运动外，一般宣传工作，三厅基本上是失败的"[2]。但是阳翰笙的《风雨五十年》、郭沫若的《洪波曲》两本回忆录却都对第三厅的抗宣工作做出了高度的评价。不仅抗战扩大宣传周和抗战一周年纪念的"七七"献金都"有力地推动了广大群众团结抗日的热潮"，第三厅下属的 10 个抗敌演剧队、4 个抗敌宣传队和孩子剧团在前线和后方城乡，也"进行了艰苦卓绝、出生入死的抗日救亡宣传工作"。在促进抗战文艺的发展方面，第三厅协助文艺界各个抗敌协会开展工作，"促进了国统区文艺界的团结和抗战文艺的发展"；进行戏曲改革，"并团结、教育、组织了大批戏曲艺人投入抗日救亡运动"；领导中国电影制片厂"拍摄和放映了不少新闻纪录片和抗战艺术片"，并促进电影戏剧界的团结。在军中宣传教育和国际宣传方面，第三厅"建立了战地文化服务处，输送了大批抗日宣传品到前线"；负责对日宣传和国际宣传，并协助"在华日本人民反战同盟"开展对日宣传工作。此外，第三厅还承担起了"七七"献金的管理和使用，负责全国慰劳总会和全国寒衣委员会的组织工作，"在全国范围内支援了前线，进行了前线慰劳"，还"购置了大量药品和医疗器材"运送到各个战区。[3]

全面抗战爆发促使军事和政治上升为时代最重要的主题，民族矛盾的激化似乎弥合了政治意识形态上的分歧，国共合作迅速形成，文协与第三厅的先后成立也标志着文化界暂时消除了长期以来因国共对

---

① 金达凯：《郭沫若总论——三十至八十年代中共文化活动的缩影》，台湾商务印书馆 1988 年版，第 231 页。

② 同上书，第 244 页。

③ 阳翰笙：《风雨五十年》，人民文学出版社 1986 年版，第 161—162 页。

立引起的内部分裂和对立，并得到了国民政府的重视和支持。抗战初期，第三厅与国民政府其他官方机构保持着密切的联系和合作关系。可以说，一直到"皖南事变"以前，国民政府文化方面的工作和活动基本上都是依托第三厅来展开的。文协在会刊《抗战文艺》的发刊词中发出号召："把整个的文艺运动，作为文艺的大众化的运动，使文艺的影响突破过去的狭窄的知识分子的圈子，深入于广大的抗战大众中去。"① 这其实是对国统区抗战文艺提出的政策性要求。而第三厅的工作正是组织发动起来的文艺家"下乡""入伍"，最大程度地发挥文艺为抗战服务的作用。一方面，收编、训练各种宣传队、演剧队和文化宣传团体，深入战区前线和城市乡村，激励战士英勇杀敌，发动民众支持抗战；另一方面，则大量编印文艺宣传品，积极创制通俗文艺作品，以激发民众的抗日情感，"争取最广大的群众来参加抗日战争"②。

　　第三厅的抗战宣传工作对于中国的抗战起到了重要的作用。抗战爆发后，随着战事的扩大和东部大城市的陷落，国家的政治、经济、军事和文化重心开始向内地迁移。中国大西南很多长时间处在中国现代化进程之外的内陆乡村也开始有机会受到现代文明的熏陶。第三厅广泛的抗战文化宣传在客观上把现代的艺术形式与思想观念散播到了大后方的民众中间，"对传统的乡村社会结构造成了冲击，并通过对社会基层组织的组建，在一定程度上把内陆乡村社会纳入现代国家的政治文化生活之中，使全民抗战成为可能"③。同时，第三厅下属的

---

　　① 《〈抗战文艺〉发刊词》，原载《抗战文艺》第1卷第1期，转引自文天行、王大明、廖全京编《中华全国文艺界抗敌协会史料选编》，四川社会科学院出版社1983年版，第269页。

　　② 《怎样编制士兵通俗读物》，原载《抗战文艺》第1卷第5期，转引自文天行、王大明、廖全京编《中华全国文艺界抗敌协会史料选编》，四川社会科学院出版社1983年版，第73页。

　　③ 倪伟：《"民族"想象与国家统制——1928—1948年南京政府的文艺政策及文学运动》，上海教育出版社2003年版，第249—250页。

10 个抗敌演剧队、4 个抗敌宣传队、3 个电影放映队在抗战期间一直活跃于各个战区，他们与各战区政治部积极配合，做了大量的文艺宣传、慰劳将士、采访报道、安抚民众以及一些军民协调工作，激发民众和士兵抗战救国的热情，为各战区抗敌工作的开展打下了广泛的群众基础。

可以说，第三厅为国民政府的文化机关增加了有生力量，各项文化工作都开展得有声有色。这在武汉时期表现得最为突出，第三厅接连成功地举行了两个声势浩大、影响深远的抗战宣传活动，为第三厅的抗宣工作取得了漂亮的开门红。时隔 70 多年之后，那时中国人民团结一致、坚持抗战的热烈场面依然是超乎想象的震撼人心。

二　抗敌扩大宣传周[①]

第三厅在武汉刚刚成立一周，就举办了规模盛大的"抗敌扩大宣传周"。当时政治部已成立整整两个月，只办过一个历时三天的"抗敌运动大会"，气氛不够热烈，收效甚微。于是在 1938 年 4 月 1 日第三厅成立的当天，陈诚向郭沫若提出在三五天内以政治部的名义组织一次扩大宣传，意在宣传恢复政治部的意义、扩大政治部的影响，并配合国民政府和军事委员会保卫大武汉的军事战略，当即批给一万元的活动经费。而当时郭沫若还不知道，这个抗敌扩大宣传周已经在中共的策划之中了。

周恩来作为第三厅的"双重领导"，早在 1938 年 3 月下旬起就开始了草拟活动计划、安排活动内容、联系民众团体与各界人士等工作部署。首先，加紧筹备建立中华全国文艺界抗敌协会，先于第三厅在 3 月 27 日成立。加上已经成立的中华全国戏剧界抗敌协会、中华全国

---

① 此节的参考文献有：郭沫若《洪波曲》，人民文学出版社 1979 年版，第 53—66 页；阳翰笙《风雨五十年》，人民文学出版社 1986 年版，第 181—189 页；周苏玉《第三厅与武汉各界第二期抗战扩大宣传周述论》，《湖北社会科学》2005 年第 11 期，第 97—99 页；《第三厅在武汉活动概况》，《武汉文史资料》1998 年第 3 辑，第 142—149 页。

电影界抗敌协会、中华全国歌咏抗敌协会、武汉文化界抗敌协会、中华全国漫画抗敌协会、汉口剧业剧人劳军公演团等抗敌社团，以及当时聚集在武汉的100多个民众救亡团体如青年救国会、中华民族解放先锋队、蚁社、中国妇女慰劳总会等等，都是第三厅的强大后盾。3月31日的下午，田汉和张志让以政治部第三厅的名义举行了招待会，邀请党、政、军及各团体代表150余人商讨扩大宣传周的具体安排。会上推举了全国文艺界、电影界、戏剧界、歌咏界各抗敌协会、国民外交协会、国际反侵略中国分会、中国青年救国团、中国妇女慰劳总会等30多个团体作为筹备会委员。① 这次扩大宣传周原定于4月4日开始，在得到政治部的明确授权和经费支持后，这次活动就可以说是集"天时、地利、人和"之大成了。于是第三厅又进行了紧锣密鼓的筹备，与国民党中宣部、汉口市党部、汉口市政府、卫戍司令部、商会、新闻记者等机关单位联合，凸显出更多的官方色彩。虽然国共两党举办抗战扩大宣传周的目的并完全不一致，但在形式上、内容上还是能够达成统一意见的。这是宣传第三厅成立的开场锣鼓，也是抗日民族统一战线形成后国共两党在抗战文化宣传领域的第一次合作。1938年4月7日，这场规模宏大的宣传活动拉开了序幕。

　　抗敌扩大宣传周一共七天，每天一个主题。按照预先设计，第一天是开幕大会与文字宣传日，第二天是口头宣传日，第三天是歌咏宣传日，第四天是美术宣传日，第五天是戏剧宣传日，第六天是电影宣传日，第七天是武汉三镇大游行日，另外还有国际宣传、对敌宣传、报纸刊发特刊、散发传单、慰问伤兵、粘贴壁报等活动。但是计划赶不上变化，在宣传周开幕当天传来了台儿庄大捷的胜利战报。武汉三镇顿时沸腾了，鞭炮声、欢呼声此起彼伏。抗战已持续了九个月之久，国民党军一直是节节败退，北平、上海、南京等大城市相继陷

---

① 《政治部邀各团体商讨　筹备抗敌宣传周》，《新华日报》1938年4月1日。

落。国民政府宣称"以空间换取时间，积小胜而为大胜"①，却看不到战场上的成效。自 3 月下旬以来，台儿庄战事一直很顺利，全国民众望眼欲穿地盼望着前线的捷报。虽然事后证明这是日军为全面进攻而做的战略撤退，但是当时这个"空前未有之大捷"无疑给武汉民众注射了一剂强心针，第三厅的抗战宣传周也迅速制造出了轰动效应，可谓事半功倍。

1938 年 4 月 7 日上午 10 时，武汉各界第二期抗战扩大宣传周在市商会大会礼堂召开开幕大会，党政军各界领袖、各团体代表共千余人齐集一堂，陈诚、邵力子、周恩来、郭沫若先后致辞。台儿庄捷报在午后一点礼毕之时传来，闻者无不欢欣鼓舞。第三厅配合武汉民众庆贺前线胜利的激动心情，于晚 6 时在中山公园体育馆举行了盛大的庆祝大会和火炬游行。夜色中 5 万多人高举着熊熊燃烧的火炬，蜿蜒在长江两岸的游行队伍有几公里长，火光、江水交相辉映，歌声、欢呼声响彻夜空。郭沫若走在游行队伍的最前列，带头高呼口号。武汉在 10 年前是大革命的重镇，经受过血与火的洗礼。这次又点燃起万众一心、抗战救亡的战斗热情，调动了全国民众的抗战意志，坚定了抗战必胜的信心，对前线将士也给予了最有力的鼓舞。

作为文字宣传日的工作重点，政治部发行了通俗唱本及歌词唱本各 1 万份、特刊 5 万份，以"说明第二期抗战形势及国人目前应有之工作"；还发行了告将士书、告同胞书、告战区民众书、告日本民众书、告伪军书等 7 种传单，每种 1 万份。为扩大抗日宣传的影响，发动各界人士写国际连销信和国内连销信各 1 万份，同时要求参加宣传周的每个团体至少出版壁报 1 种。宣传周筹备会所准备的各种传单、唱本、小册子等文字宣传品都普遍地输送、散布到武汉三镇以及各战区前线和内地。在接下来的几天里亦以征兵运动、扩大生产运动、反

---

① 郭沫若：《洪波曲》，人民文学出版社 1979 年版，第 157 页。

汉奸运动等作为每日文字宣传工作的主题。这些都是由第三厅第五处负责完成的。

1938年4月8日是口头宣传日，当天有2300多个宣传队、总共四五万人，冒着滂沱大雨赶赴武汉各难民所、医院、工厂以及附近乡村的街头巷尾、渡轮、茶馆等预定地点面向市民、伤兵演讲。当时中国的老百姓没有电视、收音机，大多数人还是文盲，宣传抗战救国的道理只能主要依靠口耳相传的演讲。这些宣传队主要来自党、政、军及民众团体，其中湖北全省学生抗敌工作联合会1331队、中国青年救亡协会320队、青年救国会65队、中华基督徒联合会50队、中华青年抗敌救亡团50队、汉口市抗敌后援会40队、中国工人抗敌总会30队、武昌商会14队、东北救亡协会10队、政治部战时工作干部训练班全体1000余人。还有许多像孩子剧团、儿童救国团那样从上海、南京等地流浪到武汉的难童组织，自发上街宣讲，以亲身经历控诉敌人的暴行、同胞的痛苦，催人泪下。民主进步人士史良、邹韬奋、于右任、杜重远、郭沫若、沈钧儒等10余人则分别在民教馆、市商会、青年会、省党部作公开演讲。他们以血淋淋的事实揭露日寇的残暴行径，戳穿日本法西斯的虚假宣传和侵略野心及其反人民的战争本质，谴责日本军国主义的侵略战争，号召有志青年积极投军参战，补充兵源、增加生产、补给军需用品，为抗战多做贡献。日本反战进步作家鹿地亘夫妇和绿川英子通过广播电台向日本侵略军进行日语广播，呼吁日本士兵要和中国兄弟站在一起，共同反抗日本法西斯战争。他们以日本人的身份进行抗日宣传，成为口头宣传日的一大亮点，宣传效果更强。另外，在宣传周期间，每日晚八点至八点半都有专门的电台广播演讲，张之江、邵力子、汪精卫、黄琪翔、周恩来、张厉生、郭沫若依次进行了播音。

1938年4月9日是歌咏宣传日，武汉全部近百个歌咏团体都聚集在汉口中山公园的体育广场，其中有民声歌咏队、星海歌咏队、量才歌咏队、青年歌咏队、三八女子歌咏社队、华北歌咏宣传大队、孩子剧团、匡时小学师生、复兴纱厂职工等共计 3000 余人。郭沫若、田汉致辞之后，震撼人心的广场歌咏就开始了。在冼星海、张曙的指挥下，全体高唱国民党党歌、《义勇军进行曲》《牺牲已到最后关头》《大刀进行曲》《救国军歌》《中华民族不会亡》《救亡进行曲》等激昂热烈的歌曲。伴着"起来，不愿做奴隶的人们！""大刀向鬼子们的头上砍去！""打回老家去！""工农兵学商、一起来救亡！""到前线去，一起上前线！"等雄壮嘹亮如怒潮般的歌声，歌咏游行开始了。歌咏日的歌声，唱出了全武汉乃至全中国民众救亡图存的心声，激励着前方将士赴汤蹈火、英勇作战，鼓舞着后方人民同仇敌忾、团结奋斗，唱响了中国人的民族热情。

在 1938 年 4 月 10 日的美术宣传日，有数百幅激励人心的抗战宣传画在武昌黄鹤楼两旁展出，武汉三镇的大街小巷醒目地画上了许多巨幅壁画和漫画。中国国货公司二楼及中山公园有张善子的正气歌国画展览会，廖冰兄抗战连环漫画展览会，抗战漫画、标语、印刷品及大布画展览会。晚 8 时画灯火炬游行开始，领头的是军乐队、党国旗、大会会旗，随后是孙中山遗像、蒋介石等军政要人的肖像以及政治部第三厅第六处所绘制的 60 幅漫画，许多歌咏团体及民众团体的成员举着火炬、花灯在大街穿行。群众跟随在各式各样的飞机灯、铁甲灯、国旗灯、漫画灯之后，高呼口号或是高唱救亡歌曲，场面异常热烈，盛况空前。晚 10 点，游行的火炬、画灯到江边上了船，又开始了水上火炬歌咏游行。几百条船载着灿烂的火光灯影荡漾于滔滔江水之上，在苍茫的夜色中分外壮丽，令观者不禁平添了几分豪气与信心。

1938 年 4 月 11 日是戏剧宣传日，武汉三镇的 30 多个戏剧团体集体总动员，在市内的戏院、伤兵医院、难民收容所、工厂、街头、江畔、轮渡上，乡村的广场、龙王庙等公共场所，以话剧、汉剧、评剧、楚剧、杂剧等多种形式巡回演出。首都剧团、中国青年救亡协会、量才剧团、军委会政治部抗敌演剧队、上海救亡剧团等 17 个剧团在汉口，上海怒吼剧社、孩子剧团等 13 个剧团在武昌，新剧公会、上海剧团和培英小学在汉阳，武汉的 12 家戏院都免费演出了 2 至 3 场。演出的话剧剧目有《最后一计》《团结抗日》《日兵暴行》《难民曲》《青纱帐》《大家一条心》《打鬼子去》等。戏曲则不仅有《岳飞》《文天祥》《卧薪尝胆》《木兰从军》《梁红玉》《平倭传》等传统剧目，还有新编的抗战戏曲《血战卢沟桥》《八百壮士》《汉奸末路》《天津血战记》等等，吸引了成千上万的观众，激发出了强烈的抗战情绪。尤其是武昌、汉口的汽车化装游行，表演我军与进犯的日寇对峙疆场及后方民众踊跃输将之种种情形。车上还装饰着彩灯，大批市民追随着彩车游行，并高呼"打倒日本帝国主义"的口号。各戏剧团体——不论是专业剧团还是业余演出队都深入民众中间演出，足迹遍及武汉的每一个角落。戏剧的形式为人民群众喜闻乐见，取得了良好的宣传效果。

在 1938 年 4 月 12 日的电影宣传日，虽然当时的抗战影片还很少，平时电影院里上演的都是外国老电影或者中国在抗战前拍摄的影片，但当天武汉的 5 家电影院轮流上演了《火中的上海》《保卫我们的土地》《抗战特辑》等影片，还加映中国电影制片厂特别摄制的陈诚、郭沫若的抗战讲演片。另外还组织了巡回放映队到城区、乡下放映抗战电影和纪录片，由于拷贝都是无声片，还需要用卡车载着扩音器向民众解说。

1938 年 4 月 13 日是大游行日，宣传周的最后一天。第三厅联络了武汉三镇工矿企业、学校机关、各行各业的代表，预计有 60 万人参加游行。虽然天下着雨，群众还是早早聚集在会场，气氛热烈。可是空袭警报突然响起，康泽带来的宪兵团长宣布大会立刻解散。计划好的大游行没能实现，准备好的化妆、彩扎游行也没能成行，但还是有游行队伍各自进行了游行。轰轰烈烈的抗战扩大宣传周就这样略显仓促地结束了。

本来宣传周的盛大场面令第三厅成员都很高兴，希望用热烈的大游行给这次扩大宣传周画上一个圆满的句号。除了担心天公不作美会下雨之外，没人能够预料到会遭遇空袭警报。陈诚曾提前给郭沫若一封紧急书信，说有奸人准备利用大游行捣乱，特派康泽协助警戒。而正是康泽的人宣布大会解散，因此这件事在许多共产党人的回忆中就成为国民党破坏抗战的铁证。

扩大宣传周的规模如此宏大，参与人数如此众多，是抗战以来国民政府的抗宣活动中从未出现过的。它给了第三厅一个开堂彩，也让他们见识到了国民党的下马威。但是，这个宣传周如同一个盛大的节日，以狂欢般的形式激发了民众爱国和抗战的激情，迎合了抗战初期单纯、乐观、激昂、亢奋的社会氛围。即便这样的情绪很快就被长期的抗战消磨殆尽，武汉抗战扩大宣传周依然成了一个光辉的起点，整个国统区的抗日宣传活动由此风起云涌地开展起来，为中国的抗战做了精神上和民众上的准备，成为全面抗战的重要组成部分之一。

三 "七七"周年献金[①]

自从 1938 年 5 月 19 日徐州失守之后，抗战的局势就日益紧张起来。6 月 9 日，蒋介石为阻挡日军的进攻，下令在黄河花园口等几处炸毁河堤，淹没了河南、安徽、江苏三省的 44 个县市，89 万百姓遭受灭顶之灾，390 万人沦为难民。但是日军进攻武汉的步伐并没有因此而停止，"保卫大武汉"成了国民政府在军事上的头等大事。

此时恰逢"七七事变"一周年纪念，第三厅借此机会发动群众，"唤起每一个老百姓的抗战意识"（周恩来语），壮大抗战力量，推动全民抗战。在五月中旬一次每周例行的宣传汇报上，中央宣传部、国

---

① 此节主要参考文献有：郭沫若《洪波曲》，人民文学出版社 1979 年版，第 72—97 页；阳翰笙《风雨五十年》，人民文学出版社 1986 年版，第 190—195 页。

际宣传处、中央社、武汉卫戍司令部、军令部、政治部的高级官员讨论决定由第三厅负责"七七"纪念事宜。计划一方面举行各种形式的纪念活动,如纪念大会、发表宣传文告、进行征募献金活动、扩大慰劳运动等等;另一方面编纂《抗战年鉴》,收录每年的重要文献、党政事业的成绩和抗战大事记,并配合图片,记录抗战的进程。据郭沫若回忆,编纂《抗战年鉴》的建议为周恩来所提,但却成了政府抗战文化宣传的一个重要传统,一直延续到了抗战胜利。其中从《抗战一年》至《抗战五年》都是由军事委员会政治部署名,之后就改由中央执行委员会宣传部负责,题目也改为《抗战第×周年纪念册》,但内容和形式依然延续了前书的体例。作为国民政府官方的抗战记录,这套纪念丛书能够让我们感受到抗战时期的时代氛围与历史进程,有着重要的史料价值。

在"七七"周年纪念活动的筹备中,政治部部长陈诚最初表现得不够支持。首先在经费上,只拨给第三厅 3000 元,不足的部分让郭沫若自己向其他机关团体筹集。其次,是反对第三厅策划的"七七"献金。理由是政治部举办的"抗敌运动大会",3 天时间只募集了4000 元。陈诚担心富人不上台献金,穷人没钱献,这样的活动还是会冷场,不如直接向有钱人摊派保险。但是郭沫若等人强调"七七"献金的目的不是为了募钱,而是通过宣传、募捐激发老百姓的爱国热情和抗战意识。在这件事情上起决定作用的是蒋介石。第三厅的工作能力和效率蒋介石心中有数,他要利用"七七"周年纪念的抗战宣传活动来进一步确立自己抗战领袖的地位。他召见郭沫若,拨发了 1.5 万元经费,要求第三厅代他拟制告人民书、告前敌将士书、告国际书三种文件。变成"奉旨出朝",陈诚对第三厅的工作就加倍重视起来。为保障献金活动成功,他主动代表政治部认捐 1 万元,又让吴国桢向武汉的"三业俱乐部"(即妓院业、戏园业、茶酒馆业)征募 3 万元为献金打底。有了蒋介石和陈诚的"支持",这次的"七七"周年纪念活动格外顺利地开锣了。

"七七"周年纪念从 1938 年 7 月 6 日开始，不仅发动歌咏队、演剧队、放映队、化装表演车在武汉的街头、工厂、医院、码头进行宣传，还举行抗战画展和木刻画展，并且组织慰劳团赶赴各战区慰问将士。最重要的"七七"献金成了中国抗战史上光辉的一页。民众献金的热情大大超过了所有人的预料，原计划在武汉三镇设置六座献金台，三个流动献金台，后来竟增设到十几个流动献金台，献金活动的时间也从三天延长到了五天。老百姓捐出的有法币、外币、银圆、铜板，有元宝、手镯、戒指、耳环、珠宝等金银首饰，有银盾、银盘、奖杯，还有药品、衣服、食品等等，献金总额达百万元以上。不论社会地位，不论年龄性别，不论财力状况，武汉人民几乎是倾尽所有来献金。

首先，国家元首、政府机关、各党派、民主团体积极响应献金。国民政府主席林森捐献了一座重达 17 两的金鼎和金戒指 4 枚，蒋介石和宋美龄献金 1.8 万元，国民党中央党部全体合献 2.31 万元。孙科、朱家骅、叶楚伧等国民党党政官员和湖南省党部、武汉市政府、党部的全体人员也积极捐献现金和救国公债。中共参加国民参政会的毛泽东等 6 位参政员共献金 1500 元。叶剑英、李克农、钱之光等全体八路军办事处的同志组成了"中共献金团"，代表八路军捐献 1000元。周恩来捐出他任政治部副部长的一月薪金 240 元。参加国民参政会第一次会议的参政员黄炎培、史良、邹韬奋、张澜、陶行知等 200多名中间党派及无党派人士均热烈献金。①

在"七七"献金中占主体的还是普通民众，涌现出了大量可歌可泣的事迹，昭示着中华民族所蕴含的强大力量：

---

① 《全国民众献金运动　党政领导痛悼国殇　各地热烈纪念"七七"》，《新华日报》1938 年 7 月 9 日；《献金洪潮弥漫武汉　中国共产党热烈献金　劳动同胞慨捐血汗钱》，《新华日报》1938 年 7 月 10 日；《武汉三镇献金圆满结束　献金者五十万以上　总数已超过一百万元》，《新华日报》1938 年 7 月 12 日。

献金中大量的是工人、农民、人力车夫、店员、小贩甚至乞丐、妓女等，他们献的钱虽少，但汇聚成巨。7月8日，汉口水塔献金台前出现壮观场面，600多位人力车夫一起赶来，逐个献出他们当天血汗钱。天生裕茶叶铺的24位拣茶女工，各持5角一张的毛票，投入捐款箱，这是她们一天的工薪。两位断了腿的辛亥老兵，挂着木棍爬上献金台，献出2元钱。沦陷区的一位难民无钱可献，竟脱下长褂，哭着捐出。其他献金台的情形也一样，擦皮鞋的小孩献上一角两角毛票，还有澡堂擦背的、茶楼酒店的堂倌等。有的不止献一次，献两次、三次甚至十多次，时时献，天天献，不仅献钱，而且献物；人与人之间在比赛，台与台之间在比赛。新闻界也积极进行宣传；3个流动献金台增到10多个，武汉三镇简直是狂了！①

献金活动结束后，还不断收到海外、香港、上海等地的捐款。这次献金活动中感人的故事在郭沫若和阳翰笙的回忆录里还记录了很多。数以百万的平民如此踊跃地捐钱献物，见证了中国人单纯而热烈的爱国热情、坚强而决绝的抗战精神和不可战胜的意志和力量。据统计，"在'七七'献金活动中，武汉三镇人民捐献了法币406858.75元，银币银角3000元，金银器件计1556件，物品774件，还有外币、外钞、铜圆、钢铁以及公债、储单、存折、股票等。此外，还有由汉口市政府经收的本市各业献金约50万元，共计100万元。外埠献金截至9月11日，收到国币3216260.02元，还有股票数千元及物品若干。各省献金中缴来数目最大者为重庆，其次是湖南。个人献金以上海最为踊跃。献金者以中下层人士占多数"②。冯乃超曾把这次献

---

① 王谦：《郭沫若与国民政府三厅》，《文史精华》2004年第4期，第49页。

② 崔莹：《抗战初期的国民政府军事委员会政治部第三厅》，《历史档案》1989年第3期，第128页。

金的账目编辑成了一本书。到新中国成立之后郭沫若还说这本书是"浸润着多少爱国者的宝贵心血"的记录，要"把它当成国宝，子子孙孙永保用"。

为迅速、妥善使用"七七"献金，把人民的心血都用于慰劳前方将士和赈济难民，1938 年 8 月 5 日，军事委员会邀集武汉党政军机关及有关团体，组织成立了"武汉各界慰劳抗战将士委员会"。委员会由军事委员会政治部、中央宣传部、后方勤务部、武汉卫戍总部政治部、湖北省政府、湖北省党部、汉口市政府、汉口市党部、汉口市抗敌后援会、湖北省抗敌后援会、汉口市商会、武昌市商会、新运妇女指导委员会等 14 个单位的代表组成。中央宣传部、军事委员会政治部、湖北省政府各派一名代表担任常务委员，第三厅的简泰梁任总干事。委员会下设总务、运输、采购、保管、分发、宣传、设计、缝纫、装置等组，分工各项工作。8 月 8 日起在汉口三井洋行旧址开始办公，具体事务都是由第三厅直接管理的。在经费方面，办公费由各个委员机关分担，事业费由军事委员会政治部从"七七"献金项下划拨。在武汉期间，委员会以慰劳前线将士为中心工作，制办了 10 万个慰劳袋，征求到 20 万封慰劳信。鉴于前线药品和医疗器械严重匮乏，第三厅派出阳翰笙、程步高等人专程赴香港采购，分发到各战区。1938 年 10 月，"武汉各界慰劳抗战将士委员会"随政治部迁离武汉后，正式更名为"全国慰劳抗战将士委员会总会"。经长沙、衡阳、桂林等地到重庆后，"慰总"增加了国际宣传团等全国性人民团体，成为全国慰劳运动的领导机构。抗战期间历次大规模的劳军运动都是由慰劳总会组织发动的。因此，"七七"献金是一个重要的契机，催生了国民政府对慰劳工作的重视与组织的完善，这对中国八年抗战的胜利是功不可没的。

第二章　从第三厅到文工会

　　从 1938 年 4 月 1 日成立到 1938 年年底，第三厅一直是在辗转动荡中度过的。随着战争形势的不断恶化，第三厅随同国民政府的各个机关，一步步撤守到长沙、衡阳、桂林，最后才到达重庆。这大半年来的生活尽管是颠沛流离，但第三厅在宣传、动员、鼓舞全国民众抗战的工作上从来没有懈怠。一个周密完善、行之有效的抗战文化宣传体系建立了起来：宣传抗战、启迪民众、教育士兵、普及文化，提高全民族的民主觉悟和爱国意识。第三厅的宣传上至高官显贵，下至平民百姓，越来越多的民众懂得了自身与这场战争之间的深刻联系：覆巢之下焉有完卵，要在战争中保存亲人和家庭，必须先团结起来保卫我们的民族国家。这千百年来从未有过的崭新气象，正是古老的中国觉醒和复兴的开端。

　　然而第三厅在迁徙的过程中，经历了不断的分离、削弱，到重庆改组之后只剩下了 4 个科。进行抗宣工作各方面的难度都增加了。这也是第三厅前期成绩较著而后期比较沉寂的主要原因。国民政府出台了一系列关于文艺的统制政策，对文化宣传也加强了控制。第三厅由于在宣传中经常有倾向于中共的表现，开始受到国民党的压制，工作的自由度和职权范围一点点地被压缩和剥夺。国民政府一直试图使以郭沫若为首的这群文化人为我所用，但他们就像烫手的山芋，抓不住却又不能放弃。1940 年 9 月，蒋介石终于把第三厅收回到他的控制范围，但又不得不为收纳这些文化人才重新设立一个机构。这样，文化工作委员会就产生了。被取消了行政权力和领导社会活动的权力，文工会对国民政府的态度逐渐变得针锋相对起来。

第一节　国民政府中的第三厅

一　抗战文化宣传体系的建立

首先必须明确的是，第三厅在抗战宣传方面所取得的成绩，是在国民党与国民政府进行支持的前提下才得以实现的。周恩来曾说："抗日救国是全体人民的共同事业，国共两党都有庄严的责任。"[1] 抗战初期国共合作局面的出现，为第三厅的成立和发展提供了一个团结御侮、共赴国难的大环境。国民党不仅有限地开放了一部分政权，还在针对共产党、红军的一些问题上做出了重大让步，因此象征着两党在抗战建国中的开诚合作的第三厅才得以顺利成立。毋庸置疑，国共两党对于第三厅的态度、目的和期待都是不同的。但无论潜藏在合作背后的打算是为了装点门面还是争夺文化领导权，第三厅的文化人们却是在抗战军兴、昂扬热烈的时代氛围中，把自己的命运同国家民族的命运紧密地联系在一起，认真地想为抗战胜利和民族解放贡献自己的力量。

第三厅的三个处与下属的众多工作团队以及后来成立的战地文化服务处、全国慰劳总会、全国寒衣征募委员会等单位密切配合，协同

---

① 夏衍：《周恩来对演剧队的关怀——关于演剧队的一些史实》，《人民戏剧》1978 年第 3 期，第 4 页。

工作，为国民党统治区域的抗战文化宣传创立了一套科学完善、行之有效的宣传体系。

首先，为宣传抗战、动员民众，第三厅以政治部的名义组织了一系列大规模的宣传活动。如武汉第二期抗战扩大宣传周、兵役与雪耻扩大宣传（为第二厅主办，第三厅参与）、"七七"抗战一周年纪念、纪念"八一三"保卫大武汉运动等。其声势之浩大、气氛之热烈、感染力之深刻，立即鼓荡起了武汉三镇乃至全国甚至海外民众的抗战热情，使抗战到底、抗战必胜的思想深入人心。老百姓们都愿意从人力、物力、财力和精神上支持中国政府和军队抗战。在中国千百年来贫弱、愚昧、落后的大地上，第三厅通过形式多样的大型艺术宣传卓有成效地为中国的抗日战争初步奠定了民众基础。

在这些宣传活动中，大量以政治部或国民政府名义发布的文告、纪念文章都是由第三厅起草的，散发给军队、民众的各种传单、小册子以及宣传活动中的标语、口号等等都是由第三厅编写、拟制的，在全国民众中间产生了强烈的反响。

其次，第三厅关切前线将士、后方伤病官兵、新兵、壮丁以及出征军人家属和阵亡将士家属的疾苦，经常慰问、帮助这些在战争中付出最多代价的人们。郭沫若在《洪波曲》里不止一次写到前线士兵或壮丁的"寒与病"，缺医少药、寒病交迫，而后方却以不敢"扰乱军心"为由对此讳莫如深，甚至刻意向大后方的家属与民众隐瞒前线的实际情况。第三厅的文化人一直认真地关心着中国军队的疾苦，特意在"七七"抗战一周年纪念活动中号召民众踊跃献金。在募集的百万献金的基础上，成立了全国慰劳总会和全国寒衣委员会这两个专门负责慰劳军队的组织，征募和购买药品、医疗器械以及衣物、蚊帐、榨菜等日用品和食品，既慰问前方将士、后方伤病员，又慰问士兵家属、难属，也兼顾赈济难民。针对前线将士缺乏精神食粮的情况，第五处编写、印制了许多抗日宣传品输送到各战区前线，供士兵传阅。

各种宣传抗战的小册子、连环画册，还有《前敌》《士兵》两种周报分供将领和士兵阅读，都深受欢迎。

为顺利输送各种宣传品到各战区，在郭沫若建议下，由政治部设计委员何公敢任处长、第三厅第五处的中共党员刘明凡任秘书的战地文化服务处于 1938 年 7 月建立起来。"战文处"负责"统筹分发书报杂志及慰劳物品于各战地"①，在兰州、南昌、长沙、洛阳、西安、金华、广州、重庆等地建立众多的"战地文化服务站"，形成了一个四通八达的抗战宣传品运输发行网。"慰总"配合"战文处"一起工作，从香港买来的 10 辆卡车保证了慰问品和抗战宣传品能够顺利运送到战区前线。1938 年 9 月，第三厅下属的抗敌演剧队、抗敌宣传队、电影放映队、漫画宣传队组织、培训完毕，分赴各战区军队巡回演出。有了方便的交通工具，各种形式的慰问宣传活动就更加活跃了，慰问团、演出队、摄影记者、战地服务团等经常深入战区，为将士们枯燥的战争生活增添了乐趣。

再次，第三厅是国民政府进行对敌宣传的主要部门。第三厅第七处有一批精通日语、熟悉日本国情的专门人才，还有日本进步人士鹿地亘、池田幸子、绿川英子等友人，开展了大量与抗战直接相关的宣传工作。

第七处对日军的宣传工作，首先是通过各种途径搜集日军情报，精通日语的刘启光、张常惺每天监听日本电台，把情报抄送给国民政府军事委员会各部门，也送给八路军办事处；还派专人搜集各种日文报刊、俘虏供词等材料，研究日本当时的政治、经济及社会问题，用于编辑内部发行的《敌情研究》周刊（主编蔡仪），以备军事委员会各部门参考。第三厅还印发了《伪满真相》《十年来朝鲜的反日运动》

---

① 中国第二历史档案馆编《中华民国史档案资料汇编·文化（一）》（1912—1945）第五辑第二编，江苏古籍出版社 1998 年版，第 93 页。

《日寇暴行录》等研究资料，向中国人民乃至全世界揭露日军暴行和侵略真相。

第七处最突出的成绩是针对侵华日军开展的对敌宣传。他们专门制订了《对敌宣传要点》，印制大批日文标语、传单、漫画、小册子、歌曲和各种通行证等，总数约六千万份，由航空委员会以及战区部队在前线向日军散发。平时每月有一到两次用飞机到前线散发日语宣传品和投降通行证。还有一次派空军夜间飞到日本长崎上空散发传单，号召日本人民反战，震惊了日本全国。第三厅还会同中宣部主持每周一次的对日反战广播，并组织鹿地亘等日本友人在前线对日军喊话，呼吁日军停止侵略战争。第七处还有一项重要工作，就是协助鹿地亘的"在华日本人民反战同盟"，向战俘收容所提供宣传品，还先后派廖体仁、刘佐人、郭劳力、康大川等人前往俘虏收容所视察和进行教育工作，促使部分战俘转变为反法西斯战争的战士，有的还参加了反战同盟。

最后，第三厅的抗战宣传非常重视国际宣传。第七处本身就是在蒋介石的直接授意下组建起来专门负责国际宣传的机构，开展了以日语为主，兼有英、法、俄语的对外广播。迁到重庆之后，英语宣传改由中宣部负责，第七处主要用日语和世界语对外宣传。

在英语宣传方面，第三厅每周一下午四时与国际宣传处联合召开外国新闻记者招待会，向各国记者通报一周间军事、政治及其他重要事项的有关情况，使各国媒体及时了解、报道我国的抗战情况。

在世界语宣传方面，第七处的叶籁士、乐嘉煊、霍应人等创办了世界语半月刊《中国报导》，寄给50多个国家的世界语组织和个人。"据三厅1939年10至12月大事记记载，苏联、加拿大、瑞典、荷兰、法国等几十个国家的读者纷纷来信，对我国抗战极表赞扬，并允为声援。澳洲工人世界语学会，还利用《中国报导》和三厅寄往的材料举办了中国抗战图画兼照片展览会。丹麦、阿根廷等国世界语读者，经常把《中国报导》上的文章译成本国文字，在国内较有影响的报纸上发表。"①

另外，第三厅还积极支持海外华侨、国际友人对中国抗战事业的关注与声援行动，为海外华侨和外国报纸、杂志的宣传提供了许多有关中国抗战情况的宣传品。如1938年8月12日至22日，菲律宾华侨援助抗敌委员会举办了中国抗战画片展览会，展出了第三厅选送的各种木刻、照片、图片。会后发起的抵制日货和请求美国政府禁止向日本贩卖军火两个运动，都得到了国际人士的同情，签名赞助者达5万余人。

第三厅充分运用自身的人才资源、艺术资源和物质资源，点面结合、内外兼修，组织了一个庞大而有序的宣传系统：三个处互相配合，生产出大量的抗战文化宣传品；通过战地文化服务处和各演剧队、宣传队把宣传品输送到前线后方；利用各种媒体宣传中国抗战，为中国军队争取国际支援。如此迅速高效的宣传系统，取得了巨大的宣传效果，中国全面抗战的宣传攻势声势浩大地展开，对于中国抗战胜利不仅贡献了精神力量，还有着实质性的功绩。

二　为抗战文艺筚路蓝缕

抗战军兴，中国现代文学的风格也迅速为之一变。抗战初期的文艺作品都洋溢着简洁明快、乐观单纯、紧贴抗战现实的气息。第三厅在主持国统区抗日文化宣传工作的同时，也对抗战文艺的发展起了重要的作用。

首先，第三厅的组建以及对演剧团体的收编，给众多文化人提供了安身之所和用武之地，为抗战文艺的发展奠定了基础。

抗战爆发之初，几百个文艺团体聚集在武汉，数以千计的文化人

---

① 崔莹：《抗战初期的国民政府军事委员会政治部第三厅》，《历史档案》1989年第3期，第130页。

背井离乡投身抗战洪流。如果没有比较固定的收入来源，连最起码的生存都保障不了，谈何抗战宣传？当时国民政府强行解散了蚁社、青年救国会和民族解放先锋队，其他抗日救亡民众团体也被勒令停止活动，大批热血青年的生活陷入了困境。第三厅收编这些团队，不仅给了他们生活上的保障，在政治上也给予了合法性。这些文化人领到国民政府的经费支持，穿上国民党军队的军装，再打起第三厅的"金字招牌"，就可以名正言顺地在各战区前线进行慰问演出、抗战宣传。改编的 10 个抗敌演剧队、4 个抗敌宣传队都深入国民党军队内部，开展了军中思想教育和抗日文艺宣传。虽然第三厅能够解决的只是一部分民间团体的问题，但是参照这种模式，可以使更多的民间文艺团体纳入国民政府的抗战宣传系统，在国家财政支持下参与到全面抗战的事业之中。从这个意义上讲，第三厅为国统区抗战文艺扩大了生存空间。

第三厅下属的工作团队在前线不仅完成了演出、慰问、抗宣的任务，还承担着救护伤病员和难民的工作。这些文化人真正走出了象牙塔，脱去知识分子的精神外衣，以一个普通中国人的身份去经历和感受战争。他们在为民族抗战所做的切切实实的工作中得到创作灵感和题材，创作出更多贴近前线生活、反映战争场景的新作品。在实际演出的实践中，歌咏、舞蹈、美术、戏剧等各方面都得到锻炼和提高，为达到更好的宣传效果，一点一滴地积累着抗战文艺的进步。

其次，第三厅曾多次组织大规模的抗敌宣传活动，突出了抗战文艺各个艺术门类的重要作用，提高了民间文艺（特别是戏曲）的艺术地位。

第三厅以政治部的名义组织了一系列大规模的宣传活动，如武汉第二期抗战扩大宣传周、"七七"抗战一周年纪念、纪念"八一三"保卫大武汉运动等，充分发挥了各种文艺形式的作用。特别是抗战扩大宣传周，每天以一种艺术形式为主题，文学、歌咏、戏剧、电影、美术等都成了重要的宣传力量，使这些艺术形式深入了民众的生活之中。第三厅的艺术家们热心指导业余艺术团体，也促进了各艺术形式在民众中间的普及。

戏曲在旧社会的地位非常低，国民政府把包括戏曲艺人在内的剧场业同酒楼茶馆业、妓院业并称为"三业俱乐部"。洪深代表第三厅出席一个会议时，听到国民党官员这样的说法，立刻气愤地站起来驳斥，为戏曲艺人正名。第三厅还专门组织了一次新旧文艺工作者的同台演出，强调了对于民间艺术的尊重和重视。[①] 第三厅后来又专门开办了为期三个多月的"战时歌剧演员讲习班"，向旧戏艺人讲解抗战意义与新的艺术常识，提高戏曲艺人的素质。结业时有 750 多人领到了由李可染设计、郭沫若签名的毕业证书，并发出了"坚决不替敌人歌舞升平""坚决为民族存正气，与抗战共始终"的誓言。[②] 第三厅一方面把各种戏曲艺人都吸纳进抗战宣传的队伍，与负责前线宣传的抗敌演剧队、抗敌宣传队遥相呼应。在武汉撤守之前，第三厅把各地方剧团改编为流动宣传队，签发番号和军用护照，并资助经费帮助这些戏曲团体及时撤离武汉。后来他们辗转到大后方各地演出，一直到抗战胜利都坚持在民间进行抗日救亡宣传。另一方面，第三厅也非常重视旧戏艺人整体素质的提高与旧戏革新。除了武汉时期的"战时歌剧演员讲习班"，田汉还组织了一个评剧、湘剧的"实验宣传队"，演出他新创作的 10 多部抗战剧目，如《土桥之战》《新雁门关》等，在长沙、衡阳、桂林等地以戏曲形式进行抗战文化宣传。

最后，第三厅与文协共同促进了抗战文学的发展。文协在成立之初也带有浓厚的官方色彩，得到了中宣部、政治部、教育部等国民政府机构的经费支持，并积极承担党政机关委托的抗战文化宣传工作。

---

① 阳翰笙：《风雨五十年》，人民文学出版社 1986 年版，第 214 页。
② 同上书，第 216 页。

在武汉的一系列大型宣传活动，第三厅都得到了文协的大力配合。

仔细考察这两个机构，会发现在人员构成上有颇多重合之处。第三厅的成员中有很多人本身就是作家、剧作家，也加入了文协。文协的发起人中有阳翰笙、田汉、洪深等至少 14 人也是第三厅的重要成员。1938 年 9 月文协会员名册上有郭沫若、阳翰笙、田汉、倪贻德、冯乃超、洪深、孙师毅、马彦祥、叶君健、光未然、段平右等共计 19 位第三厅成员，还有郁达夫、鹿地亘、池田幸子、徐旭生 4 位政治部的设计委员。

人员的重合必然带来对于抗战文艺的一致理解。老舍的《入会誓词》表达了文协是"新的机械化部队"，而他愿做一名文艺界的"小卒"为抗战抛却生死的决心。① 文协的成立不仅代表着全国文艺界的紧密团结，更意味着"文艺为抗战服务"的观念在文学艺术界得到了普遍的认同。《新华日报》的社论希望在抗战救国的旗帜下，大时代的文艺"应该是一种群众的战斗的行动"②，文艺家要深入现实中去，到战场上、到部队中、到普通人的生活里，号召全民团结起来抗日救亡，并使抗战文艺成为大众化的文艺。文协响应了这一号召，要用手中的笔"来发动民众，捍卫祖国，粉碎寇敌和争取胜利"③。他们把"最辛酸，最悲壮，最有实效，最不自私的文艺"作为"最伟大的文艺"④，把文艺看作"政府与民众间的桥梁"，提出了"文章下乡，文章入伍"的口号。国难当头，文学不再是阳春白雪，必须反映现实，

---

① 老舍：《入会誓词》，文天行、王大明、廖全京编《中华全国文艺界抗敌协会资料选编》，四川社会科学院出版社 1983 年版，第 20 页。

② 《全国文艺界抗敌协会成立大会》，1938 年 3 月 27 日《新华日报》社论，文天行、王大明、廖全京编《中华全国文艺界抗敌协会资料选编》，四川社会科学院出版社 1983 年版，第 26 页。

③ 《中华全国文艺界抗敌协会发起旨趣》，文天行、王大明、廖全京编《中华全国文艺界抗敌协会资料选编》，四川社会科学院出版社 1983 年版，第 17 页。

④ 《中华全国文艺界抗敌协会宣言》，文天行、王大明、廖全京编《中华全国文艺界抗敌协会资料选编》，四川社会科学院出版社 1983 年版，第 13、14 页。

把普罗大众作为宣传对象，才能真正成为时代的号角。国统区抗战文学从一开始就用通俗易懂的语言、大众喜闻乐见的形式，创造出了许多新的文学样式，如街头诗朗诵、墙头诗、传单诗、街头剧、活报剧、茶馆剧、大鼓词、唱本等等。也许这些带有深刻时代印迹的作品确实缺乏审美艺术性和永恒的文学价值，但它们在当时紧扣时代脉搏，注重时效性、鼓动性，是广受中国普通军民欢迎的。文艺作品的价值最直接的体现就是读者的接受。而文协所提倡的"文章下乡，文章入伍"也更多地在第三厅的下属文化团队那里得到实践。第三厅还协助和促成了由文协牵头组织的"作家访问团""战地慰问团"到各战区访问。

综上所述，第三厅对于抗战初期的国统区抗战文艺，既是整个文化环境的缔造者与维护者，又是实际创作的积极践行者。应该说，尽管整体来看，抗战初期的文艺作品偏重功利性、宣传性，而在很大程度上丧失了审美的艺术性和多样性，但是如果能够承认抗战文艺在贴近时代、反映精神、获得了与民族和人民的血肉联系这些方面有所成就的话，这成就的获得，第三厅功不可没。

三　职责之外的职责

作为国民政府下属的政府机构，第三厅不仅仅负责抗战文化宣传的组织和实践，还要听命于政府指挥，参与国民政府的一些实际事务。例如1938年10月长沙大火后的善后工作，1939年5月重庆大轰炸后组织救护队、开展救援工作等。而有很多工作是第三厅主动争取来做的，不限于抗战文化宣传的范围，只要对中国的全面抗战有利，就勉力为之。如承担起全国慰劳总会和全国寒衣委员会的组织工作，积极慰劳前方将士、赈济难民、购买药品和医疗器材等。

1938年11月12日，长沙城被国民政府所谓的"焦土抗战"焚毁殆尽，大火持续了三天三夜，几十万受灾的老百姓流离失所，两万多人葬身火海。我们的同胞不是死在敌人的枪炮下，而是在人为制造的灾难中无辜殒命。这与是年6月的花园口惨案一样，都是国民政府决策失误所造成的人间悲剧。一时间国内外谴责的矛头都直指国民政府。在国民政府大力宣传"焦土抗战"，为他们自毁家园的错误推卸责任的时候，第三厅率先承担了长沙灾后的救援和善后工作。

其实，在长沙大火当天第三厅已经开始南迁，大部分人员分成两队去湘潭。一队由田汉率领步行，一队由范康寿率领乘火车，行李由洪深总负责。而就在深夜，大火毫无征兆地笼罩了长沙全城。郭沫若、张曙、洪深、张肩重等最后撤离的几个第三厅人员没有得到任何通知，被突如其来的大火冲散了。八路军办事处的周恩来、叶剑英等也都是在混乱中死里逃生，到下摄司才聚齐。第三厅用了四五天的时间才把全体人员转移到衡阳，接到命令又立刻派人回长沙处理善后。洪深和田汉当晚就率领着十位工作人员和两个抗敌演剧队赶赴长沙，"在燃烧着余火的断墙残壁间抢救伤病兵员和灾民，抢救粮食物资，扑灭余火，清理被灰烬和瓦砾埋没的街道，清查死难尸体等待掩埋和认领，解决灾民的吃饭问题，发放救济金，还出墙报恢复抗日宣传"[1]。三天后，郭沫若和冯乃超又带第二批人员去支援。演剧一、二、八、九队和抗宣一队都参加了救灾工作。这显然并不是第三厅的本职工作，但是他们不像很多国民党官僚只顾升官发财捞油水，出了问题就推卸责任，也没有站在一边看政府的笑话，而是尽力挽救民众于水火之中，为民族抗战事业工作。他们代表的是国民政府的形象，但更是他们自己作为中国人、作为文化人投身民族抗战伟大事业的精神。

1939年5月，第三厅迁到重庆后不到半年，就遭遇了"五三""五四"大轰炸。日本空军从1938年2月起，对陪都重庆进行了长达

---

① 阳翰笙：《风雨五十年》，人民文学出版社1986年版，第246页。

5年半无区别、无限制的战略轰炸，到1943年8月，共出动飞机9000多架次，投弹数万枚，几乎毁灭了整个重庆市。这种国家战事性质的无差别轰炸是侵华日军继南京大屠杀之后在中国犯下的又一滔天罪行。当时重庆还没有完善的防空设施，而日机对重庆连续两天进行了大规模的空袭，山城顿时陷入火海之中，大火燃烧了三天三夜。山城被炸毁大半，浓烟冲天、废墟成片，市民死伤惨重，20余万人流离失所。逃生的人流、车流阻塞了交通，城市一片混乱。面对又一场人间惨剧，第三厅驻渝人员立即组成救护队，奋不顾身地冲入火海，救死扶伤，疏导交通，抢救难民、儿童、伤员和财物。第三厅驻在乡下赖家桥的人员也组织抚慰队进城参加抢救。在余火未熄灭的断垣瓦砾上，写上了抨击日寇罪恶和鼓舞人心的标语："看！是谁炸毁了我们的家园？""看！是谁炸死了我们的父母兄弟妻儿！"旁边画着遇难的母亲和幸存的孩子。号召坚决抗战的标语和宣传画，画满了重庆市街的残垣断壁。第三厅在灾难中维系着国人的信念，只要中国人民团结抗日，侵华日军的轰炸再残暴，也炸不毁中国人民的抗战意志，磨折不了中华民族争取抗战胜利的决心。

为管理武汉时期的"七七"献金，"全国慰劳总会"成立起来，最初的采购、慰问工作都是由第三厅主持的。鉴于前线最缺乏的是药品和医疗器械，第三厅派出阳翰笙、程步高和会计雷一平到香港采购。为运输药品和器材，又购置了10辆卡车。由于1938年10月广州沦陷，他们不得不改道越南河内，把药品运往昆明。当这批原价30万元的物品运到重庆时，已经价值500多万元。这些珍贵的药品和器材分送到了各个战区，真正把武汉民众热情捐献的献金用于慰劳中国前线的抗日军队。

"慰总"在武汉时还发动了征集30万封慰问信和购置30万个慰问袋的活动，第三厅第五处的工作人员用了两个多月的时间检查每一封来信，并附上小慰问品，让前线的战士都能感受到后方民众的关注与热情。

"慰总"迁到重庆以后，就于1939年2月与政治部及国民党重庆市党部开展了重庆市春礼劳军活动，为部队伤员赶制棉衣。后来还开展了发动重庆市民和工商界人士为前线将士赶制20万套暑衣的活动。同年秋天，又赶制了40万套棉衣，其中有5万套送给了八路军。1940年春季还赶制了20万套蚊帐分送到前线。这些活动都是在第三厅的直接指挥和帮助之下完成的。

在抗战初期，第三厅人热情洋溢地投入抗战文化宣传以及一切与抗战有关的事业里，丝毫不计个人得失，甚至为烦琐的公务放弃了他们在艺术上的追求。但是即便他们付出了如此之大的代价，也无法真正实现他们为抗日救亡奋斗的愿望。在撤守武汉之前，第三厅就已经普遍地陷入了苦闷。

第二节 从第三厅到文工会

一 第三厅的苦闷

从政治部以及第三厅成立的筹备过程中能够看出，国民党是要完全掌握在全面抗战中的领导权的。对于共产党，既有接纳其进入政府的姿态，又不肯让渡任何实际权力，并以强化国民党力量的手段消减、制约共产党可能造成的影响。对于第三厅，蒋介石坚持任命刘健群当副厅长就是出于这样的考虑。蒋介石认为家国一体，坚持独裁统治，任人唯亲，因而戴笠、贺衷寒、张厉生、康泽等黄埔军校出身的"十三太保"都是他的亲信。在这些"党国忠臣"的重重包围之下，郭沫若这个厅长就只能成为一个空头的"金字招牌"。然而经过周恩来的斡旋和郭沫若的斗争，第三厅争取到了人事任命和工作安排方面的自主权，能够相对自由地聘用各处、科室的人员及第三厅的职员，有权力收编民众团体、组织演剧队和抗宣队以及统筹国统区抗战文化宣传事宜。这就为第三厅的组织和活动赢得了最初的主动权。

但是从第三厅成立的那一天起，国民党就对第三厅的各项活动、各种宣传文字进行了严格的审查和控制。郭沫若深谙官场路数和国民政府的惯例，从一开始就对每一种文字宣传品都不厌其烦地亲自过目删改，以求顺利通过，其大刀阔斧的改动甚至令五处的工作人员感到不满。即便如此，问题还是不能避免。1938 年 4 月 6 日，抗敌扩大宣传周筹备会印出了老向的大鼓词《抗战将军李宗仁》。李宗仁是国民党的高级将领，指挥徐州会战赢得了台儿庄大捷；写这篇大鼓词的老向（王向辰）也是国民党人。但是连郭沫若都没想到，抗战时期国民党内部的派系斗争依然如故，只能宣传最高领袖，即便是国民党抗日名将的抗战功绩也不允许大张旗鼓地宣传。陈诚立刻以"不能替任何的个人将领宣传"为由扣留了全部印刷品，禁止向外散发。五天之后，第三厅就接到这样一道训令：

> 查三厅近所印行各种宣传文件中，每有"人民""祖国""岗位"等字样，此等文字殊不妥帖。"人民"应一律改为"国民"，"祖国"改用"国家"，"岗位"改为"职分"。以后凡有对外文件须经呈部核准之后，再行印发。①

郭沫若知道这无疑是针对第三厅"过了火的扩大宣传"的。在国民党眼里，词语鲜明地显示着作者的立场与阶级性，"人民""祖国""工农"这样"赤化"的字眼都是国民党的禁忌。第三厅的宣传要完全纳入国民党化宣传的轨道，这些词语当然是不能使用的。1938 年 4

---

① 郭沫若：《洪波曲》，人民文学出版社 1979 年版，第 60 页。

月 12 日，政治部召开例行的部务会议，其最主要的议题就是组织审查委员会，讨论组织条例。提出这一议案的张厉生认为，政治部单位很多，要设立审查委员会以保证所有对外文件内容统一，由部长陈诚从设计委员中指定若干人组成，所有本部的对外文件都必须经过审查核准才能印发。这个幕僚机构成立的本意就是约束、钳制第三厅的抗日宣传活动及其方式。审查制度就像一个"紧箍咒"，毫不容情地套在了第三厅的头上。

不仅如此，在 4 月 13 日的大游行即将开始之时，陈诚、康泽等人以空袭警报破坏了第三厅举行民众游行的计划。不论当天的空袭警报是真是假，从这件事情可以看出，国民政府并没有完全放手让第三厅自由组织抗宣活动，他们所顾忌的应当还是第三厅当中的中共分子，担心他们借助民众运动扩大影响和实力。国民党倾向于单纯的政府抗战，要在抗战中全面掌握领导权，在民众中间建立起绝对的权威来。而陈诚要求第三厅举办扩大宣传周，主要是为新成立的政治部造势，一方面扩大政治部的影响，另一方面也是给自己积累政绩。然而第三厅如此认真地鼓动起武汉的抗战热情，又使陈诚深恐局面超出自己的掌控范围，使中共有机可乘，陷党国于不利的境地。

但是，国民政府既已宣布了抗战到底的决心，民众抗战救亡的情绪之高涨、时代氛围之昂扬乐观，亦是理所应当的。大力进行抗战宣传，能够增强政府和领袖的号召力，扩大中国抗战的国际影响，争取国际社会的同情和支援，其有利于中国抗战也是显而易见。因此对于积极投入抗战宣传的第三厅，国民政府一开始还是比较宽容和支持的。不过在经费方面，第三厅却是困难重重。郭沫若在《洪波曲》里记述在他就任之前，陈诚许诺给第三厅大约 80 万元的事业费，相当于国防军两个军的经费。当时郭沫若还认为陈诚"认识到宣传的力量可以抵得上两个国防军"①，然而一直到"政治部已经迁到了衡阳之后，才得批准了四万多块钱的预算"②，之前的工作都是打"零工"，由政治部临时开支。但据档案资料显示，第三厅从 1938 年 8 月就开始实行每月 6 万元的预算。③ 后来沈从文也有一篇文章提到了第三厅的事业费问题：

> 第三厅的成立，最先闻每月可动用一百万元经费，可见其始期望相当大。但事到后来，可供使用经费尚不及十分之一，从数目变更上又可见出若不是这笔钱在当局认为用不得当，就是主持人钱用不了，因为这个工作固然值得花钱，但也要会花钱。倘若只在表面上装点一下，出几个刊物，办两份报纸，安插一下老朋友小伙计，那么每月百万自觉太多，有三五万也很够点缀场面，敷衍敷衍某某人或某某方面了。④

不管这是沈从文作为局外人的观感或"想当然"，还是郭沫若所斥责的"自命清高的文人"造的"谣言"，与郭沫若的回忆做一对照就能够确定，第三厅在经费方面的问题是确有其事的。然而对于其原因则是众说纷纭。郭沫若认为，国民政府对事业费的削减、控制意在束缚第三厅的手脚，使之无法放手工作。沈从文则把矛头直指郭沫若等领导者，是"存心做官"还是"打量做事"，即便是后者也需要有能力和眼光，而他们就是办办报刊，安排原来创造社的朋友，对于国家、政府都是敷衍，用三五万点缀场面就足够了。平心而论，这话对

---

① 郭沫若：《洪波曲》，人民文学出版社 1979 年版，第 40—41 页。
② 同上书，第 52 页。
③ 《军委会政治部第三厅关于抗敌宣传工作概况的报告》，中国第二历史档案馆编《中华民国史档案资料汇编·文化》(1912—1945) 第五辑第二编，江苏古籍出版社 1998 年版，第 63 页。
④ 沈从文：《"文艺政策"探讨》，原载《文艺先锋》第 2 卷第 1 期，转引自刘洪涛编《沈从文批评文集》，珠海出版社 1998 年版，第 69—70 页。

于第三厅未免过于刻薄。综观国民党在抗战期间对文艺方面的拨款，也许总共都不到 100 万元，怎么可能每月拨给第三厅巨额经费？第三厅是一个国共合作的机关，直接由中共的领导人周恩来负责，蒋介石更不可能给予充分的资金支持，这是显而易见的。最初 80 万或 100 万元的"空头支票"或许只是蒋介石、陈诚用来安抚文化人的一个策略，有实际抗宣活动时才临时拨款，而每月 6 万元的经费对于人员众多、百废待兴的第三厅也是杯水车薪。

国民政府机关内部贪污腐败成风，争权夺利、互相倾轧，第三厅身处其中也难免受到影响。抗敌宣传周过后，政治部内部的争权夺利就开始了，第一厅、第二厅都与第三厅竞争和抗战宣传有关的工作。首先是政治部编印《敌寇暴行实录》，从业务范围上看应由第三厅第七处负责，可是第二厅厅长康泽强调他的别动队在沦陷区可以搜集资料，应由第二厅来做。最终这项工作却以第一厅厅长贺衷寒为主编，每个厅都派人员参加编纂委员会。但是按照郭沫若的说法，这本书从收集材料到编纂、印行以至保管、分发，都是由第三厅完成的。① 这部书由商务印书馆的香港分馆承印，有大量的图片，印刷得相当精美，成为留给后世的珍贵史料。郭沫若认为，康泽、贺衷寒、张厉生这些国民党官员打着抗战建国的旗号，热衷于争权夺利、升官发财，国民党官场的恶劣风气在很大程度上限制了第三厅的积极工作。

特别是 1938 年 5 月初的"雪耻与兵役扩大宣传周"，标志着第三厅进入低潮期的开始。康泽以 5 月的纪念日都与第二厅组织民众的业务有关为由，坚决主张由第二厅来主持 5 月的工作。5 月有一连串值得纪念和扩大宣传的节日："五一"劳动节、"五三"济南惨案、"五四"文化运动、"五五"革命政府、"五七""五九"国耻纪念，还有"五卅"运动。而这个由第二厅与军政部兵役处主持的"雪耻与兵役

---

① 郭沫若：《洪波曲》，人民文学出版社 1979 年版，第 72 页。

扩大宣传周",只在高级官员层召开了一些会议,在报纸、刊物上做了做宣传,却没有举行大规模的群众活动,利用节日、纪念日去调动民众的抗战热情。国民政府以这种方式限制第三厅工作的原因,一方面可能如郭沫若所言,"怕刺激日寇",有军事方面的考虑;或是"害怕民众",坚持政府抗战路线。另一方面也可以看出,国民党不肯把抗宣工作完全交给第三厅,对其中的中共分子始终怀有戒心,但是国民党内部既缺少抗宣人才,又没有认真做抗宣工作的打算,根本无法实现真正意义的抗战宣传。

其间,第三厅没有经费,没有工作可做,大家普遍陷入了苦闷情绪。5月上旬,第五处第一科的科长徐寿轩甚至愤而辞职。由于政治部内部的文件审查制度,第一科的工作受到太多限制,障碍丛生。第一科曾要求主办一个大型的报纸宣传抗战和一种月刊,政治部不批准,反而让他们接手《扫荡报》。对于这份以"反共"为主旨的复兴社的机关报,他们又不愿意接受。而平时第一科的人员写的文章,送到政治部审查,往往遭到大量的删改和批评。第一科的许多普通科员都是有思想、有抱负的文人学者,原来经常为重要的报纸、杂志撰文。他们来到第三厅不是为了做官,可是在第三厅却连自由写作和发表言论的权利都没有了。可以说,他们"那种以知识分子为对象的左翼文体"确实如郭沫若所言,在某种程度上"不适宜于对士兵、对民众的宣传",更"不适宜于'官厅'的体制"。[①] 但他们受压制的最根本的原因,还是由于他们的思想不驯顺于国民政府的要求。虽然参加了政府工作,但这并不代表他们能够完全接受国民党的理论、服从于国民政府的各种政策。这些自由主义的文化人时刻需要自由地思想与发言的权利,这在国家政府机关中是不被允许的。存在着这样不可调和的矛盾,国民政府对第三厅也总是有所警惕。"七七"纪念周后不

---

① 郭沫若:《洪波曲》,人民文学出版社 1979 年版,第 74 页。

久，由于黄琪翔擅自把涉及中共问题的公文给周恩来看，被蒋介石免去政治部副部长职务，调任第五战区副司令长官，张厉生和贺衷寒分别升迁为副部长、秘书长。政治部的人事变动，使其内部的国共力量对比发生了实质性的变化，第三厅的处境也愈发尴尬。

其实早在5月中旬，胡愈之到武汉就任第五处处长时，第三厅就已处于"有本领没有工作好做"的状态，计划中的大规模宣传都得不到政治部的批准。处于国民政府严密的控制之下，第三厅成了"变相的反省院"。① 1938年8月，胡愈之写了一篇纪念苏联国际青年节的文章，郭沫若加了题词，发表在《新华日报》的社论栏。第二天郭沫若就接到了陈布雷代蒋介石写的申斥信，蒋介石又亲自召见他，说公务人员不应该在"有色彩的报上"发表文章，要在《大公报》那样的中间性报纸上多替三青团宣传。②

针对第三厅较为"左倾"的思想状况，蒋介石想通过吸收第三厅人加入国民党的方法一劳永逸地解决这个问题。据郭沫若回忆，大概在5月中旬时，国民党中央社发布了一个国民党的高级决议，恢复了30多位中共领导人的国民党党籍，其中也有郭沫若。三四个小时之后，这条没有征求过当事人意见的决议就在中共办事处的抗议下被取消了。但是，这一事件已经包含了蒋介石企图以中共党员加入国民党的办法解决国共分歧的设想。蒋介石又提出在国共两党之外组织三民主义青年团，通过垄断青年组织间接解决中共问题。中共方面态度明确地表示国共两党不能取消，必须从联合中找出路。但蒋介石坚持在国民政府内部强行推行这一政策。

在第三厅，三青团用高官厚禄引诱、游说年轻的文化人："现在参加三青团就是三青团的元老，以后就是中央委员。"③ 在国民党官场

---

① 郭沫若：《洪波曲》，人民文学出版社1979年版，第78—79页。

② 同上书，第113—114页。

③ 曹汉文、谭阳：《武汉三厅时期的王琦》，《新文化史料》1996年第2期，第62页。

风气的影响下，第三厅没有多少工作可做，官僚主义、腐败现象却越来越多，引起了恶劣的社会影响。甚至有老百姓写信给郭沫若告状："我们一直崇敬文化人，但有些文化人当了官就丢了老百姓。"① 沈从文在《"文艺政策"探讨》一文中提到的社会上称第三厅为"跳舞厅"② 想必也不是传言。苦闷、失望的情绪在很多第三厅人中间蔓延，终于有人效仿徐寿轩，如罗工柳、力群、王琦等，坚决地离开第三厅，投奔到新四军、延安去进行实际的抗战活动了。王琦离开时还意气地写了一封"万言书"给郭沫若和阳翰笙，详细地指出了第三厅的官僚、腐败之弊。郭沫若和阳翰笙等人自是痛心疾首，但第三厅的这种现状在国民政府的治下也是难以扭转的。

二 第三厅的迁徙与变动

第三厅从 1938 年 4 月 1 日成立到 1939 年年初，一直处于迁徙和动荡之中；而到达重庆一年多的时间之后，终于在 1940 年 9 月被国民政府收回到了控制范围，这中间第三厅也经历了错综复杂的变动。第三厅基本上可以按工作地点的变换分成三个阶段。

第一个阶段，武汉时期。第三厅处于相对稳定和顺利的发展期，进行了几次大规模的扩大宣传活动，扩大了第三厅的影响。但是代理第五处处长的徐寿轩在胡愈之上任前就因工作受压制而愤然辞职，第一科科长的职位也由此空缺。1938 年 5 月胡愈之到任后，第一科与第二科合并到一起，由张志让负责。

当武汉战事趋于紧张时，政府机关和民众就开始疏散。按照政治部的安排，1938 年 8 月 13 日，杜国庠率领第一批约三分之一的人员撤退到衡山。郭沫若称之为衡山先遣队。包括第五处、第六处的一部

---

① 曹汉文、谭阳：《武汉三厅时期的王琦》，《新文化史料》1996 年第 2 期，第 62 页。
② 沈从文：《"文艺政策"探讨》，原载《文艺先锋》第 2 卷第 1 期，转引自刘洪涛编《沈从文批评文集》，珠海出版社 1998 年版，第 71 页。

分人，抗敌演剧队八队、孩子剧团，日本友人池田幸子和一些职员的家属。负责政治部第一批疏散的张厉生对作风稳健的杜国庠和熟读《总理遗教》的何成湘很是佩服，多次在纪念周上当众要求以第三厅为模范榜样。撤往长沙之前，衡山先遣队开展了许多抗战宣传活动。孩子剧团巡回演出，卢鸿基、丁正献等展览抗战木刻作品，梅电蝜主编了报纸《抗战三日刊》，负责艺术宣传的石凌鹤还对当地的湖南花鼓戏加以改编，把这一被政府以海淫海盗为由禁止的戏曲形式改造成了抗日宣传的新剧种。

留在武汉的政治部迁到了汉口江汉口码头附近的三井洋行。第三厅抓紧时间训练文化团队、组织战地文化服务处的宣传站、召集电影放映队、制作黄鹤楼壁画、编纂《抗战一年》、整理"七七"献金，并多次组织慰劳团到各战区慰劳前线将士。

1938年10月初，第三厅的两位副厅长范扬、范康寿带领第二批第三厅人员撤到了长沙。1938年10月21日，第三厅的最后一批工作人员撤往长沙。而郭沫若和胡愈之是在10月24日晚，武汉陷落之前才乘船撤离武汉，30日晚到达长沙。

第三厅的第二个阶段就是在长沙、桂林的3个月时间。第三厅到达时，长沙已成为继武汉之后又一个军政荟萃的地方。在长沙期间，军事委员会改设西南桂林、西北兰州两个行营，总部驻在重庆。第三厅也因此要分成三部分，到重庆去的本部必须缩小编制，废处减科，三处九科只能压缩为四科。11月9日，早有辞职想法的胡愈之在第三厅改组之前离开，第五处改由杜国庠负责领导。

1938年11月12日，长沙大火前，第三厅分三路撤退，一路由田汉率领步行，一路由范康寿率领乘火车，还有一路运送行李，洪深负责。13日在下摄司集合。1938年11月15日，第三厅到达衡山。16日，第三厅全体到达衡阳三塘。在由衡山到衡阳的路上，第三厅还捡到了一个第二厅遗落的皮箱。郭沫若打开才发现，里面有关防、官章、厅长杜心如的私章、密码电报等等重要物品。当时国民政府机关撤退的狼狈情形由此可见一斑。

1938 年 12 月 2 日，第三厅全体人员从衡阳出发乘火车到达桂林。在桂林期间，政治部筹组计划中的西南行营政治部，从第一、二、三厅抽调人员组成三个科，梁寒操任主任。其中第三科是宣传科，从第三厅各处抽调人员组成，由张志让任科长，被称为"小三厅"。田汉留在桂林领导演剧队和戏曲团体；冯乃超和鹿地亘开办日语训练班，到 1939 年 5 月才去重庆。第三厅的成员也开始出现较大规模的分流，有相当大的一部分工作人员分散到各地，有的去了新四军，有的去了延安。而郭沫若在桂林帮助夏衍向政治部要来了每月津贴 200 元，使复刊的《救亡日报》具有了"中央机关津贴"的特殊身份，更加有利于运作。

1938 年 12 月底，第三厅人员陆续乘卡车从桂林撤退到重庆，只有孩子剧团主动要求步行去重庆，沿途进行演剧、歌咏等抗战宣传活动。

第三个阶段，重庆时期。经历了长时间的迁徙、变动，第三厅的人员不断分流，总数已减为原来的三分之一。到了重庆之后，还要按照国民党的要求裁减经费、裁减人员，重新组成为四个科。这四个科分掌文字宣传、艺术宣传、对敌与国际宣传和印刷发行等总务工作，由杜国庠、洪深、冯乃超、张肩重分任科长，仍由阳翰笙任主任秘书。在拥挤不堪的重庆，为了躲避日机的轰炸和解决住房问题，第三厅分成城乡两地办公。城里的办公处和政治部在一起，设在两路口一个市立中学里；乡下的办公地点是歌乐山西金刚坡下的三塘院子。大部分工作人员都在乡下，只留少数在城内办公。第三厅下属的抗宣队和演剧队都被下放到各战区，后来就归入各战区政治部。随厅的文化团队只留下了孩子剧团。

第三厅在重庆的活动比前两个时期受到限制更多，已没有主办大型宣传活动的机会。第三厅的人员开始主要以个人身份参加重庆的文化、社会活动，中共在大后方进行文化宣传工作和社会活动则更多地通过"文协"和"中苏文协"来实现。第三厅的成员不仅在工作上被束缚，还屡次遭受强迫全体加入国民党的压力。

其实早在1938年11月第三厅从武汉撤离前，国民党军事委员会政治部就借改组要求第三厅全体人员加入国民党。当时正在撤离途中的第三厅人员没有执行这一命令，采取了一致抵制和抗拒的态度。这是国民党当局第一次强迫第三厅全体加入国民党。

1939年8月，陈诚、贺衷寒、张厉生等人趁周恩来和郭沫若都离开重庆的时机，强迫三厅全体加入国民党。郭沫若得知情况后立即返回三厅，提出辞职以示抗议。国民党当局顾虑到郭沫若的社会影响和声望，暂时作罢。这是国民党当局第二次强迫第三厅全体加入国民党。

1940年9月，蒋介石以改组政治部的名义直接罢免了郭沫若的厅长职务，改委以挂名的部务委员，任命何浩若为厅长，并勒令三厅全体人员加入国民党。这次，蒋介石亲自下了手谕，"凡在军事委员会各单位中的工作人员，一律均应加入国民党"，"凡不加入国民党者，一律退出三厅"。赖家桥第三厅办公处每个人的办公桌上都摆上了一张加入国民党的表格，并受到国民党党员的威逼利诱。副厅长范扬宣称："拥护三民主义就应该加入国民党，不然就是假拥护。"但是第三厅的绝大多数人员都坚决拒绝加入国民党。郭沫若在全体大会上愤然宣布："入党不入党，抗日是一样抗的；在厅不在厅，革命是一样革的。"于是，第三厅几乎是集体辞职，40多名工作人员与郭沫若同进退，一起退出了第三厅。①

1940年9月初，张治中就任政治部部长。第三厅改组后，从厅长

---

① 阳翰笙：《风雨五十年》，人民文学出版社1986年版，第261页。

到各处室人员都换成了国民党的内部人员，所有抗宣、演剧队重新合并改编为十个队，更名为"抗敌演剧宣传队"。中国抗战文化史上体现国共合作、全面抗日的第三厅就此结束了。第三厅声势浩大地开场，却逐渐式微，以至"专做红白喜事"[①]，早已与进行抗战宣传的初衷相悖了。

三 文工会的建立

文工会（文化工作委员会）的建立颇具戏剧性。

蒋介石收回了对第三厅的控制权，却还是没能达到收服这一批文化人的目的。如何安置这些文化人是中共南方局必须考虑的问题。要最大限度地发挥他们对抗战文化的推动作用，还是需要他们留在重庆以合法的身份进行社会活动。于是周恩来采取了一个非常巧妙的策略，主动找到张治中说："第三厅这批人都是无党无派的文化人，都是在社会上很有名望的。他们是为抗战而来的，而你们现在搞到他们的头上来了。好！你们不要，我们要！现在我们准备请他们到延安去。请你借几辆卡车给我，我把他们送走。"[②] 其时蒋介石也在顾虑这些在社会上有声望的文化人的影响力，解散原第三厅就已经引来了舆论的一片反对，又被周恩来将了这么一军，不得不重做打算。很快蒋介石就亲自召见了郭沫若、杜国庠、阳翰笙、冯乃超、田汉、简泰梁等人，提出国家正是用人之际，请他们在政治部之下组建文化工作委员会，仍由郭沫若主持。

很明显，这个所谓"离厅不离部"的办法是蒋介石对这批文化人采取的羁縻政策，既不肯放手使用，又不能让他们为共产党所用。他明确规定文化工作委员会是专门的文化研究机构，不能对外进行政治

---

① 郭沫若：《洪波曲》，人民文学出版社 1979 年版，第 237 页。

② 饶良伦、段光达、郑率：《烽火文心——抗战时期文化人心路历程》，北方文艺出版社 2000 年版，第 12 页。

活动，意在限制他们发挥自身的社会影响力。但是政府机构所提供的
合法身份对于这些文化人来说是最重要的，不仅能够得到基本的生活
条件和研究条件，更能合法地在重庆居留与活动。于是，郭沫若、阳
翰笙等人在原有第三厅的基础上，成立了新的文化工作委员会。虽然
文工会在组织编制上与第三厅相比缩小了很多，但却建立起了更广泛
的文化统一战线。文工会的委员、兼任委员、各组工作人员乃至雇
员，都是著名的历史学家、文学家、社会学家、教育家、经济学家、
自然科学家、电影戏剧家、美术家、音乐家等等。不仅有共产党、民
主党派以及无党派的文化人，还包括一部分国民党党内的文化人士。
文工会集合了各个文化领域的杰出人物，在民众中享有很高的威望，
曾被誉为"齐之稷下"。阳翰笙在他的回忆录《风雨五十年》中辑录
了文工会的人员名单见表3。

表3 文化工作委员会人员名单

主任		郭沫若
副主任		阳翰笙 谢仁钊（1943年2月由李侠公继任）
专任委员		沈雁冰、沈志远、杜国庠、田汉、洪深、郑伯奇、尹伯休、翦伯赞、胡风、姚蓬子
兼任委员		舒舍予、陶行知、张志让、邓初民、王昆仑、侯外庐、卢于道、马宗融、黎东方、吕振羽
第一组 国际问题 研究	组长	张铁生（未到职，由蔡馥生代理）
	组员	蔡馥生、叶籁士、霍应人、冼锡嘉、高植、石啸冲、钱运铎、翁植耘、徐步、黄序庞、陈世泽
	雇员	卢逸、孟世昌、陈田华、郑林曦
第二组 文艺 研究	组长	田汉（后来由石凌鹤代理）
	组员	石凌鹤、光未然、贺绿汀、李广才、王琦、李可染、卢鸿基、丁正献、臧云远、龚啸岚、高龙生、万迪鹤、秦奉香、白薇
	雇员	沈慧、柳倩、安娥、刘巍、刘子谷

续　表

第三组 敌情 研究	组长	冯乃超
	组员	廖体仁、蔡仪、郭劳为、康天顺（康大川）、朱喆、绿川英子、刘仁、史殿昭、潘念之、王学瀛、徐经满
敌情收听室	负责人	朱喆
	成员	王孝宏、周继、李嘉
	雇员	郭宝权、卢炳雄、郭敬贤、史××
城内秘书室 （天官府7号）	负责人	罗髫渔（主任秘书）、朱海观
	副官	骆湘楼、郭培谦、王肇启
	会记	乐嘉煊
	文书	李平
	打字	陆坚毅
	雇员	吕佩文、姜梦绮、郭美英
乡间秘书室 （赖家桥全家院子）	负责人	何成湘（主任秘书）
	副官	卢鸿谟
	出纳	施白芜、荆有麟、汪退
	资料	梁文若、高履芳
		林健美、何忆娴
幼儿园	裴吉英	
排字房 （5人）	负责人	郭敬贤
		张曜、王××

国民政府军事委员会政治部文化工作委员会于 1940 年 10 月 1 日正式成立。这一天，重庆各界 3 万余人举行了陪都建立大会，重庆正式成为抗战时期中国的首都、全国的政治中心。国民政府在经过了正面战场的艰苦抗战，遏制住日军进攻之后，就着意维持守势，一方面等待时机争取国际援助战胜日本，另一方面则着力在大后方巩固政权基础。因此，在抗战中后期，国内社会的党派矛盾开始上升，原来掩盖在团结抗战局面之下的种种矛盾冲突都逐渐明朗化、公开化了。对于共产党，在以重庆为中心的大后方活动只能在这样严酷的政治环境下进行。

同第三厅时期一样，中共在文工会的内部也成立了秘密党组织，分为领导干部小组和基层支部两部分，组织全部保密，实行单线联系。虽然文工会作为研究机构已没有领导国统区文艺运动的行政权力，而在实际上，"文协""中苏文协"以及很多的抗日文化团体、文艺界人士都与文工会保持着密切的联系。中共南方局还可以继续通过文工会的党组织来领导国统区的文艺运动。重要的是，这些官方、半官方和民间团体为文工会的文化人提供了必要的组织形式，让他们更自由、更合法地参加社会活动。这不仅仅是由于第三厅的渊源和文艺界的历史因缘，主要还是因为文工会团结了文化、学术领域最有成就、威望的学者、文学家、艺术家，把他们在各自领域的影响力和号召力综合在了一起。

中苏文化协会成立于 1936 年，为对苏联表示友好、争取共同抗日而组织的文化团体。由张西曼、徐悲鸿、张仲钧等发起组织，请孙科、陈立夫担任正副会长，得到了国民政府的承认。从 1939 年至 1940 年中苏文协及其刊物《中苏文化》都进行了改组，其主要负责人员中大多都更换成了原第三厅、文工会或文协的成员以及国民党左派（见表 4）。

表 4　中苏文协主要负责人员

研究委员会	主　任	郭沫若
	副主任	阳翰笙、葛一虹
杂志委员会	主　任	王昆仑
	副主任	侯外庐、翦伯赞
编辑委员会	主　任	西门宗华
	副主任	曹靖华
妇女委员会	主　任	李德全
	副主任	曹孟君、谭惕吾、傅学文
财务委员会	主　任	阎宝航
秘　书	主　任	洪舫（后由屈武、刘仲容先后继任）

其中只有洪舫一人属于国民党右派，其他的组织机构的领导权都掌握在进步文化人手中。到后来由屈武、刘仲容担任秘书主任的时候，中苏文协就成为同"文协"一样与文工会密切合作的文化团体了。

虽然文工会自 1940 年 10 月成立到 1945 年 3 月底被解散，只存在了四年多时间，但是在政治高压、经济困难、资料匮乏的情况下，还是坚持进行学术研究，在大后方文化运动中，文工会延续了第三厅的工作传统，对国统区抗战文艺发展起到了组织和领导的作用。文工会的工作基本上包括社会活动、学术研究、国际宣传和文艺创作四个方面。

作为一个学术研究机构，文工会不能直接以单位的名义组织和参与文化宣传，只能由文工会的成员以专家、学者、文化人等个人身份参加社会活动，通过文化、学术活动达到宣传、教育大众的目的。文工会经常面向社会举办时事宣讲、文艺演讲、国际问题讲座、新史学讲座等学术活动，邀请的演讲人也不局限于文工会的范围，对民众有很大的吸引力。如郭沫若的"古代社会研究"讲座和文艺演讲、邓初民的"清国政治史"讲座、翦伯赞的"新史学"讲座、卢于道的"人类进化问题"讲座，以及冯玉祥讲三国故事，邓初民、张志让、潘念之谈国际形势，老舍讲小说，田汉讲戏剧，贺绿汀讲音乐等一系列演讲。文工会曾请到张澜、沈钧儒、张友渔、王芸生、邵力子、冯玉祥、王昆仑等知名人士来做演讲。每次讲座都是听众如云，座无虚席，气氛热烈。文工会开始自觉地运用马克思主义的立场、观点、方法研究学术问题，从学理的基础上反对国民党的政策与宣传，形成了一股崭新的思潮，为国统区的民主运动进行了思想准备。

在抗日战争以及重庆政治局面的恶劣环境下，文工会内部提出了"多研究、多学习、多写作"的口号，文工会的成员取得了大量的学术成果，推动了文学、史学、哲学、文字学、考古学等许多学科的不断发展。中国通史、思想史研究方面的专著有吕振羽的《简明中国通史》上册、邓初民的《中国社会史教程》、郭沫若的《青铜时代》和《十批判书》、侯外庐的《中国古代思想学说史》、郭沫若的《甲申三百年祭》以及杜国庠、侯外庐、纪玄冰、赵纪彬合著的《中国思想通史》等；哲学研究方面有杜国庠的《先秦诸子思想概要》《先秦诸子的若干问题》等；文艺理论研究有王昆仑的《〈红楼梦〉人物论》、蔡仪的《新美学》等等。

文工会延续了第三厅时期的敌情研究组和敌情收听室，原来由第三厅第七处编译的《国际问题资料》和《敌情研究》也没有中断编译，一直是军政各方非常重视的内部资料。文工会的国际问题研究组和文艺组还分别在《新蜀报》上主办专栏《国际问题周刊》《七天文艺》。日本反战作家池田幸子与鹿地亘夫妇等人发起的"在华日本人民反战同盟"，其西南分盟与重庆总盟分别成立于1939年和1940年初，其工作也纳入了文工会的范畴。

在文工会成立之初，国共两党依然维持着表面上的合作关系，因而在一些抗日文化宣传活动中还是与政府合作的。但是国民政府制定了越来越苛刻的文艺政策对国统区的文艺活动进行统制，文艺界的反对意见就越来越突出了。特别是"皖南事变"爆发之后，国共关系出现了重大的裂痕，进步文艺界对于政府的压抑、钳制就开始了针锋相对的斗争。文工会作为国统区文化运动的领导机关，站到了斗争的最前列。

为了与左派力量占核心地位的文化工作委员会相抗衡，1941年2月7日，国民党中央宣传部成立了简称为"文运会"的"中央文化运动委员会"。宣传部部长张道藩担任主任委员，宣传部副部长潘公展任副主任委员。文运会标榜"以文化力量增强抗战力量，以文化建设促进国家建设"的工作目标，但是其"规划全国文化运动之各种方案""协助策进各地文化事业"① 的根本目的还是反共和加强国民党对抗日文化运动的控制。这两个机构的对立和差距都是显而易见的。台湾文学评论家刘心皇是这样分析的："看张道藩在筹备'文运会'期间，没有找到文化界知名人士，只是找国民党中央级人物如潘公展、洪兰友来做他的副主任委员，在一般人的心目中，他们并不是纯粹的文化人士，只是国民党的官僚，他找的其余的职员，多是会办公务的公务员。这些组成分子，和郭沫若的'文工会'职员比起来，就是相差一大截。就以张道藩和郭沫若相比吧，一个党的高级官员，一个是真正文化工作者，这样的人士配备，就输了一着。"② 即便如此，以张道藩为首的"文运会"的成立，标志着国共两党之间争夺国统区文艺领导权的斗争进入了白热化阶段。以郭沫若为首的"文工会"以及国统区文艺界的进步人士也开始明确地站在了反对派的立场上，对国民党的文化专制政策开展了各种形式的斗争。

---

① 《国民党中宣部文化运动委员会召开首次全委会》，原载《新蜀报》1941年2月8日，转引自中共重庆市委党史工作委员会编《南方局领导下的重庆抗战文艺运动》，重庆出版社1989年版，第247页。

② 刘心皇：《抗战时期的文学》，台北"国立"编译馆1995年版，第212页。

第三章 "齐之稷下"：文工会在重庆

取代第三厅负责组织、管理战时文化工作的不是文工会，而是稍后成立的由张道藩主持的文运会。按照国民政府的设计，文工会将成为一个单纯的学术研究机构，没有行政权力，与现实政治无关。但文工会依然是一个国共合作性质的政府机构，中共还可以继续借助文工会所提供的合法地位在国统区进行活动。"皖南事变"前后，国民党的文化统制明显强势起来，文工会的活动被限制在文化界和知识圈之内，很难突破重围实现普遍的社会影响。因此，活动方式的变化势在必行。

为郭沫若祝寿是一个目的明确的政治文化运动，通过对郭沫若文艺创作和革命事业的推崇和赞扬，促使以郭沫若为中心的左翼文化人在国统区抗战文艺界的主流地位得到了国民政府官方的认可。由此开始的一系列充满策略性的祝寿活动，许多文化界知名人士在国统区的社会地位得以稳固，而中共给予这些文化人的尊敬和礼遇，使文工会团结了比第三厅更多的文化界、文艺界、知识界的有识之士，为抗战后期国统区的民主进步运动奠定了思想基础。但是，以祝寿的方式确立的文坛权威和文化秩序，使革命功利主义成为文化界的主流，不但引起了一部分自由主义知识分子的不满和质疑，甚至对于抗战胜利后乃至新中国成立之后文艺界的矛盾和分歧造成了严重和深远的影响。

第一节　郭沫若的五十大寿

一　郭寿之缘起

1941 年 11 月 16 日是郭沫若虚岁 50 岁的生日，按照中国民间"男办九，女办十"的风俗习惯，这一天正是郭沫若的五秩之寿。中国人历来重视这个生日，不论在官在商还是普通民众都要隆重庆贺。孔子说"五十而知天命"，进入知天命之年的郭沫若，已经成为中国文艺界众望所归的领军人物，在文化人与青年中间的威望非常高。自"五四"以来，郭沫若的著译作品已经有 80 多种，包括文学创作以及历史学、考古学、文字学的研究成果，共计 2000 多万字。在古今中外的作家中间，这样的创作成绩是相当难得的。

自从抗战爆发后郭沫若由日本回国，就在抗战文坛上占据了一个相当高的位置，国共双方都把他作为抗战文艺的领军人物进行争取。最初郭沫若对于国民政府领导中国抗战寄予了很大的期望，也愿意为民族抗战贡献自身的力量。但是他很快发现蒋介石任人唯亲、专制独裁的作风并没有改变，表面上对他客气而和蔼，但实际上并不信任。无论是第三厅的工作，还是其他社会活动，总会直接或间接地受制于蒋介石的意志。陈诚、贺衷寒等黄埔军校出身的忠实部属个个位高权重，成为蒋介石的心腹亲信；而对于曾经对蒋介石口诛笔伐的郭沫若，唯有利用而已，国民政府政权核心的大门已不可能再向郭沫若敞开。看清了这一点，再加上国民政府自上而下的贪污腐败、倒行逆施，使郭沫若对蒋介石及其政府彻底失望并持反对态度了。

同时，郭沫若也是共产党的老党员。归国之初，郭沫若就恢复了与中共的组织关系。但是周恩来坚持他以民主进步人士的身份在国统区工作，并待之如知名民主人士，给予相当程度的尊重和敬意。这是中共在国统区实行抗日民族统一战线的重要工作策略，对包括郭沫若、田汉、夏衍、茅盾等中共党员在内的文化界、文艺界、知识界人士广泛团结，礼遇有加。国民政府明确规定中共党员不准在国统区活动，如果郭沫若等人身份暴露，不但不可能在国民政府内担任要职，见容于蒋介石及其幕僚，也无法在国统区自由地组织、参与各种社会活动。因此，在抗战初期高唱国共合作的武汉，周恩来与八路军办事处的共产党人都很注意与郭沫若等秘密党员的距离，在指导、支持他们工作的同时，保护他们的"自由人"身份，最大限度地发挥统一战线的作用。

在第三厅正式成立之前，阳翰笙、田汉等就在积极筹备武汉各界抗敌扩大宣传周，在 1938 年 3 月 31 日即召集各团体开会商讨具体事宜。而据郭沫若的叙述是在成立当天才得到蒋介石的"将令"，他并不知道宣传周已经在筹备之中了。很明显，那么大型的抗日宣传活动在短短不到一周的时间内是无法组织起来的，宣传周的成功与先期筹备有密切的关系。由此可见，在第三厅成立之初，中共、周恩来还是以中共党员作为国统区工作的主力，对于郭沫若是以民主人士的身份来对待的。

武汉失守之后，郭沫若与第三厅经历了颠沛流离的大迁徙，到重庆安顿下来后组织编制已缩小到了原来的三分之一。抗战进入相持阶段，国民政府的注意力从正面战场转向了后方，国共合作的裂隙逐渐扩大。周恩来退出了政治部，仍然在重庆领导着中共南方局的工作。郭沫若的第三厅被蒋介石解散，又领衔组织了文化工作委员会，而他在国统区社会各界的影响力却是越来越强了。特别是在"皖南事变"之后，国共矛盾趋向尖锐化，郭沫若又重拾对蒋介石的讨檄之笔，带头掀起了对国民政府的控诉和批判。因此，鉴于郭沫若明确坚决的"左倾"立场，他作为抗战文化界领袖的地位开始得到党内的确认。

当时，"皖南事变"后的重庆笼罩在国民党的专制统治之下。国民党政策的重点转向压制中共扩张，在大后方确保国民政府的绝对统治，政治、经济、军事、文化、教育等各个方面都实行统制政策。国民政府出台了一系列的政策法规，实施国民精神总动员，以达到对民众思想的控制。在文化领域则制定了苛刻的图书杂志审查制度，对新闻出版物进行严格的监管，杜绝中共方面的文化宣传作品在民众中间产生影响，甚至禁止大后方组织大型的文人集会。在这样的时代环境下，周恩来和南方局安排文化工作委员会组织筹划，在国内外各地为郭沫若举行盛大的祝寿活动，一方面可以打破皖南事变后国统区压抑、沉闷的政治氛围，以合法的名义开展文化活动；另一方面则正式确认郭沫若成为继鲁迅之后中国革命文化界的领袖，通过隆重的祝寿仪式使他在中国文化界的领袖地位得到全社会的认可，特别是国民党官方的认定。

二　郭寿之经过

庆祝郭沫若创作生活二十五周年和五十大寿，是在南方局的高度重视和精心筹划下在国统区开展的政治文化活动，事先经过了很长时间的准备、计划和广泛宣传，得到全国各地的热烈响应，在 1941 年 11 月 16 日同时声势浩大地展开。

据阳翰笙回忆，周恩来是在 1941 年 10 月上旬提出为郭沫若庆祝创作生活二十五周年纪念和五十寿辰。但是从许多庆祝文章所透露的信息来看，周恩来最迟在 1941 年 6 月就确定了为郭沫若祝寿的计划。值得注意的是，郭沫若的《五十简编》在 1941 年 9 月 25 日就已编成，也许就是在为祝寿做准备。而早在 7 月中旬以前，南方局就已经通知到了成都、昆明、桂林、延安以及香港等地的党组织，强调了这次纪念活动的意义、内容和活动方案等等，要求各地立即着手进行庆祝筹备。由此可见，郭寿是中共南方局周密策划的一场目的明确的政治文化运动。周恩来曾向郭沫若点明这层含意以打消他的推辞之意："为你做寿是一场意义重大的政治斗争；为你举行创作二十五周年纪念又是一场重大的文化斗争。通过这次斗争，我们可以发动一切民主进步力量来冲破敌人的政治上和文化上的法西斯统治。"① 周恩来还明确指示负责筹备工作的阳翰笙："要举行全国性的纪念活动……必须建立一个广泛的统一战线的筹备组织，由各方面的人来参加筹备工作，不能单独由'文工会'来出面。"②

于是，阳翰笙把文工会中的冯乃超、罗髯渔、石凌鹤、朱海观、翁泽永等20余人组织起来，专门负责联络成立郭寿筹备委员会。他们不辞劳苦，四处奔走，"动员了几乎是整个文艺界、文化界和新闻界"③。这个筹备委员会不仅集合了文协的老舍、孔罗荪、梅林、丰村等作家，还邀请到了各民主党派和无党派民主人士，得到了沈钧儒、陶行知、王昆仑、屈武、侯外庐、刘仲容、邓初民、翦伯赞、黄炎培、许宝驹、黄琪翔、罗隆基、章伯钧等社会名流的热烈响应。更为重要的是，为祝寿成立的筹备委员会，还有国民党官方文艺领导人如张道藩、梁寒操、潘公展以及国民党内的重要人物如邵力子、张治中、陈布雷等人的参加。这在"皖南事变"之后的重庆是大有深意的。邵力子、张治中、陈布雷等人都与郭沫若有一定的私交，作为友人参加祝寿活动是很自然的。但对于张道藩等文化官员，鉴于当时国共合作的政治形势与郭沫若在国统区的身份、地位与影响力，必须做

---

① 阳翰笙：《回忆郭老创作二十五周年纪念和五十寿辰的庆祝活动》，《新文学史料》1980年第2期，第126页。

② 同上。

③ 同上。

出重视郭寿的姿态，对文工会发出的担任发起人的邀请是无法拒绝的。而一旦官方高层人物介入，就意味着郭寿得到了国民政府的认可，由此赢得了政治上的合法性；另一方面，由国民党文艺领导人牵头举行祝寿活动，在客观上可以推动这一活动取得更大更广泛的影响以及更好的舆论效果。国民党文化部门负责人张道藩迫于无奈，不仅要第一个为庆祝郭寿签名，还要出席集会并演说一番言不由衷的高度评价、崇敬与祝贺的话。这让张道藩第一次真正领教到了中共统战工作的厉害。事隔多年之后，张道藩还对这件事情耿耿于怀："第一，他找我签第一名，不是一个轻率的决定，早已算定了我不能拒绝。第二，他懂得要捧自己人，最好找敌对的一方负责人领头，才有宣传效果。第三，他做一件事很彻底……"① 或许张道藩私心希望国民党能把这样的地位给自己，却被郭沫若拔得了头筹。

1941 年 11 月 16 日，重庆的《新华日报》《新民报》《新民报晚刊》、延安的《解放日报》、香港的《华商报》《大公报》都刊发了纪念活动的消息和祝贺郭沫若五十寿辰及创作二十五周年的诗文。《新华日报》在头版发表了周恩来的文章《我要说的话》代社论。这篇文章一开题就把郭沫若与鲁迅相提并论，指出他们虽然有着不同的生活经历和时代背景，但"鲁迅是新文化运动的导师，郭沫若便是新文化运动的主将。鲁迅如果是将没有路的路开辟出来的先锋，郭沫若便是带着大家一道前进的向导"。周恩来高度赞扬了郭沫若"丰富的革命热情""深邃的研究精神"和"勇敢的战斗生活"，并强调了郭沫若对于抗战文化的领导地位："鲁迅先生死了，鲁迅的方向就是大家的方向。郭沫若先生今尚健在，抗战需要他的热情、研究和战斗。我祝他前进！永远地前进，更带着我们大家一道前进！"② 《新华日报》还用

---

① 刘心皇：《抗战时期的文学》，台北"国立"编译馆 1995 年版，第 218 页。

② 周恩来：《我要说的话》，《新华日报》1941 年 11 月 16 日。

了第三、第四版两个整版的篇幅刊载了《纪念郭沫若先生创作生活二十五周年特刊》,董必武、邓颖超、沈钧儒、沈尹默、潘梓年、田汉、徐冰等各界人士,以及苏联大使潘友新、绿川英子等国际友人都热情撰文、赋诗,祝贺郭沫若在文学创作及学术研究上取得的成就。

为郭沫若祝寿的仪式是相当隆重的。当天下午一点,由"文协"出面在中苏文化协会的"文化之家"举行了盛大的庆祝大会,与会者有周恩来、张道藩、冯玉祥、沈钧儒、黄炎培、潘公展等国共两党、民主党派及无党派人士,文艺界、文化界同人和热情的青年群众计500余人。首先由冯玉祥致开幕词,高度评价了郭沫若的革命精神和忠心为国的赤子之心。随后,老舍代表文协讲话,号召要拿工作来纪念郭先生,成立研究所,设立奖学金,刊行郭沫若全集与选集等等。周恩来、黄炎培、沈钧儒、苏联友人米克拉舍夫斯基、张道藩、梁寒操、潘公展等人都在会上致祝词。郭沫若怀着激动的心情致答谢词,表示"一定要把我的一切贡献给我的,我至爱的祖国"①。祝寿茶会还有诗朗诵和孩子剧团表演的歌咏节目,总共进行了五个多小时。郭沫若收到了大量的贺联、颂诗,日本反战作家鹿地亘和一些文学青年则别出心裁地送给他一支如椽大笔作为寿礼,上面刻着"以清妖孽"四个大字,深深地震撼了所有来宾。从参加祝寿大会的人员情况来看,郭沫若的影响力已经超出了知识分子的范畴,扩展到了全社会,在普通民众中间形成了一股强大的社会文化力量。

祝寿茶会举行的同时还有展览、演出、报告会等其他形式的庆祝活动。中苏文协举办的"郭沫若创作生活二十五周年展览会",展出了郭沫若从"五四"到北伐、从流亡日本到归国抗战的大量照片、手稿、书法作品、著译作品等。重庆戏剧界则在文工会的组织下把《棠

---

① 《创作之寿 郭沫若五十生辰 文化界昨大庆祝》,《中央日报》1941 年 11 月 17 日。

棣之花》《天国春秋》两部话剧搬上舞台作为祝寿演出。郭沫若创作的五幕历史剧《棠棣之花》首先于 1941 年 11 月 20 日由留渝剧人在抗建堂上演，阳翰笙的六幕历史剧《天国春秋》则在重重审查的阻碍之下推迟到 11 月 27 日，才得以由中华剧艺社在国泰大戏院公演。这两部话剧都借历史题材控诉国民党制造的皖南事变是在大敌当前之时，同室操戈、自相残杀、破坏团结、破坏抗日，颇具现实批判意义，亦在国统区开了历史剧创作演出的先河。

在同一天，延安、桂林、香港、新加坡等地也举行了隆重的祝寿活动。延安把郭沫若的名诗《凤凰涅槃》编成大合唱，举行了规模盛大的演出。1941 年 11 月 16 日的《解放日报》发表了周扬的长篇论文——《郭沫若和他的〈女神〉》为郭沫若贺寿。桂林文协专门举办了庆祝晚会，并由新中国剧社演出了以郭沫若别妇抛雏从日本回国参加抗战为题材的话剧《英雄的插曲》。香港则是在夏衍、茅盾的筹划下举行大型集会为郭沫若祝寿，柳亚子、郭步陶、马骥、邹韬奋、杜国庠、叶灵凤等数百位文化界知名人士欢聚一堂，高度评价郭沫若的文学创作与革命精神。新加坡文化界也发起了大型聚餐会以示祝贺，郁达夫、胡愈之等给郭沫若发了贺电。香港的《华商报》《大公报》《星岛日报》等都出了纪念特辑，纪念文章陆续刊载了半年多时间，而祝寿活动一直到 12 月 4 日才告结束。

三　政治之外的情谊

在郭寿的众多发起人中，陈布雷显得非常特殊。以报人身份从政的陈布雷不仅在国民政府内有着重要的地位，被称为蒋介石的"文胆"，而且素日深居简出，很少参加社会活动。连他自己的五十大寿都刻意避寿，却为郭沫若的祝寿表现出了很高的热忱。

邀请陈布雷作为发起人是周恩来的刻意安排。陈布雷的外甥翁泽永是文工会的工作人员，周恩来请他去做"说客"，并带话给陈布雷：

"对他的道德文章，我们共产党人是佩服的，但希望他的笔不要为一个人服务，要为全中国四万万人民服务。"① 周恩来和郭沫若都是陈布雷在北伐时期就已结识的故人，从内心来讲，也都是他衷心敬佩和仰慕的人物。但是陈布雷却是一个旧道德意义上的君子，对蒋介石的"感遇之心"是他永远不能背弃的道德。这次他欣然允诺做郭寿的发起人，接受了这个可以让他一抒胸臆的难得机会。他不仅在"郭沫若五十诞辰和创作生活二十五周年庆祝缘起"的横轴上签了名，还写了一封情真意切的亲笔信向郭沫若祝贺：

沫若先生大鉴：

《三叶集》出版时之先生，创造社时代之先生，在弟之心中永远活泼而新鲜。至今先生在学术文化上已卓尔有成，政治生活实渺乎不足道。先生之高洁，先生之热烈与精诚，弟时时赞叹仰佩。弟虽一事无成，然自信文士生涯、书生心境，无不息息相通。国家日趋光明，学人必然长寿。此非寻常祝颂之词也。唯鉴不尽。

　　　　　　　　　　　　　　弟　陈布雷　谨上

文之不足，很久不提诗笔的陈布雷又特意作律诗四首为贺，请江西才子陈方代为题写在贺幛之上：

郭沫若君五十初度，朋辈为举行二十五周年创作纪念，诗以贺之

滟滪奔流一派开，少年挥笔动风雷；
低徊海澨高吟日，犹似秋潮万马来。

---

① 张宗高：《"文士心情脉脉通"——郭沫若与陈布雷的交往》，《党史纵横》1994年第8期，第19页。

（先生以文艺创作公于世，以民国十年前后最多，时余同客海上。）

搜奇甲骨著高文，籀史重征张一军；

伤别伤春成绝业，论才已过杜司勋。

（君客居东邦，以甲骨金文理董古史，著作斐然。）

刻骨辛酸藕断丝，国门归棹恰当时；

九州无限抛雏恨，唱彻千秋堕泪词。

（"七七事变"起，君自东瀛别妻挈归国，当时有"别妇抛雏断藕丝""登舟三宿见旌旗"句，为时传诵。）

长空雁阵振秋风，文士心情脉脉通；

巫岫云开新国运，祝君彩笔老犹龙。①

在这组诗中，陈布雷从郭沫若二十年前的文学创作，写到他的学术成就；又从他的爱国行动，写到自己的诚挚祝愿，表达出了深沉热烈的情感。陈布雷擅长政论与演讲词，平日很少作诗，因而他为郭寿字斟句酌，敷衍成的这一组律诗，更能凸显出他对郭沫若所怀有的特殊情谊。

陈布雷从政之前是著名的报人，以文笔犀利、说理精辟、文采斐然而名重一时。陈布雷与郭沫若早在 20 世纪 20 年代的上海就彼此以文名神交，直到 1927 年年初在北伐中才有了谋面的机会。当时陈布雷对郭沫若说："今日一睹沫若先生风姿，真乃三生有幸。"这话绝不是客套谀辞。二人都是文章高手，而一个投笔从戎，成为勇武坚毅的

---

① 张宗高：《"文士心情脉脉通"——郭沫若与陈布雷的交往》，《党史纵横》1994 年第 8 期，第 20 页。

战士，另一个却是文质彬彬的书生。或许正是这一点，让陈布雷对才具胆识兼备的郭沫若倍加崇敬。后来蒋介石背叛革命，郭沫若写出了锋芒毕露的讨蒋檄文《请看今日之蒋介石》，受到通缉逃亡日本，陈布雷则一直忠心耿耿地追随在蒋介石左右。抗战爆发后，陈布雷在获知郭沫若抗战报国的愿望后，向蒋介石进言，以"为党国抗日罗致人才"为由，说服他同意撤销对郭沫若长达十年之久的通缉令，才促成了郭沫若的归国之行。其实位居"党国"中枢的陈布雷文人气极重，骨子里还是中国传统文人的观念，一般官场之人很难得到他的认可。可见，他是在内心把郭沫若作为真正的文人才会给予如此的尊重和褒扬。

在陈布雷写给郭沫若的贺信中，字里行间流露着他的书生意气。文中说到郭沫若"在学术文化上已卓尔有成，政治生活实渺乎不足道"，这正是他作为一个从政的旧式文人所发出的痛切感叹。陈布雷当年以敢言和文笔犀利著称，志在言论报国，不意被征召以报人从政，成为国民党的"领袖文胆""总裁智囊"。对比郭沫若立身行事的洒脱从容、学术文化上的卓然成就，他从政后为人捉刀的苦衷，实难与外人言。七年后陈布雷自杀，还在遗书中为自己毫无价值的一生惋叹。他又提到："自信文士生涯、书生心境，无不息息相通"，也是他文人心声的吐露。陈布雷身处政坛高层，还一直保持着传统文人的性情，廉洁自律，忠于职守，不拉帮结派，不贪污腐败，与官场中人搞的那套手腕权术、"潜规则"格格不入。虽能独善其身，做到"出淤泥而不染"，但他的内心却总是在异乎寻常的痛苦和矛盾中煎熬。这次借庆祝郭寿之际，引郭沫若为同道，渴望能够互相理解。他如此真诚地表露自己的复杂心境，颇有感动人心的力量。

郭沫若在众多贺礼之中也格外看重陈布雷的贺诗，很快专门复信道谢，并诗兴大发，步原韵和诗一组：

畏垒先生赐鉴：

　　五十之年，毫无建树，猥蒙发起纪念，并迭赐手书勖勉。寿以瑶章，感激之情，铭刻肝肺。敬用原韵，勉成俚句以见志。良知邯郸学步，徒贻笑于大方，特亦不能自已耳。尚乞教正，为幸。

　　专复。敬颂

　　时祉

弟　郭沫若顿首　十一、廿三

　　　　茅塞深深未易开，何从渊默听惊雷；
　　　　知非知命浑天似，幸有春风天际来。

　　　　欲求无愧怕临文，学卫难能过右军；
　　　　樗栎散材绳墨外，只堪酒战策功勋。

　　　　自幸黔头尚未丝，期能寡过趁良时；
　　　　饭蔬饮水遗规在，三绝韦编爻象词。

　　　　高山长水仰清风，翊赞精诚天地通；
　　　　湖海当年豪气在，如椽大笔走蛇龙。

敬步原韵呈畏垒先生教

沫若初稿①

---

　　① 张宗高：《"文士心情脉脉通"——郭沫若与陈布雷的交往》，《党史纵横》1994年第8期，第20页。

陈布雷读过郭沫若的答谢信与和诗之后，连连感叹"知我者沫若兄也"①。"畏垒""布雷"都是他进入报界时的笔名。郭沫若以"畏垒"相称，自然是对他才情、文笔的推重，把他原来在上海新闻界横扫千军、独树一帜的地位作为他人生价值的最高体现，自然深得陈布雷之心。人们常说"文人相轻"，然而最能理解文人的却也只有他们自己。在陈、郭的唱和中，我们感受到的是书生文人之间的真正发自内心的尊重与惺惺相惜，一份超脱于政治之外的情谊。

郭沫若把他与陈布雷的唱和诗发表在 1941 年 11 月 28 日的重庆《大公报》上。第二天的《扫荡报》也刊登了这组唱和诗，在陪都重庆引起了很大反响。在广泛发动社会各界参与的情况下，郭沫若的五十寿辰和二十五周年创作生活庆祝活动，办得声势浩大，影响深远。在蒋介石掀起反共高潮时期的大后方，这次祝寿的意义已远远地超出了文化界的范围，不仅推进了抗日民族统一战线的发展，更重要的是开启了一个新的潮流，使大后方在力量对比上开始实现逆转，当各界进步人士的力量凝聚在一起，就足以与国民党政权的专制统治相抗衡，并能够去争取文化、艺术、思想上的民主和自由。这或许是陈布雷不曾想到的，但也许，他同样心存此念，愿意为中国民主进步的事业贡献自己的一份力量。

---

① 张宗高：《"文士心情脉脉通"——郭沫若与陈布雷的交往》，《党史纵横》1994 年第 8 期，第 20 页。

第二节　祝寿的意义与问题

一　祝寿的文化内涵与现实意义

忠孝是中国传统文化与社会伦理道德的核心思想，是历代中国人最高的价值观念和行为准则。其实"忠"亦来源于"孝"，是"孝"的延伸与扩展。而由"孝"引申出来的尊老敬老的观念也深深地渗透于中国传统的文化心理之中，成为中华民族的传统美德。因此为老人祝寿是中国文化的重要表现形式。

尊老敬老亦符合国民政府为国民日常生活所规定的基本道德规范。"四维八德"中的忠孝仁爱信义和平八德就以忠孝为首，把忠孝作为立国之本。但是国民政府尊重中国文化传统却"缺乏现代精神"①。周恩来则深谙中国文化传统在民众中根深蒂固的地位，懂得对中国文化传统最为重视与恪守的莫过于文化人。他主动以政治领导人的身份为一个文学家筹备、主持祝寿活动，充分表示出中共对民主进步人士最高的尊重和礼遇。为郭沫若庆祝五十大寿，既符合中国人尊老敬老的伦理道德，也满足了文化人的心理需求，真诚而又富于人情味。在国共合作的大前提下，这样的活动合情合理，也更能体现出团结的姿态。通过这次祝寿，文化界、文艺界、新闻界、政界等各界人士可以不分政治派别、不分学术和艺术派别地欢聚一堂，自由地交流和抒发情感，从而达到相互理解、沟通与团结的目的。

相比而言，国民党对待文化人的态度就比较简单。20 世纪 30 年代，国民政府对左翼文化人的高压统治并没有过去多久，知识分子对

---

① 翁文灏语，见陈方正编校《陈克文日记辑录（一）》，《万象》2010 年第 3 期，第 11 页。

政府的不信任情绪早已定型。抗战爆发之初，国民政府的主要精力都用于在正面战场应付日军的大肆进攻、政府军民的撤退与大后方的安置建设，无暇顾及文化思想方面的控制，从而在武汉沦陷之前，文化人可以比较顺利地从事抗战文化宣传，出现了抗战文艺繁荣发展的局面。当抗战进入相持阶段以后，国民政府就把注意力转向了维护统治和控制思想。随着各种检查制度的出台，国统区抗战文艺的发展受到了越来越严密的钳制。1941 年 2 月，中宣部成立了由张道藩领导的中央文化运动委员会（简称"文运会"），与郭沫若领导的军委会政治部下属的文化工作委员会（简称"文工会"）呈对峙之势。文运会和文工会的对峙确实包含了国共两党争夺文艺领导权的用意，但其"联系并罗致全国文艺界优秀作家，及音乐、美术、戏剧、电影、民间艺术各部门的专门人才"[①] 的工作任务却是以致送稿费的方式完成的。张道藩专门成立了文艺奖助金管理委员会，对文艺界、社会科学和自然科学界的杰出人士给予资助和奖助。但无论是威逼还是利诱都算不上真诚坦荡，国民党争取文化人没有高明的办法。接受过资助的文化人都依然坚持自己的思想和行动，即使是在条件艰苦的战争条件下也"不为五斗米折腰"，现代文人的信仰同古人一样不是能用金钱来收买的。

因此，中共的祝寿是一种更富于文化内涵、符合中国传统文化的要求与文化人的心理的模式，是以文化人的方式达到团结争取文化人的目的。作为祝寿活动开端的郭寿则更有其明确的现实意义。

首先，这是"一场意义重大的政治斗争"[②]。"皖南事变"之后，国民政府通过各种法令法规对大后方的文化艺术界、新闻思想界进行了严密的统制，以粗暴严厉的文化审查制度取代了应有的管理和引

---

① 程榕宁：《文艺斗士——张道藩传》，近代中国出版社 1974 年版，第 66 页。
② 阳翰笙：《风雨五十年》，人民文学出版社 1986 年版，第 285 页。

导。许多原来合法的文化机构被停办、解散或处于监视之下，大规模的文化活动、集会与言论自由都受到了严重的限制。当然这些禁令主要是针对中共的。共产党员在大后方不允许进行公开活动，在重庆除了八路军办事处和新华日报社以外，其他党员都不能公开身份，要用"职业化、社会化、合法化"的身份进行工作。经过三四年的努力，中共在重庆许多文化团体中建立了秘密组织，即使是政治态度保持中立或偏右倾的《大公报》《扫荡报》报社内部也有秘密的中共党员或党支部。南方局非常重视党员和进步文化人在国统区活动的策略和方式，鼓励他们通过"勤学、勤业、勤交友"发挥在文化界的影响力、号召力和凝聚力，并且利用国民党内部各派系之间的矛盾在国统区打开局面、扩大影响。但是"皖南事变"前后，大后方的政治形势日趋紧张，国共之间的裂痕公开化，使得中共南方局不得不转变斗争策略，既要保持和加强共产党对国统区文化界统一战线的领导权，确保中共与进步文化人在大后方的生存；又要坚持立场，坚决抵制国民党的文化统制与专制独裁政策。

"皖南事变"爆发之后，国统区的新闻界受到了前所未有的严格封锁。《新蜀报》《新民报》《国民公报》等原来倾向进步的报纸都在国民党宣传部门的压力下发表了反共的社论。而《新华日报》关于揭露"皖南事变"真相和批驳国民党宣传的消息则全部被新闻检查所禁载。但是1941年1月18日《新华日报》的头版赫然刊登了周恩来"为江南死国难者致哀"的题词和"千古奇冤，江南一叶；同室操戈，相煎何急!?"的挽诗，鲜明地体现了中共以针锋相对的态度与国民党彻底决裂的思想准备，打破了国民党的新闻封锁。同时国际国内舆论也给了蒋介石巨大的压力，国民党不可能把反共内战明确作为首要目标，国共合作的关系得以暂时维持。但是在国民党对思想文化的加紧控制下，借助新闻媒体进行抗战反内战宣传的空间已经所剩无几，中共必须寻找到突破口以打破这种不利的局面。

对于进一步团结大后方文化界，南方局进行了广泛的动员和周密的筹备。1941 年 5 月，中共南方局书记周恩来曾对香港党组织的负责人廖承志提出了对待文化界友人以及党与非党关系的"三不原则"，即："不要拿抗战前的眼光看他们，不能拿抗战前的态度对待他们，不能拿一般党员的尺度去测量他们，去要求他们。"① 1942 年夏衍在重庆期间，周恩来曾嘱咐他广交朋友，对待国民党党政军方面的要员、左翼以外的文化人等这些在政治上、文艺思想上意见不同的人都要和和气气，切忌剑拔弩张。②

本来共产党并不主张为个人祝寿，但是为郭沫若庆祝五秩之庆和创作生活二十五周年，却是"皖南事变"之后南方局在重庆再次打开局面、争取团结的重要策略，从而成为抗战后期国统区政治文化的重要传统。数百位文化人齐聚一堂，本身就是向国民政府显示其巨大的精神力量；而另一方面，祝寿事件所代表的文化意义，更加印证了国统区的文化领导权和文化秩序都是国民政府所无法操控的。

其次，郭寿的第二个目的是要确立郭沫若在中国文化界的领袖地位。周恩来代表中共肯定了郭沫若继鲁迅之后成为领导中国文化前进的向导，是"新文化运动的主将"。这样的定位，不仅得到全国文化界人士的普遍认可，连国民党官方文化领导人如张道藩、潘公展等人也不得不承认。这一方面能够借此机会弥合左翼文艺界内部的一些历史裂痕，用鲁迅和郭沫若这两面旗帜把国统区文化界的不同思想整合起来，加强团结和战斗力；另一方面则在事实上明确了中共对于国统区抗战文艺的领导权，徒有政权的国民政府对此无能为力。中共对文化人的领导模式不仅在解放区得到了贯彻，在国统区也成功地建立起

---

① 《周恩来关于领导文化工作者的态度致廖承志并张闻天、何克全等电（1941 年 5 月 7 日）》，南方局党史资料征集小组编《南方局党史资料》（六、文化工作），重庆出版社 1990 年版，第 7 页。

② 夏衍：《懒寻旧梦录》，生活·读书·新知三联书店 1985 年版，第 491 页。

来，周恩来和中共南方局在此起了重要的作用。这种与政治关系密切的文化运作模式不仅存在于抗战期间，一直到新中国成立之后都对中国文化界起到了决定性的影响，事实上新中国成立后文化界的许多矛盾冲突都根源于此。

但是，这种没有先例的大规模文人祝寿活动，在当时特定的历史时期和时代情景下有着特殊的意义。毛泽东在陕北公学纪念大会上的讲话和《新民主主义论》中，称鲁迅是"党外的布尔什维克""中国文化革命的主将"，"鲁迅的方向，就是中华民族新文化的方向"。他以中共最高领导人的身份明确鲁迅作为革命文艺界领袖和旗帜的地位，意在团结和争取更多的自由主义知识分子加入革命阵营。而把郭沫若作为鲁迅的继承者、中国革命文艺界的领袖则是出于抗战和党派斗争的现实需要，为达成更广泛、更具实质性的统一战线。

最后，这次祝寿活动的另一个重要意义，是中共迫使国民党再次表示出了合作的姿态，为国统区抗日民族统一战线的维系与抗战文艺的发展争取了时间，同时也给了文化界展示团结与力量的机会。四年以来，国统区的抗日民族统一战线确实在郭沫若的领导下，取得了很大的成绩：化解政党对立、文人意气，使文化人在民族大义之下团结起来，为抗战救国精诚合作。而且在当时的文化环境下，文化人可以通过自己的文化成就和精神魅力建立个人的影响，就如陈布雷与郭沫若之间超越于政治纷争之上的友谊，颇能让人体会到当时从政文人真实的精神世界。

二　祝寿的问题

以祝寿的方式确立国统区的文坛权威和文化秩序，更多的是出于政治的考虑。当时以左翼文化人为主流的国统区文化界，几乎是一致地表示了拥护和支持。其实50岁并不算高龄，但五十初度即称"郭老""茅公"，俨然文坛权威的元老姿态却完全是一种表现社会地位的方式，而这样的社会地位主要是由政治力量所赋予的。以郭寿为开端，国统区文化界掀起了一阵热烈的祝寿风潮：洪深五十寿辰、沈钧儒七十大寿、应云卫四十寿辰、鹿钟麟六十寿辰、老舍创作生活二十周年、欧阳予倩五十六寿辰与创作生活三十二周年、张恨水五十寿辰、茅盾五十寿辰，等等。这些祝寿活动早已超出了礼节性的范畴，而是带有明确的政治性和鼓动性。这种政治化的文化模式对于抗战文艺的影响，国统区的文化人中间未必没有不满，但直到抗战胜利之后才有自觉与政治保持一定距离的自由主义知识分子提出质疑。

1947 年 5 月 5 日，上海《大公报》发表了萧乾的一篇社论《中国文艺往哪里走》，文章质疑了国统区文艺界"称公称老"的现象，对当时左翼文艺界为郭沫若等人举行诞辰纪念活动表示不满，毫不客气地对以"祝寿"的方式建立起的权威话语发起挑战：

> 每逢人类走上集团主义，必有头目招募喽罗，因而必起偶像崇拜作用。此在政治，已误了大事；在文坛，这现象尤其不可。真正大政治家，其宣传必仰仗政绩；真正大作家，其作品便是不朽的纪念碑。近来文坛上彼此称公称老，已染上不少腐化风气，而人在中年，便大张寿筵，尤令人感到暮气。萧伯纳去年九十大寿，生日那天犹为原子问题向报馆投函。中国文学革命一共刚二十八年，这现象的确可怕得令人毛骨悚然。纪念"五四"我们应革除文坛上的元首主义，减少文坛上的社交应酬，大家埋首创造几部硬朗作品。那样方不愧对文学革命的先驱。那样，中国文艺才有活路可走。①

抗战期间萧乾一直在英国，第二次世界大战后期作为《大公报》驻英特派员兼战地随军记者，是当时西欧战场上唯一的中国记者，直

---

① 萧乾：《中国文艺往哪里走》，《大公报》1947 年 5 月 5 日。

到 1946 年 6 月才由英国回国。他推荐洪深为《大公报》主编《戏剧周刊》，但一次某个戏剧权威的"祝寿专号"由于组稿不足，原定的新五号字改成了四号字排版，萧乾因此受到老板的责备。而且在编发这期"祝寿专号"时，萧乾还听到有个编辑在电话里大声申斥一位不愿写祝寿应景文章的戏剧家："你还想不想吃戏剧这碗饭？"也许就是这些事引发了他对祝寿的反感。当 1947 年 5 月要配合纪念"五四"的文艺节写社评时，萧乾为自己的情绪找到了突破口。

萧乾这篇文章并非专为反对祝寿而发，也不涉及文艺政治化之下的私人恩怨，而是站在一个相对客观的立场上对中国文艺发展现状与前途表示深切的忧虑。特别是抗战后期至胜利以后，中国文坛缺乏民主自由与精神内容，其原因并不在于物质的匮乏，而是由于作家整体丧失了独立精神和理想。萧乾相信，"作家只要真具有悲天悯人的大无畏精神，便就永有写作的马达。应抨击的黑暗势力，自然要百折不挠的抨击下去。但一个有理想，站得住的作家，绝不宜受党派风气的左右，而能根据社会与艺术的良知，勇敢而不畏艰苦的创作"①。于是文章顺带对"祝寿"进行的批评却正是抓住了当时中国文坛问题的关键。萧乾从国统区文化界的"大张寿筵"敏感地觉察到了中国文坛一种不良的走向："腐化""暮气"。这两个关键词在他看来，都是文学被党派政治控制的后果。文学秩序与权威的规定会使文学的发展从根本上失去活力和创造性。作家的精力用于社交应酬，热衷于权力的争夺与维护，而思想上则丧失了最宝贵的民主自由精神。因此他积极倡导"全国文艺工作者把方向转到积极上，把笔放到作品上，以知其不可为而为之的精神，写下这一辈中国人民的希望与悲哀，遭际与奋斗，使文坛由一片战场而变为花圃"②。

---

① 萧乾：《中国文艺往哪里走》，《大公报》1947 年 5 月 5 日。

② 同上。

此前，沈从文、朱光潜都已经提出了自由主义的主张，反对作家与政治结合，反对把文艺作为宣传的工具。萧乾在1948年1月8日发行的《大公报》上旗帜鲜明地公开了他的《自由主义者的信念》：

> 自由主义者是一种理想，一种抱负，信奉此理想抱负的，坐在沙发上与挺立在断头台上，信念都一般坚定。自由主义不是迎合时势的一个口号，它代表的是一种根本的人生态度。这种态度而且不是消极的。不左也不右，政府与共党，美国与苏联一起骂的未必即是自由主义者。尤其应该弄清的是自由主义与英国自由党的主张距离很远很远。自由主义者对外并不拥护十九世纪以富欺贫的自由贸易，对内也不支持作为资本主义精髓的自由企业。在政治在文化上自由主义尊重个人，因而也可说带了颇浓的个人主义色彩，在经济上，鉴于贫富悬殊的必然恶果，自由主义者造成合理的统制，因而社会主义的色彩也不淡。自由主义不过是通用的代名词。它可以换成进步主义，可以换为民主社会主义。

这两篇社论的观点以现在的眼光来看不失理性、公允，但在当时中国社会的思想状况之下却使萧乾始料不及地成了左翼文化人的"公敌"。

1948年3月1日，香港《大众文艺丛刊》的第一辑《文艺的新方向》刊登了郭沫若的《斥反动文艺》，公开点名批判沈从文、朱光潜、萧乾等人，宣布他们是红色政权的对立面：

> 什么是黑？人们在这一色下最好请想到鸦片，而我所想举以为代表的，便是大公报的萧乾。这是标准的买办型。自命所代表的是"贵族的芝兰"，其实何尝是芝兰又何尝是贵族！舶来商品中的阿芙蓉，帝国主义者的康伯度而已！摩登得很，真真正正月亮都只有外国的圆。高贵得很，四万万五千万子民都被看成"夜

哭的娃娃"。这位"贵族"站在集御用之大成的《大公报》这个
大反动堡垒里尽量发散其幽缈、微妙的毒素,而与各色的御用文
士如桃红小生、蓝色监察、黄帮弟兄、白面喽罗互通声息,从枪
眼中发出各色各样的乌烟瘴气。一部分人是受他麻醉着了。

郭沫若与萧乾是完全不同类型的文人,他一直处于不断变动的现
实斗争和政治权力的中心,他对事物、形势的看法与更多地从理论角
度进行思考、观察的萧乾有相当大的差别。萧乾则是深受美英思想影
响的知识分子,对于郭沫若充满火药味、鼓动性极强的贬损痛骂,很
难找到对应的话语来回应。而郭沫若在《华商报》上连续撰文,对萧
乾大加挞伐,也是借题发挥,针对者并非只是萧乾本人,还包括沈从
文、朱光潜等自由主义文人甚至《大公报》的总编辑张季鸾、王芸生
等人,其目的还是在维护他所代表的左翼文学的正统地位。然而不知
是这种杀伤力极强的政治性批判,还是好友杨刚的劝说起了作用,最
终萧乾转变了态度。他亦在《华商报》上发表了一系列表示"转向"
的文章,如《五四的成果》《新方向,新生命》等,表达了对即将诞
生的新政府的服膺。

毋庸讳言,萧乾的目光是相当准确的,祝寿这一政治文化运动本
身确实是文艺政治化的集中表现。当文学依附于政治时必然丧失其自
由精神、艺术价值,不可能获得真正意义上的发展。这种决定性的倾
向为抗战胜利后、甚至新中国成立后的文艺界在全国文化领导权的矛
盾和分歧埋下了隐患。但是,从萧乾的迅速转向这一行动中,又能够
证明当时文艺秩序的强大规约力量。当文艺成为政治的喉舌,进入文
艺圈就等于进入了政治圈。虽然文人天性崇尚自由,在政治领域却无
法游刃有余,只能最终选择屈服。

在当时中国抗战的特殊社会状况下,在文化界树立权威确实有其
历史正当性与合理性。首先,国民政府推崇传统文化,倡导尊孔读

经，祝寿是符合国民党文化政策的合法活动方式；其次，树立文艺界权威有利于团结进步文化人，领导国统区抗战文艺；再次，树立文艺界权威能展示抗战文艺成就，更好地向民众进行宣传，争取广大人民的支持。总之，祝寿是在现实政治的考虑之下的策略性行为，在此过程中，文艺已经被规约在政治之中了。

三　文工会的"红白喜事"

与第三厅相比，文工会的活动能力和范围都小了很多，到"皖南事变"之后，文工会就基本上主要以"红白喜事"为活动形式了。这个"红白喜事"是戈宝权后来戏谑的说法[①]，但确实也能够概括当时文工会的实际情况。

"红"主要指祝寿，以 1941 年 11 月的郭沫若五十寿辰为开端，国统区文化界掀起了一阵热烈的祝寿风潮：1942 年 12 月 30 日，洪深五十寿辰；1943 年 1 月 1 日，沈钧儒七十大寿；1943 年 9 月 7 日，应云卫四十寿辰；1944 年 3 月 12 日，鹿钟麟六十寿辰；1944 年 4 月 17 日，老舍创作生活二十周年；1944 年 4 月 27 日，欧阳予倩五十六寿辰与创作生活三十二周年；1944 年 5 月 16 日，张恨水五十寿辰；1945 年 6 月 21 日，茅盾五十寿辰，等等。

"白"指的是抗战期间重要的追悼纪念活动，如 1940 年至 1944 年的高尔基逝世周年纪念、1943 年至 1945 年的聂耳逝世周年纪念、1941 年 12 月的沈西苓逝世周年纪念、1942 年 1 月的钱亦石逝世 4 周年纪念、1942 年 9 月的歌德 193 年诞辰纪念、1943 年的马雅可夫斯基逝世 13 周年纪念、1944 年 7 月的契诃夫逝世 40 周年纪念，以及为在抗战期间牺牲或病逝的中外文化人如张曙、贺孟斧、邹韬奋、罗曼·罗兰等举行的追悼会等。

这些"红白喜事"中间最重要的除郭沫若的五十寿辰之外就是鲁

---

① 徐志福：《风雨一生阳翰笙》，巴蜀书社 2005 年版，第 46 页。

迅逝世周年纪念了。从鲁迅逝世之后隆重的追悼活动开始，中国文化界形成了一个传统，就是在鲁迅的忌日开展全国性的纪念活动。抗战期间，国统区的文化人一直延续着这个传统。毋庸置疑，年复一年的鲁迅周年纪念带有明显的功利主义色彩，是文化界在借鲁迅的身份、地位与影响力来宣扬自己的社会文化主张及立场，但是新文学史上鲁迅的重要地位和社会影响力恰恰也是在这些纪念活动的反复强调和坚持推崇下建立起来的。而鲁迅在中国新文学传统中的领导地位的确立又直接关系到了抗战后期国统区文化秩序的塑造与构建。

1938年10月，在汉口的鲁迅逝世两周年纪念活动，是由文协和鲁迅先生纪念会联合发起的。但是参加活动的主要是第三厅的左翼文化人，周恩来、博古也以中共领导人的身份参加了纪念大会。而文协在重庆发起的两千余人的纪念活动邀请了时任中宣部部长的邵力子担任大会主席，带有浓厚的官方色彩。到1939年10月，鲁迅逝世三周年纪念活动，从到会人员、发言内容等情况来看，国共两党、各民主党派乃至全社会都对鲁迅给予了高度的评价。在国共合作、共同抗日的局面之下，突出强调的是鲁迅的团结抗战和民族战士的精神内涵，不但最大限度地扩大了鲁迅的社会影响力，而且赋予鲁迅精神以进一步阐释和发展的合法性与正当性。在抗战初期，鲁迅精神已经成了激励全国人民抗战决心的精神力量与传统，以鲁迅精神反对妥协投降在国统区形成了坚持民族抗战、抗战必胜的思想和舆论潮流。

但是从1940年的鲁迅逝世四周年纪念开始，鲁迅精神的意义和指向就开始发生转变。当时国共关系已经趋于紧张，文工会刚刚开始工作。在这次纪念活动中，中共提出了对于鲁迅精神的独立阐释，强调"尖锐的批判精神"。周恩来对他"律己严""认敌清""交友厚""疾恶如仇"的四大特点的总结明显与国民党的"三民主义的民族战士"的阐释方式呈现出本质性的分歧。究其根源，是1940年2月毛泽东在延安提出的新民主主义文化理论使国统区的南方局有了明确的理论武器。而毛泽东的这一著名论断，坚实地奠定了鲁迅在新文化运动中的文化领袖身份以及在中国文化史、新文学史上的核心地位：

> 鲁迅是中国文化革命的主将，他不但是伟大的文学家，而且是伟大的思想家与伟大的革命家。……鲁迅是在文化战线上，代表全民族的大多数，向着敌人冲锋陷阵的最正确、最勇敢、最坚定、最忠实、最热忱的空前的民族英雄。鲁迅的方向，就是中华民族新文化的方向。[①]

当中共开始独立阐释鲁迅的价值与定位，国统区政治思想领域的民族主义与新民主主义两种话语的对抗也就由此生成，鲁迅纪念就逐渐演变成为中共以及左翼文化人反对国民党文化专制的工具。更为关键的是鲁迅纪念为中共的政治文化提供了合法性。因为，一年之后中共为郭沫若大张旗鼓地祝寿，把他确定为继鲁迅之后中国新文化的领袖，是要建立在鲁迅的社会文化地位得到普遍承认的基础之上的。抗战初期，国共两党在团结抗战的立场上对于鲁迅精神的阐释、发扬以及鲁迅周年纪念活动的重视达成了一致，特别是国民政府官方的参与，促进了鲁迅社会文化影响力的扩大和文化领袖地位的确立。而左翼文化人在此基础上把鲁迅提升到中国新文化领导者的位置上，实质上是把鲁迅塑造成了一个独立自主的精神传统和文化力量，并成功地使之成为反对国民党文化专制和独裁统治的思想武器。

因此，在1940年、1941年左翼文化界声势浩大的纪念和宣传之后，国民党断然采取措施，严格限制鲁迅周年纪念活动，1942年、1943年连续两年都没能正常举行。报刊上依然刊发纪念鲁迅的文章，社会上也会用售书等方式进行纪念，但是大规模的集会活动已不被允

---

① 毛泽东：《新民主主义的政治与新民主主义的文化》，《中国文化》创刊号1940年2月15日，第19页。

许了。到 1944 年和 1945 年，文化界接续传统进行鲁迅纪念时，对于鲁迅精神的阐释就已经是他对人民的爱和对敌人的憎，为争取民主自由的生活而揭示民族劣根性和精神病苦，矛头直接指向了国民党。

从鲁迅周年纪念在抗战期间的发展变化过程能够看出，国统区直接或间接由文工会组织和参与的社会活动都具有了越来越明确的政治指向。在抗战后期，团结抗战的旗帜已经无法掩盖党派政治的矛盾和裂痕。这时的团结，指的已经不再是面对民族战争的抗日民族统一战线，而是文化界向中共的转向和趋于一致。坚持文化统制与专制独裁的国民党成为知识者和文化人的众矢之的，追求民主自由的思潮取代了抗战救亡成为抗战后期直至全国解放的最大呼声。

第四章　两军对垒:《屈原》与《野玫瑰》

　　从 1940 年下半年开始，世界反法西斯战争进入了最艰难的阶段。日本在中国军事进攻、经济封锁、政治诱降三管齐下，对于中国人来说，不仅胜利的希望变得遥不可及，连现实的生活都开始无法保障。物资匮乏，物价疯涨，普通民众的生活渐渐陷入困境，而处在大后方的重庆却出现了畸形的繁荣景象。由于胶片有限，进口电影也极少，话剧演出成为雾都最主要的娱乐方式之一。于是，文工会也以此作为主要的活动方式之一，成立了中华剧艺社，通过组织话剧演出达到宣传抗日、扩大影响的目的。

　　国统区意识形态的对立很快就在文艺领域显现出来，第一届"雾季公演"中，《野玫瑰》和《屈原》的先后轰动上演引发了一场持续半年之久的争论和斗争。国共合作以来一直维持的表面上的和谐关系终于被打破，《野玫瑰》和《屈原》的两军对垒第一次把国共两党之间在文艺领导权上的对立和冲突明确地显示出来，从而把文艺领域的斗争上升到了政治意识形态的高度。文工会针对《野玫瑰》组织了大规模的批判运动，同时抵制国民政府对《屈原》的压制，确保了中共对于国统区文艺界的领导权。但是，国民政府利用手中的政权，以一系列更加严密的审查与监管制度对话剧剧本和演出的生存空间进行强力挤压，使左翼戏剧界受到了严厉压制，也使抗战后期的国统区戏剧产生了商业化、庸俗化等不良的倾向，从整体上丧失了时代意义和艺术价值。

第一节　"《野玫瑰》风波"

一　陈铨与《野玫瑰》

四幕话剧《野玫瑰》问世之时，正是 1941 年 5 月，陈铨当时在西南联大担任外文系教授。抗日战争在僵持中进入了第四个年头，地处偏远的西南边陲的昆明也笼罩在战争的阴霾下。空袭不断，物价飞涨，大后方的生活困顿而清苦。虽然位卑地远，联大的师生们也未忘忧国，一方面潜心学术，坚持文化传承与民族精神的涵养，另一方面热心从事各种形式的抗战文化宣传活动。1938 年 11 月，旨在"互相砥砺，共同切磋，为开展抗日救国的戏剧活动，丰富文化生活，研究戏剧艺术而努力"[①] 的西南联合大学话剧团成立。陈铨被聘为名誉团长，于是在教书之余，不仅要为学生导演话剧，给联大剧团创作新的抗日题材的剧本也成了他义不容辞的责任。

陈铨（1903—1969）是四川富顺人，早年就读于清华留美预备学校（清华大学的前身），1928 年考取公费先后赴美、德两国留学，获文学博士学位后回到母校清华大学任教。抗战期间随清华迁赴长沙、昆明，任西南联大德语教授。抗战爆发之前，陈铨一直过的是纯粹的学院生活，喜欢在学术研究之余从事文学创作。这个习惯从他的求学时期就开始了，无论是就读清华还是负笈海外，陈铨都不断有新诗、

① 张定华：《回忆联大剧团》，《笳吹弦诵在春城——回忆西南联大》第 1 集，1986 年 10 月，第 344 页。

长短篇小说出版。也许如果没有抗日战争，陈铨在现代文坛上籍籍无名的状态可能一直都不会改变，但这场战争彻底地改变了他的命运。

首先是 1940 年 4 月与林同济、雷海宗等友人在昆明共同创办《战国策》半月刊，陈铨成为"战国策派"的代表学人之一。他秉承了德国的文化传统，高扬民族意识与民族精神，推崇尼采的强力意志与英雄崇拜，积极倡导一种"借镜于异邦"的别样的救国之路。其次，也是更重要的，即四幕话剧《野玫瑰》的创作，一下子把陈铨推到了时代的风口浪尖。陈铨在德国留学时就对欧洲古典和现代戏剧非常感兴趣，他的博士学位论文《德国文学中的中国纯文学》对于中德文学的影响、交流中的戏剧活动进行了系统的探讨，开创了中德比较文学的先河。陈铨在清华大学执教期间的研究对象也主要是德国戏剧理论与作品，这直接影响到了他在抗战期间从事戏剧创作和编导工作的行动。

陈铨开始进行戏剧创作的初衷是为联大剧团提供演出剧本、进行抗战宣传，而进行中的民族战争却激发出了陈铨极大的爱国热情和创作激情。联大剧团成立后公演的第一部话剧就是陈铨改编的多幕剧《祖国》，凤子演女主角，闻一多任舞台监制，于 1939 年 2 月在昆明的"新滇大舞台"连演 8 场，获得成功。陈铨又创作了五幕剧《黄鹤楼》，剧中表现了国民党空军铁鹰队的战士奋勇抗敌、不畏牺牲的英雄行为，与大后方一些所谓的"社会名流"沽名钓誉、粉饰太平、贪生怕死、空喊抗日的丑恶嘴脸形成了鲜明的对比。这部话剧的公演也很成功，但是对于联大剧社简陋的条件而言，"《黄鹤楼》人物太多，服装布景道具太花钱"，因此剧团希望陈铨能"再写一个人物较少，布景简单的剧本"[①]。于是陈铨就想到了内容富于刺激性的军事间谍题

---

① 《陈铨档案》，南京大学档案馆藏，转引自孔刘辉《〈野玫瑰〉上演的前后》，《新文学史料》2009 年第 2 期，第 105 页。

材。虽然当时已经有了可供参考的成功范例，如曹禺的《黑字二十八》、李健吾的《这不过是春天》、尤兢的《夜光杯》等等，但在"抗战八股"式的戏剧作品充斥话剧舞台的抗战前期，这种抗日锄奸的题材还是非常新鲜的。然而陈铨对于抗战和特工的生活并没有了解，在研究了好几个英文间谍故事之后，下笔时还是难脱模仿的痕迹。正在他准备放弃的时候，汉奸王克敏的女儿逃到香港、登报声明脱离父女关系的故事流传到了昆明。这个父女因民族大义反目的情节模式触动了陈铨敏锐的艺术神经。很快，短篇小说《花瓶》率先发表，主要的人物、情节、戏剧冲突都成形了。四幕剧《野玫瑰》与小说情节框架基本相同，就在跑警报的防空洞里，陈铨仅用了三天时间便一气呵成完成全剧。

《野玫瑰》的故事发生在沦陷后的北平，伪政委会主席王立民的家里。他年轻美貌的太太夏艳华原来是上海滩有名的交际花，而他最钟爱的女儿曼丽却是已故的前妻所生。故事从一个年轻人的到来开始。他叫刘云樵，是王立民前妻的内侄。他刚从英国留学回来，要他的姑父王立民在北平给他谋职，并很快与表妹曼丽陷入了热恋。但是三年前云樵曾经深爱的恋人却是王立民现在的太太夏艳华。遭遇暗杀而受伤的王立民因为一系列重大情报的外泄大发雷霆，各方面的蛛丝马迹都指向了刘云樵。身份即将败露的刘云樵从仆人王安那里得到了向夏艳华求助的暗示，却受到百般嘲弄，直到对上暗号才发现她竟然是重庆国民政府派来的高级间谍。夏艳华利用伪警察厅长的愚蠢和好色，保护云樵和曼丽安全离开，又设计激怒王立民击毙了伪警察厅长。当王立民急火攻心眼疾发作，毅然服毒、准备迎接死亡的时刻，夏艳华亮明了自己的身份，给了王立民更加致命的打击。完成任务之后，为民族大义舍弃了个我真爱的夏艳华继续献身于抗日锄奸的神圣事业。

《野玫瑰》作为陈铨最成功的作品，最能打动人心之处就是充分地表现了人物内心真实的爱恨悲欢、高尚的民族意识与牺牲精神。为了执行打入沦陷区敌伪高层的秘密特工任务,夏艳华不得已与恋人刘云樵分手。但是在她不得不委身事敌、过着与大汉奸王立民日夜周旋的生活的时候,一直在心里珍藏着这份爱情。她特意把参加了间谍工作的云樵从南方调到身边以弥补朝思暮想的怀念,而不知内情的云樵却把她误认为自私、冷酷、骄傲、极端的个人主义者,对她充满了敌意,甚至就在她的眼前爱上了王立民的女儿曼丽。她不动声色地承担了自己的命运,不仅圆满地完成了任务,还促成并保护他们安全离开。当云樵得知她的真实身份时,不由得对她肃然起敬了。陈铨通过巧妙的情节设置和"野玫瑰"的故事,把真相慢慢揭开,以夏艳华深情而又充满暗示意味的独白,最大限度地展现出她那爱恨交织、凄美哀怨的内心世界。但是在民族大义面前,她还是选择了压抑一己悲欢,为民族国家的正义事业继续奋斗。

相对于女英雄夏艳华,陈铨在《野玫瑰》中对大汉奸王立民这个人物形象做了非常大胆的处理,不仅赋予了他一颗"倔强的英雄的灵魂",还把他塑造得"并不无耻,并不卑鄙,并不丑恶,并不是没有灵魂没有血性,并不是完全泯灭了良心"[1],甚至还对他性格行为的合理性进行了充分的解释。王立民为了个人的权力奋斗一生,表现出了极其坚强的意志:假如不能流芳百世,宁愿遗臭万年。他抓住一切机会出人头地,甚至不惜卖国求荣、以身事敌。从政治观点和民族立场来看,王立民是一个十恶不赦的坏人,然而在人格上又不失闪光之处。他充满自信地宣称:"我是一员战士,我永远不向命运低头","我有铁一般的意志,我要赤手空拳,自己打出一个天下来。世界上的力量,能够摧毁我的身体,不能够征服我的内心。我要别人服从

---

[1] 方纪:《糖衣毒药——〈野玫瑰〉观后》,原载《时事新报》1942年4月8、11、14日,转引自蔡仪主编《中国抗日战争时期大后方文学书系》(第二编 理论·论争 第一集),重庆出版社1989年版,第551页。

我，尊重我，我决不要人可怜我"①。陈铨赋予了他这样豪迈铿锵的自白，似乎给他的失败带上了一点末路英雄的悲剧色彩。然而这个内心如钢铁般坚强的人，对女儿却是一副舐犊深情的模样，意外地表现出了人性温情的一面。陈铨塑造的这个"圆形人物"，在当时中国的现代文学作品中是罕见的，很难得到理解和接受，甚至有人怀疑陈铨有变态心理。

在《野玫瑰》之后，陈铨又接连创作了《金指环》《蓝蝴蝶》《无情女》等多幕剧，也都有一定的反响。综观陈铨抗战时期的戏剧创作，都围绕着战争、爱情和道德这三大"永恒的文学主题"。他的着眼点不仅仅是把戏剧当作宣传民族主义、鼓舞抗战建国的工具，而是把民族精神、个人情感与人生感悟融合在一起，体现出"战国策派"特异的文化思考与民族性格建构。陈铨认为20世纪是一个民族主义的时代，浪漫主义的时代。基于中国现实，他做出这样的体认：既崇尚感情，又承担责任。于是他笔下的人物都能忠实地面对自己的内心，正视爱情与责任抑或情感与理性之间的矛盾冲突，在承受了剧烈的思想斗争之后，做出以民族国家利益为重的现实选择。陈铨用他独特的戏剧语言向国人阐明，在民族危亡的紧要关头，个人应当无条件地服从于民族国家的需要，个人的痛苦与民族的命运相比，后者永远应当放在第一位。"牺牲儿女私情，尽忠国家民族"②，这才是陈铨希望在他的戏剧中说明的。

二 重庆上演前后

《野玫瑰》最早被搬上舞台是在昆明，1941年8月2日至8日由国民剧社以"劝募战债"的名义在昆明大戏院公演，导演孙毓棠，主

---

① 陈铨：《野玫瑰》，于润琦编选《陈铨代表作》，华夏出版社1999年版，第306、301—302页。

② 三幕剧《无情女》广告，《民族文学》第1期，1943年7月7日。

演有姜桂侬、汪灼峰、劳元干、李文伟、高小文等。

其实《野玫瑰》从在昆明首演起就卷入了党派之争。1941年年初的"皖南事变"前后,日趋紧张的国共关系也影响到了西南联大的戏剧团体,联大剧团分化为一些中共学生地下党员组织的联大戏剧研究社和以国民党三青团的学生为主力的青年剧社。没多久,又因为青年剧社的内部矛盾,翟国瑾在云南地方当局的支持下另起炉灶组建了国民剧社。这两个剧社一成立就明争暗斗,为了争夺《野玫瑰》的剧本煞费苦心。《野玫瑰》还未定稿时,青年剧社的社长汪雨就开始与陈铨接洽有关演出事宜。而国民剧社"经设计委员会数次商讨之后,乃采取人海战术,大家一起涌至陈教授寓所,请他将剧本手稿拿出来给大家瞧瞧。然后又在一阵乱哄哄的局面中,乘其无备,由一位同学将剧本揣起来,先行告别,余下的人再陆续散去。写文章的人,大都有点迷糊,直到我们已经赶写了油印本,前去通知他时,他才知道自己的作品已经'出版'了"①。国民剧团抢到了《野玫瑰》的首演权,陈铨也只得默认。由于国民剧社与云南当局有密切关系,当时云南省党部打算以《野玫瑰》的演出募款劳军,以响应宋美龄"草鞋劳军"的号召。但这次首演预算所需要的一万四千元左右的经费,却无人提供,国民剧社也是靠着借款坚持到《野玫瑰》公演。

《野玫瑰》在昆明的首演创下了上座率持续高涨的纪录,可以作为昆明的戏剧演出开始走向繁荣的标志。翟国瑾回忆这次演出极为成功,"因为演员阵容、剧本主题及故事路线,都已达到最高的水准,而富丽堂皇的布景,豪华优美的道具,在当时都是前所未见,属于第一流的"②。与此同时,《野玫瑰》开始在《文史杂志》半月刊第1卷

---

① 翟国瑾:《忆一次多灾多难的话剧演出》,《云南文史资料选辑》第34辑,云南人民出版社1988年版,第481—482页。

② 同上书,第491页。

第 6、7、8 期连载 (1941 年 6 月 16 日、7 月 1 日、8 月 15 日)。1942
年 1 月,《文史杂志》上又发表了陈西滢客观中肯的剧评。从此,这
位一直默默无闻的高校教授开始声名远播,陈铨及其戏剧的影响力走
出了象牙塔,引起了重庆戏剧界的注意。

　　1942 年年初,身在重庆的电影、戏剧演员兼导演施超就"看中了
这出戏具有西方结构剧的特点,剧情惊险,引人入胜,人物富有传奇
色彩,且具浪漫情调。四幕戏一个景,只用 7 个演员。大多数角色都
有戏可演,这在当时都是颇为吸引人的演出条件。何况这个戏还表现
了一个抗日锄奸的故事"[①]。当时国民政府把戏剧作为"不正当娱乐行
为"课以重税,演员们整日奔波演剧,生活却窘迫异常。施超断定
《野玫瑰》具有足以缓解目前生活压力的票房号召力,就准备以留渝
影人剧团的名义在重庆搬演《野玫瑰》。经过一个多月的筹备,于 3
月 5 日至 20 日在抗建堂公演,导演苏怡,主演有秦怡、施超、杨路
曦、田烈、陶金、王斑、戴文等。

　　作为重庆第一次"雾季公演"的剧目,《野玫瑰》在公演之前并
没有进行大规模的宣传,只在公演当天的重庆各大报纸上刊载了广
告:"中国劳动协会为响应捐献滑翔机运动,特请留渝人假座抗建堂
公演四幕名剧《野玫瑰》。"[②] 因此,《野玫瑰》的第一场演出并没有什
么特殊之处。从第二天开始,上座率越来越好,场场爆满,甚至一票
难求。从《新华日报》刊登的逐日变化的演出广告就能看出当时的
情景:

　　　　3 月 6 日:故事——曲折生动,布景——富丽堂皇;

　　　　3 月 7 日:客满——场场客满,定座——速速定座;

————————

　　① 石曼:《我所知道的〈野玫瑰〉》,《雾都剧坛风云录》,重庆出版社 2001 年版,第
225 页。
　　② 《新华日报》1942 年 3 月 5 日。

3月10日：每场客满，座无隙地，请速订座，庶免向隅；

3月13日：今明两晚，最后两场；

3月14日：连演八场，场场客满，观众函请，续演三天；

3月17日：演十二场，场场客满，向隅观众，函请续演；

3月18日：（今日起二十日止最后三场）场场拥挤，座无隙地，仅有三场，勿失良机。[1]

多年之后，我们只能从这些广告词中想象公演时的火爆场面。《野玫瑰》在观众的强烈要求下连演了16场，观众共逾万人。剧场售票处每天都排着购票的长龙。甚至有一次国民党空军因买不到戏票，竟然用机关枪对着抗建堂的门口，声称不让他们进去看戏就要对剧场扫射，足见当年《野玫瑰》演出的火爆程度。

《野玫瑰》这次公演还造就了一个剧坛明星。当年只有21岁的秦怡一炮而红，从一个名不见经传的年轻女演员直接跻身重庆剧坛的一线女星，与白杨、舒绣文、张瑞芳并称重庆戏剧界的"四大名旦"。秦怡饰演的夏艳华，身着紫色长袍、摩登的高跟鞋，戴着闪亮的耳环，画着浓艳的盛妆，在当时最好的灯光舞美的衬托之下，光彩夺目。"许多观众为着一睹美人风采争着去看《野玫瑰》，马路上常常可以听到这样的对话：'你去看什么戏啊？'回答是：'我去看秦怡'。"[2]这从另一个角度证明了《野玫瑰》舞台形象塑造的成功。

《野玫瑰》的重庆公演，从演出条件到演员和导演都堪称一流；故事情节浪漫曲折，又表现了抗战的时代主旋律，能够满足一般市民的审美趣味。在战时的陪都重庆，其轰动与受追捧的程度与在昆明时学生剧团的首演相比，自然不能同日而语。公演期间，整个重庆城都笼罩在《野玫瑰》浪漫传奇的氛围之中，人们如醉如痴。青年学生中

---

① 《新华日报》1942年3月6日、7日、10日、13日、14日、17日、18日。

② 姚芳藻：《秦怡：深渊中的明星》，上海文艺出版社1989年版，第160页。

间流行着《野玫瑰》里的台词："这一堵窗户，是向哪一方开的?""什么时候开?""什么时候关?""你的记号?""天字十五"①……《野玫瑰》的如此流行，在抗战期间的话剧演出中是不多见的。

1942年4月，四幕剧《野玫瑰》作为"文史杂志社丛书"的一种由重庆商务印书馆出版了单行本，10月即再版。1942年12月发行了赣版，1943年4月商务印书馆又出版了第三版，到1944年出版到第五版，并重排第一版。《野玫瑰》单行本如此畅销，固然与国民政府的大力推荐有关，但也能在一定程度上体现出它在民众中间的受欢迎程度。

《野玫瑰》还迅速得到了国民政府官方的认可：教育部学术审议委员会授予《野玫瑰》1941年度学术奖三等奖。1942年6月13日，教育部在《中央日报》第一版发布通告："民国三十年度申请奖励之著作发明及美术品，前交由本部学术审议委员会审议，应予给奖之作品计二十九种，业经本部覆核，均照案分别给予奖励……"陈铨的《野玫瑰》与曹禺的《北京人》一起，获得了年度学术奖文学类三等奖，奖金各2500元。这是教育部第一次进行学术评奖。由于当年文学类一、二等奖空缺，《野玫瑰》获得的是1941年文学剧本的最高奖。

国民政府不仅对《野玫瑰》给予官方嘉奖，还不断鼓励在大后方各地上演。云南、贵州、四川各省，《野玫瑰》所到之处都掀起了观剧的热潮。在政府的积极支持、倡导下，各地学校、部队的戏剧团体，甚至西安、甘肃等地区的业余剧团都纷纷上演。施超眼光的确不错，《野玫瑰》确实是当时国统区最成功的戏剧作品之一。

---

① 陈铨：《野玫瑰》，于润琦编选《陈铨代表作》，华夏出版社1999年版，第316、320页。

三 罢演与批判

为满足重庆观众热烈的观剧要求，施超等人在《野玫瑰》如火如荼的首轮公演结束之前，就开始策划从 3 月 31 日开始在抗建堂重演 3 天。可是，就在 3 月 20 日《野玫瑰》最后一场演出结束时，以秦怡为代表的演职员突然宣布罢演。随后，1942 年 4 月 3 日的《时事新报》报道了《野玫瑰》因内容发生问题被当局禁演的消息。

其实，《野玫瑰》在重庆的公演从筹备到演出的过程中一直矛盾不断。最初施超在筹演时，邀请了陈鲤庭做导演、白杨出演夏艳华。1942 年 1 月 29 日的《新华日报》曾刊出消息："施超、白杨等为工人服务队筹款，筹演陈铨教授新作四幕剧《野玫瑰》，由陈鲤庭导演。"但重庆戏剧界的演员、导演们在当时还没有意识到左翼文化界思想状况的变化。"皖南事变"之后，国共两党之间出现了剑拔弩张的态势。虽然第二次国共合作在表面上得到了维系，但双方趋于白热化的矛盾逐渐从政治军事领域转移到了文化领域，中共南方局计划以 1942 年"雾季公演"为突破口来冲破国民党在文艺领域对国统区的统制。而陈铨所代表的"战国策派"的立场，是旗帜鲜明地支持国民政府领导抗战建国的。囿于政治立场，无论陈铨其人其文都会遭到左翼文化人的一致抵制。在当时的语境下，"国家"最直接的体现就是作为执政党的国民党，但是《野玫瑰》中暗藏的与中共在意识形态上的对立只会引发左翼文化人的敏感，而无论是施超，还是陈鲤庭、白杨、秦怡，关注的都是剧本本身，根本就没有想到一个表现抗日锄奸的戏也会包含复杂的政治因素。

白杨在十一二岁刚刚开始演艺生涯时就加入了左翼戏剧团体，在思想上受阳翰笙的影响很大。抗战爆发后，已经是上海著名影星的白杨毅然加入救亡演剧队，辗转来到大后方的重庆。她倾向于中共南方局和文工会的领导，在演戏方面遇到问题，就去向南方局或阳翰笙等人请教。在接演《野玫瑰》的消息见报的当天，白杨专程去征求阳翰笙的意见，而他的建议却是不要演。同时，陈鲤庭也受到了辛汉文、陈白尘和贺孟斧的批评。他们四人都是中共领导下的中华剧艺社的骨干分子，或许是意识到了《野玫瑰》这次公演有国民政府支持的背景，辛汉文等人一致反对陈鲤庭执导《野玫瑰》。此时，陈鲤庭开始后悔答应了施超，也请阳翰笙代为想办法推托。经过共同讨论，决定让陈鲤庭以改编托尔斯泰的《复活》为由谢绝执导《野玫瑰》。但是施超等人是从演员们的生计考虑，不想放弃这个剧本。因此第二天(1942年1月30日)施超、杨路曦、白杨又一同到阳翰笙家，希望他"无论如何把《野玫瑰》替他们看看"①。阳翰笙看过剧本后告知施超："《野玫瑰》内容空虚，没有真实的生活，没有深刻的人物性格，特别是大汉奸一角，在思想上颇有问题，确只是用传奇式的旧手法所造成的一只抗战空壳子。演不演虽由他们自去决定，但我意最好是不演。"②

阳翰笙的这个说法只代表个人意见。当时陈铨本人还在西南联大，对于重庆上演《野玫瑰》的事情并不知情(施超是在公演之后才寄给陈铨上演税的)。对于这位在成都省立第一中学时的旧时同窗，阳翰笙也算有所了解，当年自己因为领导学潮、反对校长被开除时，陈铨是个只专注于学业的学生。道不同不相与谋，阳翰笙并没有从政治立场出发极力阻挠《野玫瑰》的筹演。因此，施超也没意识到《野玫瑰》会是南方局反对的坏戏，还是坚持要公演，只是陈鲤庭和白杨的退出使他有些措手不及。施超大费周章地通过中华剧艺社社长应云卫借调了秦怡，从中央电影制片厂借调了陶金，又请来苏怡导演，才重新恢复了排练。仔细考察演员表，虽说用的是"留渝剧人"的名

---

① 阳翰笙：《阳翰笙日记选》，四川文艺出版社1985年版，第16页。
② 同上。

义，但七位演员中除秦怡、陶金外都来自中国万岁剧团，而且导演苏怡和舞台部门人员也都是"中万"的。目前没有确切证据表明这次公演是在张道藩的直接策划下进行的，但是得到"中万"的大力支持就足以使《野玫瑰》的演出带上无法抹去的政治色彩。

经历了如此波折之后，《野玫瑰》还是如期上演了，反响之热烈出乎所有人的意料之外。阳翰笙和中共南方局都没有预见到《野玫瑰》会如此成功，不仅没有事先采取任何措施阻止其上演，甚至《新华日报》还一直为该剧刊登演出广告。《野玫瑰》引发的重大社会效应引起了中共的高度重视并迅速做出对策。原本这一年的"雾季公演"对于中共就具有重要的战略意义，周恩来把这一事件作为一场关乎文艺阵地得失的战役，指示文艺界的朋友们组织起来进行斗争和抵制。[①]

首先，南方局"文委"和文工会指示戏剧界进步人士以及剧团内部的中共地下党员在戏剧界制造舆论，对《野玫瑰》的演职人员施加影响，以制止其社会效应的继续扩大。

秦怡、陶金等主要演员在演出过程中就不断听到各种议论，比如说《野玫瑰》是个坏戏，剧本"是汉奸编的"，施超把汉奸演得叫人同情，有美化汉奸的嫌疑，等等，都深感问题的严重。秦怡托好朋友赵慧深打听消息，听说戏剧界评价这个戏的政治内容不好，有替国民党假抗日、真反共宣传的内容，《新华日报》还刊登了评论。陶金听从史东山的建议，决定拒演《野玫瑰》。剧组内的许多演职人员都在舆论的影响下感到不安。据秦怡回忆，"剧组的美工师张尧（后来知道他是地下党员）和我们一起商量，在星期天日场演完后，到中苏文化协会（当时我们常到这个地方去聚会的）去开会商讨办法"[②]。在施超

---

① 张颖：《思情日月长——文艺家的挚友周恩来》，中国戏剧出版社 1987 年版，第 50 页。

② 秦怡：《跑龙套》，学林出版社 1997 年版，第 42 页。

毫不知情的情况下，陶金、秦怡等主要演员，导演苏怡等演职人员商定罢演。于是，在中共南方局的领导和重庆戏剧界进步人士的介入与影响下，《野玫瑰》的舞台上出现了演职员罢演的一幕。

随后，在《新华日报》《新蜀报》等报刊上，开始陆续发表一些针对《野玫瑰》的批评文章，批评的矛头指向《野玫瑰》美化汉奸、替汉奸辩护的思想倾向。其实早在1942年年初，章汉夫的《"战国派"的法西斯主义实质》就已经给以陈铨为代表的"战国策派"定了性。这篇文章发表于中共在国统区公开发行的唯一党刊《群众》上，无疑具有同中共中央文件一样的权威性。在《野玫瑰》公演结束后的第三天，《新华日报》文艺版的主编刘念渠化名颜翰彤发表了《读〈野玫瑰〉》。他在文中指责《野玫瑰》作为反汉奸的剧本，与抗战初期的作品相比，不仅在艺术水准上没有进步，更严重的是"隐藏了'战国派'思想的毒素"。剧作者为王立民设计的台词使他几乎成为"一个'性格悲剧'的主角"，对"极端的个人主义……持着宽容的态度"，虽然剧作把王立民与"民族意识"对立起来，但是作者的态度却是一视同仁的。陈铨替汉奸辩护是出于其"争于力"的思想，"在本质上是法西斯主义的应声虫"。[1] 随后《时事新报》《新蜀报》《华西日报》等报刊，先后发表了孟山、方纪、潘子农等人的文章，把《野玫瑰》与"战国策派"联系到一起，批评剧作者为汉奸行为寻找理论根据，会使民众抗战意识退化，是于抗战不利的"法西斯主义"。

中共方面不仅在舆论上对《野玫瑰》展开批判，更以实际的戏剧演出活动对其造成的影响进行了强有力的反击。郭沫若的五幕历史剧《屈原》，如同一枚重磅炸弹在重庆剧坛炸响。1942年4月2日《新华日报》刊登了极富诱惑力的公演广告：

---

① 《新华日报》1942年3月23日。

五幕史剧《屈原》明日在国泰公演

中华剧艺社空前贡献

郭沫若先生空前杰作

重庆话剧界空前演出

全国第一的空前阵容

音乐与戏剧的空前试验

　　距离《野玫瑰》的公演不到十天，《屈原》再次轰动了山城，观众很快就沉浸在"爆炸了吧"的氛围中。无形之中，《屈原》与《野玫瑰》短兵相接，以两军对垒的阵势展开了一场国共两党之间以戏剧演出为平台争夺文化领导权的斗争。

第二节　《屈原》的反击

一　创作与公演

　　五幕剧《屈原》的创作并不是偶然的，但郭沫若的本意并不是为了与《野玫瑰》抗衡或显示他在文坛的地位，而是出于长久以来对这位历史人物的敬慕之情。以屈原为代表的湘楚文化对郭沫若一直有种莫名的吸引力：1920 年年底，郭沫若就创作了自称为"夫子自道"的短篇戏剧《湘累》；1926 年 8 月北伐途中，在经过汨罗江时写下了"揽辔忧天下，投鞭问汨罗"的诗句；还有 20 世纪 30 年代到 40 年代初，一系列的学术论著和文章如《屈原时代》《革命诗人屈原》《蒲剑·龙船·鲤帜》《屈原考》《屈原的艺术与思想》《屈原思想》等等，足见郭沫若内心挥之不去的"屈原情结"。

郭沫若自己也是颇愿以屈原自许的。在"皖南事变"之后的重庆，郭沫若做着一个为国民党所谓的"民主""团结"作摆设"花瓶"的文化工作委员会的主任，却是处在特务严密的监视之下，连人身自由都受到限制，有三四年时间不能踏出青木关一步。他期许自己，乃至更多的知识分子，能有屈原一般坚强的意志和高洁的情操。在抗战时期的中国，郭沫若发现了重提屈原精神的现实意义。正如他在《序俄文译本史剧〈屈原〉》中所说的：

> 我写这个剧本是在 1942 年 1 月，国民党反动派的统治最黑暗的时候，而且是在反动统治的中心最黑暗的重庆。不仅中国社会又临到阶段不同的蜕变时期，而且在我的眼前看见了不少大大小小的时代悲剧。无数的爱国青年、革命同志失踪了，并进了集中营。代表人民力量的中国共产党在陕北遭受着封锁，而在江南抵抗日本帝国主义的侵略最有功劳的中共所领导的八路军之外的另一支兄弟部队新四军，遭到了反动派的围剿而受到很大的损失。全中国进步的人们都感受着愤怒，因而我便把这时代的愤怒复活在屈原时代里去了。换句话说，我是借了屈原的时代来象征我们当前的时代。[①]

早在商讨发起诗人节时，郭沫若就说："在抗战期间人人如有屈原的精神，不会出现汉奸，也不会向敌人投降，而激浊扬清，更是今日所缺乏的精神。"[②] 到 1941 年年底，在《棠棣之花》的成功演出和

---

① 郭沫若：《序俄文译本史剧〈屈原〉》，《郭沫若论创作》，上海文艺出版社 1983 年版，第 404 页。

② 陈纪滢：《抗战以前及抗战时期的中国文艺发展概要》，原载《近代中国》1984 年 6 月号，转引自高音《辩驳与认同——历史剧创作在 1941 年前后》，张泉主编《抗日战争时期沦陷区史料与研究》第 1 辑，第 240 页。

演员江村的触动下，刚刚庆祝过五秩之庆与创作生活二十五周年的郭沫若雄心勃勃地开始写作《屈原》。

郭沫若积蓄多年的创作灵感一旦触发就不可遏止地喷涌而出，不仅在结构布局、情节设置上面困扰他三个多星期的问题出乎意料地在写作的过程中得到了轻松的解决，而且写作的进度也相当神速。从1942年1月2日到11日晚，只用了10天时间就创造出了这部126页的杰作。完稿几天后，郭沫若依然沉浸在创作的冲动中，又作了一篇文章《写完五幕剧〈屈原〉之后》来追述他"妙思泉涌"、如有神助的创作过程。最使他得意的是，在写作《屈原》的十天中，他每天照常会客、参加各种社会活动，实际写作时间平均不到4小时。而他在20多年研究积淀的基础上充分发挥了想象力，把屈原一生的悲剧性集中在了"南后构陷"这一个具体事件之中，因此写作过程之顺畅、灵光之突现都令他非常满意：

> 各幕及各项情节，差不多完全是在写作中逐渐涌出来的，不仅写第一幕时还没有第二幕，就是第一幕如何结束都没有完整的预念。实在也奇怪，自己的脑识就像水池开了闸一样，只是不断地涌出，涌到了平静为止。①

这也许是他自《女神》时代以来最富于激情的创作了。

郭沫若写作《屈原》得到了来自各界的关注和期待。早在动笔之前一天，报纸上就有文章预言"今年将有《汉姆雷特》和《奥赛罗》型的史剧出现"②。周恩来也专程去鼓励他大胆"古为今用"："屈原当时受迫害，因'谗陷之蔽明也，雅曲之害公也'，才忧愁幽思而作《离骚》，现在，我们也受迫害，这个题材好！"③ 因此，《屈原》的创

---

① 郭沫若：《写完五幕剧〈屈原〉之后》，《中央日报》副刊1942年2月8日。
② 同上。
③ 倪振良：《落入满天霞——白杨传》，中国文联出版社1992年版，第167页。

作是有着明确的政治意图的。为了保证它的发表和公演，郭沫若进行了周密的策略性安排。

当时国民政府对剧本发表、戏剧演出都进行严格的审查，但是涉及敏感题材的《屈原》却是无论如何不能被扼杀的。郭沫若利用自己的文化工作委员会主任委员这个头衔，把《屈原》的稿子交给了主编《中央日报》副刊的老朋友孙伏园，要求他一字不易地发表。作为国民政府的官员、国统区知名的民主人士，郭沫若在《中央日报》上发表作品是很正当的。一旦有了国民党党报作掩护，《屈原》的公演也就有了合法性的依据。孙伏园当时应该不会意识到郭沫若的策略性意图，也没有从政治的角度考察《屈原》的影射用意，而是完全被这部剧作的艺术魅力征服了。从 1942 年 1 月 24 日开始在《中央日报》上连载，2 月 7 日连载完毕后，孙伏园还亲自撰文称赞《屈原》："满纸充溢着正气……是一篇'新正气歌'。"① 随后，各大报刊上对《屈原》的好评如潮，很快引起了国民党当局的重视。《中央日报》总主笔、中央图书杂志审查委员会主任委员潘公展发现这是在用屈原的时代影射国民党当局的统治，而恰恰出现在国民党的报纸上，出现在他自己的治下，令这个专管审查的文化官员雷霆大怒。虽然可以下令禁止继续刊登赞扬《屈原》的文章，但《屈原》造成的社会影响已经无法消除，3 月份文林出版社出版了单行本。孙伏园因此事获咎，被撤掉了副刊主编的职务。

正在国民党方面忙于"救火"的时候，中共南方局"文委"已经开始与文工会紧锣密鼓地筹备《屈原》的公演。周恩来指示阳翰笙要为《屈原》挑选最强有力的演员阵容以保证演出的成功。《屈原》采用了全明星制，无论主角、配角都是重庆当时第一流的话剧演员。阳翰笙多方奔走，广泛动员中华剧艺社、中国万岁剧团、中国艺术剧

---

① 孙伏园：《读〈屈原〉剧本》，《中央日报》副刊 1942 年 2 月 7 日。

社、中电剧团最优秀的演员，由金山饰演屈原，白杨饰演南后，顾而已饰演楚怀王，孙坚白饰演宋玉，张瑞芳饰演婵娟，施超饰演靳尚，丁然饰演子兰，卢业高饰演子椒，苏佥饰演张仪，张逸生饰演钓者，周峰饰演仆夫，张立德饰演巫师，李君遏饰演更夫，房勉饰演詹尹……甚至连跑龙套的演员都有不少名角。担任导演的则是婉拒执导《野玫瑰》的陈鲤庭。为突出剧中歌舞表演的效果，特别是第五幕《雷电颂》的艺术表现力，还专门聘请了著名作曲家刘雪庵谱曲，音乐家郑颖孙为顾问，音乐家金律声指挥，国立音乐学院实验管弦乐团伴奏。这样的演职员阵容在雾季公演的剧目中是独一无二的。周恩来非常重视这次演出，亲自指导演员们排练，明确指出《屈原》无论在政治上还是在艺术上都是好作品，是与国民党做斗争的最具体、最有效的方式，使演员们都深刻地理解了这部剧作的政治与现实意义。至此，《屈原》的演出已具有了刻意与《野玫瑰》唱对台戏的意味。

《屈原》从 1942 年 3 月初开始排练，只用了不到一个月的时间就搬上了舞台。《屈原》在重庆进行了两轮演出，分别是 4 月 3 日至 17 日和 5 月 13 日至 15 日，共演出 22 场，观众总计 32000 人次。

没有辜负大家的努力和期望，1942 年 4 月 3 日晚，《屈原》一炮打响。《女神》时代的澎湃激情重现在话剧舞台上，郭沫若创造的宏大美感震撼了重庆剧坛。特别是长达 1600 多字的《雷电颂》，带着鲜明的郭沫若的个人风格，以气吞山河之势征服了山城的观众。大街小巷、车站码头，随处可以听到"爆炸""毁灭"的声音，群情激愤地宣泄着对现实的不满，打破了大后方的消沉、压抑。《屈原》演出的巨大成功在众口传诵中成为佳话，"上座之佳，空前未有，此剧集剧坛之精英，经多日之筹备，惨淡经营……堪称绝唱"[①]。但是，《屈原》的大获成功却引发了一场更大的爆炸。

————————

① 《新华日报》1942 年 4 月 4 日。

二 《屈原》的"爆炸"

抗战初起时，国民政府对于重庆的戏剧演出是比较支持的。身为中华全国戏剧界抗敌协会常务理事的张道藩不仅主动呈文向教育部申请经费，还积极参与和支持戏剧节的活动。1938 年 10 月，重庆第一届戏剧节历时 22 天，有 20 个剧团的大约 1500 名专业或业余演员参加演出，演出剧目 40 个，观众 10 万余人次。特别是压轴大戏——大型国防话剧《全民总动员》，由话剧界 200 多名演员参演，把戏剧节推向了高潮。该剧又名《黑字二十八》，是个谍战剧。演出规模极其盛大：曹禺、宋之的联合编剧，张道藩、余上沅、曹禺、宋之的、沈西苓、应云卫联合执导，主要演员有赵丹、顾而已、施超、白杨、舒绣文、魏鹤龄、张瑞芳、王为一、曹禺、宋之的、张道藩、余上沅等。当时戏剧界空前团结与融洽的气氛非常振奋人心，但是随着戏剧运动的蓬勃发展，当中宣部逐渐意识到左翼戏剧已经占据了国统区戏剧运动的主流时，就开始收紧戏剧政策，竟然由市政府、宪兵三团和警备部等治安机关组建戏剧审查委员会，负责戏剧剧本、演出和剧团组织的一切事宜，严格控制戏剧运动的发展。

尤其是在"皖南事变"之后，国共关系趋于破裂。虽然表面上还维系着合作的关系，但是各个领域的冲突对立已经逐渐明朗化。当《屈原》还在《中央日报》上连载的时候，就成了国民党文化主管者心头的一颗定时炸弹。潘公展虽然掌握着剧本审查的大权，但若是连国民党的党报上发表了的作品都通不过审查，无异于自打耳光，于是就只能在阻挠《屈原》演出上大做文章。早在《屈原》开始排练之前，陈立夫、潘公展等就进行了一系列的破坏活动。首先是命令"中制"筹拍陈果夫写的电影《大德》，要求准备出演南后的白杨去做主演。白杨作为"中制"的演员，拿了官方电影厂的薪水，理应去拍这个电影。但她与导演沈浮、张骏祥等人故意互相推诿，拖延筹拍。潘公展等人又以《屈原》的历史真实性问题为借口企图禁演，批评此剧歪曲史实，对于艺术不够忠实云云。《屈原》剧组以《中央日报》为"尚方宝剑"，坚持可以上演。他们还威胁过国泰大戏院的老板夏云瑚，而他以话剧商业化的要求拒绝了政治权力介入话剧演出。最后他们让"中制"赶排话剧《江南之春》，排在《屈原》上演之前在国泰大戏院连演二十天，企图挤掉《屈原》的档期。而《江南之春》的导演马彦祥原为第三厅人员，与文工会的阳翰笙和石凌鹤等人同是戏剧界的好友，经过协商，《江南之春》剧组决定少演十天，为《屈原》让出时间，《江》剧的演员们还承诺"在必要时'诉诸正义感'"① 罢演，《屈原》才最终得以上演。

4月3日《新民报》晚刊上，一篇名为《〈屈原〉冒险演出　昨晚彩排观后感》的文章记录了《屈原》彩排的情景。这里的"冒险"指的应当不仅仅是艺术表现方面的创新和突破，更暗示着在意识形态方面突破禁锢、冲破压制，与国民党当局针锋相对的姿态。

《屈原》的公演成功地引爆了国共之间在文艺领导权上的对立和冲突，从而把文艺领域的斗争上升到了政治意识形态的高度。在蒋介石的指示下，国民政府利用其掌握的《中央日报》《中央周刊》《文艺先锋》《出版界》等报刊对《屈原》借古讽今的春秋笔法大加挞伐，以连篇累牍的"文艺批评"文章，展开了一场针对《屈原》针锋相对的政治较量。大量文章从创作意图、主题思想、人物形象的塑造和运用史料等一系列问题上挑剔郭沫若的历史剧创作，以达到消除《屈原》政治影响的目的。

《屈原》中的台词，绝不是古人的话语，而是讲述了现代人的思想和情感。比如：

---

① 倪振良：《落入满天霞——白杨传》，中国文联出版社1992年版，第175页。

在这战乱的年代，一个人的气节很要紧。太平时代的人容易做……但在大波大澜的时代，要做成一个人实在不是容易的事……我们生要生得光明，死要死得磊落。[①]

还有著名的《雷电颂》。郭沫若分明在借屈原之口来宣泄对时代的愤怒、对压迫的控诉以及对正义的坚守。这在压抑沉默的大后方无疑是一场石破天惊的总爆发，批判的锋芒直接指向了强权而非正义的统治者。史剧中崇高精神与丑恶现实的碰撞引发了有识之士强烈的共鸣，触动了每一位观众灵魂深处积蓄已久的愤怒。而国民党文化当局却指责剧中人物塑造有悖于史实、历史事件不符合历史真实、屈原没写过《雷电颂》等等，貌似客观公正地从艺术、学术的角度出发对《屈原》进行学理批评，而其实这种说法本身就无视了艺术创造的规律，是完全出于政治目的的攻讦和批判。

针对种种貌似中肯的批判，郭沫若在《历史·史剧·现实》一文中提出了他的意见："历史研究是'实事求是'，史剧创作是'失事求似'。史学家是发掘历史的精神，史剧家是发展历史的精神。"[②] 他明确指出自己创作历史剧的目的不是讲故事，而是利用历史题材进行文学创作。写历史剧不是某些"批评家"所认为的逃避现实或不敢正视现实，而是要从更高的层面上去反映现实，不必拘泥于史实，也无须使用古代的语言。郭沫若推崇屈原正直坚贞的品质，他塑造屈原的形象也注重表现他的精神，至于《雷电颂》则是屈原精神的集中体现。屈原确实没有说过这样的话语，但是郭沫若凭借他对历史人物的理解，把他的精神用现代语言表达出来了。更何况，它跨越时空成了战时国统区人民的心声。

---

① 郭沫若：《屈原》，《郭沫若全集》文学编第六卷，人民文学出版社 1986 年版，第 299 页。

② 郭沫若：《历史·史剧·现实》，《郭沫若论创作》，上海文艺出版社 1983 年版，第 501 页。

第四章

◆ ◆ ◆ ◆ ◆ ◆

两军对垒：《屈原》与《野玫瑰》

　　面对《屈原》不可遏止的社会效应，国民党的文化官员只得动用行政权力予以压制。1942 年 5 月，陈立夫、潘公展等人筹划了一个文艺界招待会，在中苏文协举行。面对着台下的郭沫若和《屈原》剧组的演职员们，潘公展公然鼓吹《野玫瑰》以反对《屈原》。原山东省立剧院院长王泊生与潘公展指责《屈原》违背历史、破坏抗战。前者说，我们的领袖领导抗战很英明，建立了丰功伟绩，不能把抗战写得一团漆黑；后者则叫嚣："什么叫爆炸？什么叫划破黑暗？这是造反！我们的领袖不是楚怀王！"① 最后宣布禁演《屈原》。郭沫若愤然率领剧组人员离开了会场。即使遭到禁演，《屈原》还是从 6 月 28 日起到北碚去演出了 5 场，让更多的观众领略到了《屈原》的魅力。

　　在国民党的文化人中间，对《屈原》的訾议一直不断。1942 年 10 月由国民党军事委员会政治部编印的《抗战五年》中，王平陵作为国民党文化运动委员会的负责人作了一篇题为《展望烽火中的文学园地》的文章。他指出这一年的戏剧作品中有"不敢或不便正视现实，故意借托历史的题材，丑诋活着的人物，攻击从个人的观点上所认为的不满意的现状"②，指的就是郭沫若的历史剧创作。他还在 1943 年的《东方杂志》上，对当年的雾季戏剧运动寄语道："我希望在今年雾季将临的戏剧运动，各剧团的领导者，能开诚布公尽可能地站在戏剧艺术的立场，和戏剧必须担当的时代意义上，认真选用新作家的作品，鼓励新作家的勇气，提高他们写作的趣味，彻底变一变舞台上那种看得发腻的老气派，千万不要再被三两个作家的劣作所笼罩，把中国的剧运搅得一团糟！"③

――――――――――――

　　① 石曼编《重庆抗战剧坛纪事：1937.7—1946.6》，中国戏剧出版社 1995 年版，第 97 页。

　　② 王平陵：《展望烽火中的文学园地》，《抗战五年》，国民党军事委员会政治部编印，1942 年 10 月出版。

　　③ 王平陵：《今年雾季的戏剧运动》，《东方杂志》第 39 卷第 15 号。

直到台湾解禁之后，很多台湾学者还是认为郭沫若在抗战期间是做国民党的官，做共产党的事，而"郭某的历史剧，不是反映历史，而是批判现实，是执行共党政治任务的特殊战斗武器"①。这确实在一定程度上揭示出了第三厅和文工会实际的工作效果与实质。

三　《屈原》的宣传攻势

同为郭沫若隆重祝寿一样，《屈原》的公演也是中共南方局反击国民党当局对大后方文化封锁的重要突破口，推动了国统区抗战文艺运动由抗战文化宣传向爱国民主运动的发展。与一般的商业性演出不同，《屈原》的演出凸显了明确的政治意义和文化意义。但它并不是站在党派的立场上进行功利主义的政治教化宣传，而是把中国历史文化名人的遭际作为全民抗战时代的注脚，以一种崇高、正义的形象出现在观众面前，用丰富深刻的精神内涵提升了剧作的思想性和艺术性。于是既能阐发出中共进行政治文化宣传所需要的攻击的锋芒，又不乏生动鲜活、深厚复杂的思想内涵。

1942 年 4 月下旬，周恩来代表中共南方局设宴庆祝《屈原》演出成功。他在席间说："在连续不断的反共高潮中，我们钻了国民党反动派一个空子，在戏剧舞台上打开了一个缺口"②，并指出这"不仅是艺术创作问题，更重要的是政治斗争"③。由此也可见《屈原》的演出已经成为政治斗争的一部分，作为戏剧武器与国民政府的文化统制政策和专制独裁统治展开了针锋相对的斗争。为配合演出并确保成功，周恩来亲自领导了一场以报纸、杂志为中心的声势浩大的宣传攻势，《新华日报》《时事新报》《新民报》等竞相报道《屈原》的公演盛况，

---

① 金达凯：《郭沫若总论——三十至八十年代中共文化活动》，台湾商务印书馆 1988 年版，第 1 页。

② 石曼编《重庆抗战剧坛纪事：1937.7—1946.6》，中国戏剧出版社 1995 年版，第 96 页。

③ 张颖：《雾重庆的文艺斗争》，《人民的好总理》，人民出版社 1977 年版，第 339 页。

盛赞其"上座之佳，空前未有"，"这实在是 31 年陪都剧坛上的一个奇迹""堪称绝唱"①。

关于《屈原》历史真实性的论争也扩展成为关于历史剧创作问题的大讨论。《新华日报》《时事新报》《新民报》等进步报刊纷纷刊登剧评文章，解读剧情人物，剖析屈原的精神实质。左翼文化人对郭沫若提出的"失事求似"的历史剧创作方法进行了充分的肯定，并高度赞扬郭沫若的拓荒精神和在戏剧艺术上的开创性贡献。

最值得在文学史上大书一笔的，应该是《新华日报》上持续半年之久的"《屈原》诗词唱和"专栏。这盛极一时的文化活动起因于黄炎培与郭沫若的唱和诗。4 月 7 日，郭沫若邀请黄炎培观看了《屈原》。黄炎培既读过剧本又看到演出，非常赞赏，遂做两首七绝相赠：

> 不知皮里几阳秋，偶起湘累问国仇。
>
> 一例伤心千古事，荃茅非许别薰莸。
>
>
> 阳春自昔寡知音，降格曾羞下里吟。
>
> 别有精神难写处，今人面目古人心。

郭沫若对这两首诗深有感触，很快于 11 日步原韵奉和两首，在诗中流露出他创作《屈原》的真实心境：

> 两千年矣洞庭秋，嫉恶由来贵若仇。
>
> 无那春风无识别，室盈薋菉器盈莸。
>
>
> 寂寞谁知弦外音？沧浪泽畔有行吟。
>
> 千秋清议难凭藉，瞑目悠悠天地心。

---

① 《新华日报》1942 年 4 月 4 日。

　　自古以来，历代文人墨客都有应和酬唱、驰辩逞才的传统，作为交际、交流的主要手段的同时也留下了无数华美的诗篇。虽然"五四"之后现代新诗兴起，但这批在中国传统文学与文化中濡染出来的现代文人依然保持着这样的风雅情致，在日常生活中还是更喜欢用旧体诗词来互相表达个人感情。抗战爆发之后，一度沉寂于私人领域的旧体诗词又出现了勃兴的局面，重新承载起了言志的社会责任。

　　周恩来敏锐地发现旧体诗的唱和是进一步扩大宣传《屈原》的绝好契机。于是，1942年4月12日《新民报》的头版就以《〈屈原〉弦外之音——黄炎培、郭沫若酬唱》为题，刊载了这四首唱和诗。而《新华日报》则开辟了《〈屈原〉唱和》专栏，在13日除转载这四首诗外，还发表了董必武的和诗一首，名为《观屈原剧赋绝句》：

　　　　诗人独自有千秋，嫉恶平生恍若仇。
　　　　邪正分明具形象，如山观者判薰莸。

　　从此，这个栏目开始在《新华日报》刊载，形成了蔚为大观的大联唱。和诗的不仅有沈钧儒、柳亚子、陈铭枢、张西曼、沈尹默、田汉、潘梓年、华岗、龙潜等活跃在文化界的社会名流，还有许多普通的观众读者，如机关干部、医生、教师、学生等等，都步原韵作唱和诗表达自己的感触。多达百余首的诗作，或综观全剧，或评论人物，或臧否《雷电颂》，或歌颂屈原精神，从不同侧面赞扬了《屈原》的艺术魅力和剧作者的艺术才能。

　　这个旧体诗唱和的文化活动影响深远，不仅通过报刊媒体进一步扩大了《屈原》的影响，回击了国民党文化当局借攻击《屈原》来维护其党化统治的用心，也应当成为抗战文学史上的一道特殊的风景。中共及左翼文化人通过这一中国传统的文化积习成功地引发了广大民众的共鸣。这种顺应民族本真的文化运动方式在争取民众支持、宣传政治主张上发挥了不可估量的作用，这是国民党只依靠政权力量的压制和意识形态的统制无法达到的。

第三节　《屈原》VS《野玫瑰》

一　二剧之可比性

《屈原》和《野玫瑰》两剧，一个是历史剧，一个是谍战剧，题材内容、艺术风格都迥然不同，本来不具备什么可比性。但是两剧先后成为首届雾季公演中最为成功的两部戏剧，又分别承担了党派政治所赋予的意识形态含义，因而被置于针锋相对的敌对位置。

首先，先将两剧的创作、发表、排练、公演、出版及获奖等一系列情况做一对比。

表5　《屈原》和《野玫瑰》的对比

	《野玫瑰》	《屈原》
创作	1941 年 5 月	1942 年 1 月 2 日至 11 日
发表	《文史杂志》 1941 年 6 月 16 日至 8 月 15 日	《中央日报》 1942 年 1 月 24 日至 2 月 7 日
排练	1942 年 2 月	1942 年 3 月
公演	抗建堂 1942 年 3 月 5 日至 20 日	国泰大戏院 1942 年 4 月 3 日至 17 日， 5 月 13 日至 15 日
出版	商务印书馆 1942 年 4 月	文林出版社 1942 年 3 月
获奖	教育部 1941 年度学术三等奖 1942 年 4 月 17 日	

从以上列表的时间先后能够看出，一开始两剧的创作、筹演直到《野玫瑰》的公演都是各自进行的，并没有进行对抗的意图。但是相比而言，《屈原》的创作和上演具有明确的政治讽喻意图。中共南方局"文委"和文工会对于《屈原》的定位都是为突破"皖南事变"之后国民党愈加严酷的文化统制，重新打开中共在国统区开展文化运动的局面。郭沫若本人也是以这样的观念来指导创作的。他有意识地赋予了屈原以现代的思想和精神，使之成为时代的代言人。而《野玫瑰》的创作意图则比较单纯，陈铨为学生剧团写作剧本，并把他对于民族抗战的理解、意见和他的爱国之心融入其中，使他的剧作呈现出了丰富复杂的含义。

抗战期间在重庆上演的戏剧作品中，优秀者都是左翼以及进步作家的作品，能够体现国家意志的作品从质和量上都很难与之抗衡，这一直是困扰国民党文化宣传部门的严重问题。《野玫瑰》在重庆公演之前，国共双方都没有给予特殊的重视。它的轰动效应使得国民政府注意到了这个话剧，并发现陈铨在剧中所强调的民族意识、国家民族利益高于一切的思想观念与国民政府大力提倡的民族主义文学甚相吻合。中共南方局也意识到《野玫瑰》所包含的"战国策派"的思想观念在政治意识形态上是有利于国民党当局的，之前将主要精力用于筹演《屈原》而没有全力阻止《野玫瑰》上演是一个失误。于是，国民政府开始大力支持、宣传《野玫瑰》，给予政府文化奖励，鼓励大后方各地多次演出，要求机关单位学校个人购买《野玫瑰》剧本等等；中共方面则积极组织左翼文化人对《野玫瑰》进行批判和围攻，动员戏剧界人士抵制演出《野玫瑰》。事实上，《野玫瑰》已经被国民党文化宣传部门作为与中共领导下的文艺界相抗衡的一枚砝码。其实，剧作者陈铨本人只是一个自由知识分子、学者，并非为国民党政治服务的文人。他通过文学创作来表达他的政治主张、民族观念，但是他在德国思想文化影响下形成的政治态度、民主国家意识恰好契合了战时中国执政党的利益。

1942 年下半年陈铨来到重庆后，受到了国民党高级官员如陈立夫、张治中、张道藩、潘公展等人的接见。当时的宣传部部长朱家骅还宴请陈铨与西南联大的蒋梦麟、梅贻琦两位校长。由此，陈铨与国民党的接触才渐渐增多，国民党也是显而易见地对他有拉拢之意。陈铨受训后先后担任过中国电影制片厂编导委员、重庆歌剧学校教授、中央政治学校教授、重庆青年书店总编辑，也经常为《文艺先锋》等刊物写文章。但是对于李辰冬劝说他加入国民党，陈铨坚决地拒绝了。① 全国解放时，陈铨没有选择迁往台湾，这是最能够表明陈铨自由主义知识分子身份的证据。然而在当时，陈铨表现出来的明确的与政府合作的态度使左翼文学界本能地产生出敌意，特别是他稍后的剧作不加掩饰地歌颂英明领袖"三战定国"② 的功绩，更足以使矛盾冲突升级到势不两立的境地。因此，本来就作为斗争武器而生的《屈原》立即把矛头对准了《野玫瑰》。《屈原》的公演也笼罩上了更为浓重的政治意味，从演职员阵容、舞美、音乐、广告宣传等各个方面都刻意要压过《野玫瑰》的风头，在《野》剧的票房高潮之后再创新高。《屈原》以强势的影响力和号召力彻底占据了上风。因此，从某种程度上可以说，"陈铨的《野玫瑰》实际上成了当时国民党和共产党意识形态争夺的一个牺牲品"③。

其次，作为首届雾季公演最成功的演出，两剧都有着比较强的艺术性，在艺术风格上都颇多可圈可点之处。

《野玫瑰》诗意华美、浪漫传奇的语言风格，紧凑巧妙、佳构剧

---

① 《陈铨档案》，南京大学档案馆，转引自孔刘辉《〈野玫瑰〉上演的前后》，《新文学史料》2009 年第 2 期，第 107 页。

② 陈铨：《金指环》，重庆天地出版社 1943 年版。

③ 季进、曾一果：《陈铨：异邦的借镜》，文津出版社 2005 年版，第 92 页。

式的情节结构，丰富复杂、个性超群的人物形象，都使之与同时代的戏剧作品相比显得与众不同。陈铨留德多年，深受德国文学与思想文化的影响，他的学术研究和文学创作都与德国文化精神息息相关。德国民族积极进取、浪漫理想的精神内化为了他的思想资源，而他的戏剧作品则明显受到了德国浪漫派的影响。他声称"文学上最合宜的题材，永远能够引起人们兴趣的是：战争、爱情、道德"①。《野玫瑰》正是由这三者糅合而成的。从故事的结构上讲，《野玫瑰》使用的是易于为观众接受的传统情节模式，又以女主人公浪漫的爱情故事和传奇的人生经历增加了故事的趣味性，情节跌宕起伏、冲突巧妙自然。但是在结构剧情和塑造人物时，他的手法又是西方式的，佳构剧的形式与注重人物内心世界的刻画，迥异于中国传统戏剧重视情节铺排与外部冲突的呈现。《野玫瑰》"用德国的精神来熔铸中国的材料"②，给予中国观众既熟悉又新鲜的审美体验，虽然在艺术表现上并不能达到完美纯熟，但全剧所体现出来的审美娱乐性是非常到位的。陈铨认为，"最理想的戏剧，是雅俗共赏的戏剧"，在战时条件下，"戏剧可以不求深刻"③。他对戏剧的定位更符合其在实际演出和艺术表现上的要求，因此在不涉及政治文化思想的情况下，《野玫瑰》的成功是必然的。

《屈原》则是郭沫若多年积累、厚积薄发之作，以充满浪漫诗意的方式来表现这个高度政治化的人物。剧中人物的对话，特别是屈原的长篇独白《雷电颂》，具有强烈的抒情性。虽然离开了生活现实，但是在舞台上却更具感染力和震撼力。郭沫若在《屈原》中不追求历

---

① 林少夫：《〈野玫瑰〉自辩》，《新蜀报》1942年7月2日，转引自本书编辑委员会编《中国新文学大系（1937—1949）》（第二集　文学理论卷二），上海文艺出版社1990年版，第482页。

② 陈铨：《中德文学研究》，辽宁教育出版社1997年版，第2页。

③ 陈铨：《戏剧的深浅问题》，《军事与政治》第3卷第5期，1942年11月30日。

史的真实性,而重视人物情感的抒发与政治思想的表达,因此在人物形象的塑造和情节结构的安排上都显得比较简单。

因此,二剧在艺术性上相比,《屈原》的舞台表现力、情感表达、话剧语言上更具艺术性,《野玫瑰》在情节结构、人物形象塑造上显得技巧更成熟。而二剧的风格都是浪漫主义的,这种共同的艺术选择则代表了抗战中后期剧作家在政治主题之下对艺术个性的追求和坚持。

最后,二剧表现出了非常近似的民族国家、文化观念,然而站在不同的立场之上,却成为冲突对立的对象。

陈铨以《野玫瑰》为代表的民族文学创作,突出体现了"战国策派"的文化理念。他站在文化启蒙的立场上,期望借助文学的力量去改造国民性,达到民族复兴的目的。因此他所塑造的夏艳华等一系列具有"浪漫精神"的"无名英雄"形象,是民族主义时代理想人格的集中体现;那种有理想、有追求、敢于为荣誉和责任牺牲一切的精神,正是"战国策派"重塑民族性格的模板。

《屈原》同样包含着强烈的民族意识和爱国激情,但是它强调的是作为中国救亡与启蒙思想代言人的知识分子,在国家民族生死存亡之际所必须做出的牺牲和奋斗。屈原不计个人荣辱,以国家民族利益为重,表现出对于国家民族的强烈诉求。

抗战时期的时代主潮是民族主义,但是站在不同的政治立场上,民族主义就成为自我标榜和互相攻击的道具。《屈原》和《野玫瑰》有着共同的民族国家体认,都强调个人为国家民族的奋斗与牺牲,而郭沫若与陈铨却做出了截然不同的政治选择:陈铨号召与政府合作、服从以政府为主导的抗战,郭沫若则强调与政府的对抗与斗争,坚持抗战、反对投降。抗战初期掩盖在团结抗战局面之下的文化思想界的分歧与裂痕,到抗战中后期已经表露无遗了。

二　二剧之对立及斗争

左翼文化界对《野玫瑰》由公演之初的宣传到公演以后的批判，态度出现了明显的转变。本来中共南方局以罢演制止了《野玫瑰》的再次公演，并成功地以《屈原》占领了戏剧舞台的阵地，取得了斗争的胜利。但是国民政府把《野玫瑰》作为与《屈原》和左翼戏剧界抗衡的武器，不仅在各地鼓励上演，还由教育部学术审议会授予《野玫瑰》年度学术三等奖。于是，被迫卷入国共两党争夺文艺领导权的斗争之中的《野玫瑰》成为众矢之的，遭到了左翼文化界猛烈的批判和抵制。

1942 年 5 月 13 日，由石凌鹤执笔，重庆戏剧界 200 余人联名致函中华全国戏剧界抗敌协会抗议《野玫瑰》的获奖，强烈要求转函教育部撤销原案：

> 查此剧在写作技巧方面，既未臻成熟之境，而在思想内容方面，尤多曲解人生哲理，有为汉奸叛逆制造理论根据之嫌，如此包含毒素之作品，则不仅对于当前学术思想无功勋，且与抗战建国宣传思想相违，危害非浅。同人等就戏剧工作者之立场，本诸良心，深以此剧得奖为耻，抗战剧运正待开展，岂容有此欠妥之措施。[①]

随后，左翼文化界的批判逐渐升级，《新华日报》《时事新报》《新蜀报》开始大量发表批判文章，1942 年 4 月召开的"1941—1942 重庆演剧座谈会"也提出要禁演该剧。谷虹的《有毒的〈野玫瑰〉》一文，尖锐地指出《野玫瑰》"散播汉奸理论"，"助长了颓废的、伤感的、罗曼蒂克的恶劣倾向"，"是抗战以后最坏的一部剧本"[②]。这是

---

① 《剧界人士认〈野玫瑰〉含有毒素》，《解放日报》1942 年 5 月 14 日。
② 谷虹：《有毒的〈野玫瑰〉》，《现代文艺》第 5 卷第 3 期。

抗战以来国统区文艺界从未有过的激烈对峙局面。

国民政府面对左翼文化界的攻势，运用手中的政治权力进行反击。1942 年 5 月，文运会和图审会在中苏文协举办了一个文艺界招待会，教育部部长陈立夫、文运会主任张道藩、图审会主任潘公展在会上公开表示支持《野玫瑰》。当重庆戏剧界人士再次要求撤销对《野玫瑰》的奖励并禁演该剧时，陈立夫等文化官员坚持《野玫瑰》的获奖是"投票结果"，而把批判的矛头指向《屈原》。潘公展声称《野玫瑰》"不惟不应禁演，反应提倡；倒是《屈原》剧本有问题"[①]。山东省立剧院院长王泊生指责《屈原》违背历史、破坏抗战，我们的领袖领导抗战很英明，建立了丰功伟绩，不能把抗战写得一团漆黑。潘公展则气势汹汹地说："什么叫爆炸？什么叫划破黑暗？这是造反！我们的领袖不是楚怀王！"最后宣布禁演《屈原》。在政治的强权面前，郭沫若等人只有愤然离场以示抗议。

《野玫瑰》与《屈原》的对垒最终演变成了国共两党之间的政治斗争。国民党当局虽然迫于左翼文人的抗议，撤销了对《野玫瑰》的"嘉奖"，但是抗战后期《野玫瑰》一直在西安、昆明、桂林、韶关、漳州等大后方各地演出，抗战胜利之后还拍成了电影《天字第一号》，影响范围扩大到了全国。而中共则向其领导下的戏剧团体和整个戏剧界呼吁：演员不演《野玫瑰》，导演不导《野玫瑰》，舞台工作者不为《野玫瑰》工作。这样针锋相对的局面第一次把国共之间微妙的矛盾在国统区文艺界体现出来，由此国共两党的文化对抗正式拉开了序幕。

《野玫瑰》在重庆掀起轩然大波时，作为当事人的陈铨身在昆明，对陪都左翼文化界与国民党当局以《野玫瑰》为平台进行的文化对抗应当知情不多，在很多事情上都颇为无辜。陈铨申请教育部的学术奖

---

① 《〈野玫瑰〉一剧仍在后方上演》，《解放日报》1942 年 6 月 28 日。

金是在 1941 年的夏天，大约在昆明公演前后的时间。当时贺麟从重庆带了介绍表格回来，与吴宓共同推荐了《野玫瑰》。那时该剧还未在重庆公演，但是奖项的公布恰恰是在公演之后。虽然很难确定《野玫瑰》公演的大获成功是否对其获奖有决定性的影响，但站在左翼戏剧界的立场看来，这一奖项的政治意图是相当明确的。因此对于《野玫瑰》的批判很快溢出了艺术的范畴，其牵强、粗暴和缺乏理性就在所难免了。例如化名余士根的秦似的《指环的贬值》一文，首先如实地记述了 1943 年元旦《野玫瑰》在桂林上演时的情景：

> 当伪政协会主席王立民的女儿曼丽说："至少国家民族，你不应该背叛"的时候，台下扬起了一片掌声……
>
> （王立民说）"国家是抽象的，个人才是具体的。假如国家压迫个人的自由，个人为什么不可以背叛国家？"台下却嗤嗤……嗤地骚动了起来。这嗤声是对王立民的轻蔑，一听便明白。
>
> 曼丽的台词——
>
> "就拿北京来说吧，自从日本人占据了以后，多少中国人民已经失掉了他们的自由？"
>
> 掌声复起。王立民说——
>
> "但是我并没有失掉了我的自由，而且增加了我的自由。"又是嗤和纵情的笑了。
>
> 散场时我听得一位女学生像发现真理一般叫道："说《野玫瑰》有毒，我看一点毒也没有！"[1]

作者观察到了演出现场观众的细微反应，这应该是对《野玫瑰》演出效果的直接反映，但他却依然按照预定的主题对陈铨进行了严厉

---

[1] 余士根：《指环的贬值》，《野草》第 3 期，转引自《秦似杂文集》，生活·读书·新知三联书店 1981 年版，第 139—140 页。

的批判。如果客观地考察这段文字，很容易看出，观众既没有接受陈铨为"汉奸叛逆制造"的"理论根据"，也没有怀疑抗战建国的前途，而是表现出了对汉奸的轻蔑和鄙视，恰恰证明了大多数批判文章提出的问题和论断都是不符合实际情况的。事实上，《野玫瑰》并没有"美化汉奸"的意图，也没有传播"法西斯主义思想"。可见当时的大规模批判运动是完全的政治行为而非针对剧作本身。

更有研究者发现，1943 年 11 月 11 日至 28 日第三次雾季公演时，中国万岁剧团在重庆抗建堂再次演出《野玫瑰》共计 21 场，演员中秦怡、王斑就是首演的演员。从《中央日报》《大公报》等刊出的广告看，这次演出的规模更大、观众更多，但是却没有出现大规模的批判、抗议之声。[①] 由此可见，在《屈原》与《野玫瑰》的较量之后，尽管国民政府的重重压制，国统区文化界的领导权还是掌握在中共的手中。然而，赢得了这场胜利，国统区抗战文艺也付出了沉重的代价。

三　胜利的代价

国民政府对于治下的抗战文艺，一直也想有所建树，使抗战文艺"党国化"。自抗战以来发布的文化方面的政策都明确了积极开展文化运动、促进文艺发展的内容。但是在《野玫瑰》与《屈原》的较量过后，国民党意识到国统区的文艺领导权已经落入了中共的掌控之中，在话剧创作与运动方面与中共竞争确实很难占据优势。于是，国民政府开始出台一系列的话剧政策，重心转向消极的控制方面，期望从管理和审查制度下手把国统区戏剧领域的领导权重新纳入国家机器。

早在 1939 年 2 月，重庆市戏剧审查委员会就已成立。奉中宣部的命令，重庆市党部会同市政府、宪兵三团、警备部等治安机关联合组织了这个戏剧审查机关，负责处理剧本审查、剧团组织、影片放映

---

① 孔刘辉：《〈野玫瑰〉上演的前后》，《新文学史料》2009 年第 2 期，第 109 页。

以及一切戏剧的演出事宜。以警察、宪兵等治安机关负责话剧管理，足以看出国民政府对待抗战文艺的态度了。后来国民党中宣部又成立了剧本审查委员会、教育部教科用书编辑委员会戏剧组，这些机构都掌握着话剧剧本的生杀大权。国民党对于话剧的相关政策法规的制定、实施和行政事务管理的职能，最初分散于国民党中执委、中宣部、社会部、民众训练部、中央文化事业计划委员会、中央图书杂志审查委员会、国民政府内政部、教育部、军委会政治部等许多机关部门。1942 年 4 月，《剧本出版及演出审查监督办法》出台，把所有戏剧剧本的出版或演出的审查权都收归中央图书杂志审查委员会。《办法》规定"未经依法向主管机关立案之剧团，一律不准公演，更不得假借任何机关名义演出"①。国民党戏剧审查管理的权力完全集中到了中审会，通过严格的剧团登记就能把话剧演出活动全部纳入国民党党政机关的监管之下。中审会特制了《剧作家登记表》，要求剧作家的自然情况、创作准备、申报剧本的命题立意等都要登记在案，这就在戏剧审核的源头上抓住了戏剧创作和演出的主动权。

"皖南事变"之前，国统区的文化环境还相对和谐。抗战戏剧在抗战初期发展得蓬蓬勃勃，国民政府以话剧演出为抗宣工具，戏剧审查制度比较宽松，对话剧演出的限制也并不算太多。因此，抗战初期，戏剧演出作为抗战文化宣传的重要文艺形式承担了大量宣传、教育、鼓动、募捐工作。1941 年 4 月 15 日，国民党中宣部在给中审会的指示中，还强调要"以成功之英勇事迹为剧本材料以增加人民对本党主义之信心与抗战之意志"，并"设置奖金征求优秀剧本"②。最早在演出前受到审查限制的是曹禺的《蜕变》，但是按照重庆市戏剧审查委员会的意见进行修改之后即可上演，剧本的单行本也很快得以出

---

① 中国第二历史档案馆，教育部档案，5—11987。
② 石曼编《重庆抗战剧坛纪事：1937.7—1946.6》，中国戏剧出版社 1995 年版，第 67 页。

版。1942 年年底，《蜕变》作为第一届戏剧节的压轴大戏在重庆隆重公演 28 场之多，张道藩还在剧中饰演了角色。虽然《蜕变》在 1943 年年初获得了中审会的荣誉奖状及 1000 元奖金，但是蒋介石看过演出之后，说这是一出"共产党的戏"，又命令作者修改。

从 1942 年 5 月潘公展向重庆戏剧界宣布由中审会全面接管话剧审查开始，国统区话剧演出的生存空间就受到了越来越严重的挤压。中审会最初规定送审剧本要在预定上演日期至少十日以前送审，到 1943 年 3 月 14 日，送审规定就改为："剧本上演，必须预先送审，经审核发给准演证后，始得排练"，"免得不准演出时，浪费钱财"[1]。并且从 1943 年起，报纸上刊登的话剧演出广告必须要附上准演证号码。鉴于《天国春秋》《屈原》等历史剧包含借古讽今的政治寓意，中审会又规定"凡关于历史剧本务必送国立编译馆史地教育委员会复审始可准演"[2]。这明白地表示，中审会已经做好了禁演大多数剧本的准备，要么就得在大肆删改之后才准许排演。没有中审会的许可，任何话剧都不可能搬上舞台。4 月 23 日潘公展召集各剧团主持人、编剧、导演举行茶话会，声称"今后审查标准更加严紧，凡意识不正确或水准较低的剧本，不准上演和出版"[3]。三天后，阳翰笙根据四川保路同志会反清起义的史实创作的《草莽英雄》便接到了禁演通知，原稿亦被没收，直到抗战胜利之后才得以上演。中审会后来发现，很多奉令修改后准许上演的话剧在实际演出时依然按照原稿演出，于是又增加了试演和公演随场检查的程序，把话剧的审查监督从剧本审查渗透到演出过程之中。1943 年 5 月 28 日，中审会又发布了《重庆市审查上

---

[1]　石曼编《重庆抗战剧坛纪事：1937.7—1946.6》，中国戏剧出版社 1995 年版，第 119—120 页。

[2]　中国第二历史档案馆，教育部档案，5—11987。

[3]　石曼编《重庆抗战剧坛纪事：1937.7—1946.6》，中国戏剧出版社 1995 年版，第 126 页。

演剧本补充办法》，明文规定上演剧本必须在正式公演之前十日到中审会指定的地点彩排试演，如中审会还有指示修改，必须在遵照改正后方准上演；正式演出之前要把每日临场审查戏券送到中审会，市社会局牵头、中审会、中宣部、市党部共同派出监督员在剧院前 5 排最好的座位上严密监视舞台演出与审定通过的剧本是否完全一致。如果剧团没有遵照中审会的修改意见演出，即立即禁演。中审会的戏剧审查在国统区布下了一张天罗地网，从话剧剧本的写作、排练到公演，无时无处不在，不存在任何允许自由发挥的空间。左翼戏剧界想尽对策与中审会的审查官们周旋，争取演出机会，然而他们的斗智斗勇终究无法与掌握国家机器的中审会抗衡，以至于连正常的创作演出都难以维持了。

　　如此苛刻的审查制度，对国统区的话剧运动来说是致命的打击。1943 年 8 月 20 日，中审会列出了 1942 年 4 月至 1943 年 8 月查禁不准上演的剧本一览表（于 1944 年 1 月 24 日公布），共计 116 种剧本被查禁。其中包括阳翰笙的《草莽英雄》、老舍的《残雾》、陈白尘的《石达开》、李健吾的《以身作则》、田汉的《梅雨》和《乱钟》、郭沫若的《高渐离》、吴祖光的《风雪夜归人》、曹禺的《原野》等等。另外还有 7 种剧本经过修改方准上演，有郭沫若的《屈原》、阳翰笙的《天国春秋》、夏衍的《第七号风球》（即《法西斯细菌》）、陈白尘的《大地黄金》（即《秋收》）和沈浮的《重庆 24 小时》。而中审会明确准许上演的剧目，到 1943 年年底也仅有 70 种。其中有郭沫若的《南冠草》、夏衍的《第七号风球》、阳翰笙的《两面人》、于伶的《长夜行》《杏花春雨江南》、曹禺的《蜕变》《北京人》《家》、陈铨的《野玫瑰》《金指环》等。① 两相比较之下，抗战后期国统区话剧运动的压抑困顿可想而知。优秀的话剧作品被查禁，教育部所奖掖、支持的却

---

　　① 石曼编《重庆抗战剧坛纪事：1937.7—1946.6》，中国戏剧出版社 1995 年版，第137 页。

基本都是平庸之作。以这种不近情理的政策统制话剧演出和运动,使得 1943 年成为国统区话剧的分水岭,开始由盛转衰。

国民政府试图通过国家政权以剧团监管、戏剧审查等方式把话剧作为党国意识形态的政治宣传工具,其实成绩并不理想。在中审会推许的剧目中,有相当大的一部分是左翼剧作家的作品,在意识形态方面也没有达到国民党当局的期望。于是,在继续收紧话剧审查制度的同时,国民党当局又以经济手段扼住了话剧运动的命脉。1944 年 1 月 6 日,国民党税务部门宣布娱乐税由 30％增加到 50％。这对国统区的剧团和演员无疑是雪上加霜。本来政府对戏剧演出收取娱乐税就已属不正当,在物价疯涨、票价增长有限的情况下把娱乐税增加到 50％足以使演剧毫无利润而言,甚至赔本。绝大部分剧团都入不敷出,难以维持。经过重庆戏剧界一再呼吁和社会舆论的压力,直到 1945 年 1 月 11 日,国民党当局才同意话剧演出的娱乐税减少 10％,并略微提高票价。但是,国民政府从话剧政策和经济两方面双管齐下,把国统区的话剧运动几乎逼到了绝境。

这样的情况发展到抗战后期,对国统区戏剧运动造成了严重的影响,表现现实的新旧剧目都不可能上演,于是话剧题材普遍转向了借古喻今的历史剧。这一时期历史剧的题材集中于战国时代和元末、明末清初以及清末这几个时间段,赋予了历史上重大的社会矛盾事件以明确的现实意义。郭沫若的《屈原》《棠棣之花》《虎符》等六部历史剧、阳翰笙的《天国春秋》、欧阳予倩的《忠王李秀成》、吴祖光的《正气歌》(又名《文天祥》)、杨村彬的《光绪亲政记》等都是成功之作。历史剧之所以不同于古装剧,关键在于其不仅仅是在讲古,而是通过对历史情境的表现唤醒大众的民族情感,并促使大众对现实有更清醒的认识。

但是大后方社会氛围的压抑沉闷使得话剧的商业化、庸俗化趋势越来越突出,能够上演的剧目只有译剧和无关现实、品位低俗的剧作;话剧的风气也被严重地败坏了,不仅艺术水平下降到连文明戏都不如的地步,剧坛弥漫着市侩气,对于现实的理想也完全丧失了。各剧团与中审会的关系、政府与戏剧观众的关系也日益恶化。对剧运现实强烈不满的左翼戏剧界的愤怒和反抗最终汇入了国统区呼吁民主自由的大潮。

1944 年 5 月 3 日,张申府、孙伏园、沈志远、曹禺、马彦祥、潘子农、张静庐等 50 余位重庆文化界人士在百龄餐厅举行茶会,一致要求当局取消新闻出版、图书杂志、戏剧演出的审查制度。会上推举出沈志远等 6 人起草重庆文化界对民主文化意见书、告全国同胞书、致国民党十二中全会要求取消新闻图书杂志戏剧演出审查制度函,明确反对政府的审查和统制制度。

官方文化管理机关也一直没有放弃确立国民党对文艺的领导权的努力。1944 年 11 月 5 日,潘公展召集重庆文化人筹划组织一个"著作人协会"。在会上,阳翰笙、洪深代表进步文化界提出了三项提案:一、请转请政府再度放宽图书杂志审查尺度,除违反抗战建国利益与泄露国防、外交秘密者,一律准予出版;二、请转请政府废除剧本和演出的事先审查;三、请转请政府重申本年 7 月以前被禁的一百种剧本,一律准予自由出版。这一合理提案未获通过,夏衍、阳翰笙、洪深、马彦祥等人立即退场以示抗议。事后,阳翰笙致信鲁觉吾,声明退出该会,这个"著作人协会"最终也没能成立。①

1945 年 2 月 22 日,由文工会组织发起的《对时局进言》在《新华日报》发表,签名者中有 61 人是戏剧界人士,占到了签名总人数的近五分之一。在付出了惨重代价的情况下,戏剧界成了抗战胜利前后争取民主自由的主要进步力量。

---

① 石曼编《重庆抗战剧坛纪事:1937.7—1946.6》,中国戏剧出版社 1995 年版,第 161 页。

第五章　国统区抗战文艺领导权的转移

　　其实，自执政以来，国民党一直利用政权优势，强化意识形态领域的控制。在组织系统上，除了专门负责文化宣传和控制的中央宣传部之外，20世纪30年代就成立了由陈果夫执掌的中央文化事业计划委员会；到40年代又设置了高层宣传小组，由蒋介石的"文胆"陈布雷出任组长，成员包括中宣部部长、三青团宣传处处长和政府新闻局局长等实权官员。1941年成立的中央文化运动委员会，更是专门为实施"履行思想领导责任""统一各地文化领导机构"的文化统制政策而设立的。除此之外，在国民党核心政权的外围，建立起了一个以国民党中央与各级地方党部为核心，由国民党控制的报刊、书局、广播、电影、戏剧团体等组成的庞大的意识形态宣传网。

　　1939年1月，国民党五届五中全会根据蒋介石"唤醒党魂、发扬党德与巩固党基"的报告，确定了"溶共、防共、限共、反共"的方针，设立"防共委员会"并秘密通过了蒋介石的《防制异党活动办法》。1939年1月6日，国民政府立法院颁布训令："查我国此次抗战，在军事上可为一时战略之退却，在政治上断需保持与建立强力之政权。"[①] 于是，国共两党之间"蜜月期"的结束也就不可避免了。国

---

　　① 孔庆泰编选《国民政府政治制度档案史料选编》（上），安徽教育出版社1994年版，第542页。

民政府制定了以反共为主要目标的文艺政策，在国统区大张旗鼓地进行党化宣传；颁行了苛刻的图书报刊、电影演剧的审查制度，杜绝中共思想文化的传播；以文艺奖助金、赞助稿费等等办法拉拢文化人，与中共争夺国统区文艺界的领导权。然而，国统区文艺界却呈现出了"向左转"的整体趋向。

国统区文艺理论界的历次文艺论争，能够明显地体现出中共对国统区文艺界不断增强的影响力、号召力，越来越多的国统区文化人转向支持中共。这些文艺论争所提出的问题早已超出了理论批评层面，而是凸显了整个抗战文艺界在思想领域的转变过程。国共两党在政治上的矛盾冲突使得国统区的文学活动不可避免地卷入了意识形态的争斗，从"暴露与讽刺""与抗战无关论"到对"战国策派"的批判，文艺界关注的重点由现实社会与战时生活逐渐转向政治问题。中共通过以第三厅、文工会为主体的左翼文化人对国统区的文化思想进行了整合，赢得了绝大多数知识者和文化人的支持，并汇集成了一股要求民主自由、反对独裁统治的强大思想力量。虽然 1945 年 2 月的《文化界时局进言》直接导致了文化工作委员会的解散，但是国统区抗战文艺界已经在思想文化领域为中共奠定了决定性的胜利的基础。

第一节　抗战文艺论争：思想界的流变

一　"暴露与讽刺"

1938 年 4 月，张天翼的短篇小说《华威先生》在茅盾创办的《文艺阵地》创刊号上发表，揭露了"国统区一种官气十足的文化人"[①]

[①]　吴福辉记录整理《吴组缃谈张天翼》，沈承宽等编《张天翼研究资料》，中国社会科学出版社 1982 年版，第 79 页。

打着抗战的旗号争权夺利、对抗战工作包而不办的行径。作品以漫画式的笔法塑造了一个混合着党派利益与个人私欲的抗战文化官僚的形象，敏锐地揭示出抗日统一战线之下潜伏的争夺领导权的斗争。于是，在国统区引发了一场持续了两年有余的关于"暴露与讽刺"的争论。

这场论争的第一波在小说发表后的第 8 天就开始了。4 月 24 日林焕平在《救亡日报》上发表文章，首先肯定了《华威先生》讽刺"救亡要人"的现实意义。而 5 月 10 日李育中则发文质疑《华威先生》的讽刺、幽默会有损于抗战的严肃和必胜的信心。于是，在《救亡日报》《文艺阵地》《抗战文艺》和香港《大公报》《申报》等报刊上，高飞、唯庸、林焕平、文俞、罗荪、茅盾等文艺理论家展开了论争。占主导地位的意见是，"暴露与讽刺"于抗战有利，不会损害抗日民族统一战线，并从提倡现实主义的角度肯定了作品在政治上和艺术上的价值。

1938 年 12 月《华威先生》的"出国"又引发了第二波的论争。日本改造社的《文艺》杂志译载了《华威先生》，增田涉在"译者后记"中指出，这部作品与那些"夸大地、炫耀威势地、荒唐地"写中国人英勇抗战的"所谓'抗战文学'"不同，暴露出了中国社会"内部的丑恶面"[①] 云云。这种说法引起了更多文艺理论家的关注与不安。林林很快撰文《谈谈〈华威先生〉到日本》，认为《华威先生》成了"可资敌作反宣传的资料"，把自身的缺陷主动暴露给敌国会"增强他们侵略的信念"[②]，对抗战有不利影响。随后，冷枫、黄绳、育中、适夷、秋帆、周行以及作家本人都参与了讨论。文艺界的意见很快趋于一致，即抗战现实生活中的黑暗、丑恶应当给予暴露和讽刺，这样的作品不会产生消极的影响。

---

① 白永吉：《"暴露与讽刺"论争中的郭沫若与茅盾》，《郭沫若学刊》2005 年第 3 期，第 18 页。
② 林林：《谈谈〈华威先生〉到日本》，《救亡日报》1939 年 2 月 22 日。

到 1939 年年底,《文艺月刊》和《新蜀报》针对"暴露与讽刺"又发表了几篇文章,如克非的《谈讽刺》、何容的《关于暴露黑暗》以及《文艺月刊》编辑室的《都应为了抗战》、华林的《暴露黑暗与指示光明》等。在大后方文艺界对此问题已达成一致的时候,突然出现了这些反对"暴露与讽刺"国民党统治下的黑暗、要求文学创作符合抗战国策的文章,就引发了关于"暴露与讽刺"的第三波论争。《文艺阵地》《抗战文艺》《读书月报》《七月》《文学月报》《大公报》《新民报》《新华日报》《时事新报》上刊登了大量反对的文章。罗荪、默寒、戈茅、刘念渠、田仲济、吴组缃、卢鸿基等左翼文化人一致指出:使人失望、悲观、丧失希望的不是暴露黑暗的文学作品,而是黑暗的现实本身;暴露与讽刺黑暗现实对于抗战是有益无害的。《新蜀报》副刊《蜀道》还专门举办了"从三年来的文艺作品看抗战胜利的前途"座谈会,以文艺界的共识结束了论争:肯定作家深入观察生活、挖掘黑暗产生的根源,"以积极战斗的精神去暴露、鞭挞黑暗"[1]。

仔细考察这场论争中的文章,大多数的出发点都不是文学艺术本身,争论的焦点集中于社会政治问题,特别是文学作品对"华威先生"现象的揭露对于抗战现实会产生什么样的影响,这样的创作倾向应当鼓励还是禁止,等等。这个本应属于文学创作的取材与艺术风格上的问题,被加载了太多的现实政治内容。

抗日战争爆发后,救亡图存成了时代的主题,所有热情而爱国的文化人都迫不及待地加入抗战文化宣传,为民族战争贡献自己的一份力量。在国共两党再次合作的基础上,广泛的抗日民族统一战线的形成,顺应了时代与人心。第三厅、文协以及众多抗战文化团体的成立,开创了文化界前所未有的团结局面。全心投入抗战文化宣传的很

---

① 《蜀道》座谈会《从三年来的文艺作品看抗战胜利的前途》,《新蜀报》1940 年 10 月 10 日。

多文化人都不会意识到，文化界内部一直以来的不同信仰、观念与党派的复杂矛盾并没有得到根本解决，只是被抗战初期单纯、乐观的时代氛围暂时掩盖了。随着战争与政治局势的发展，种种的矛盾冲突重新浮出水面。

首先这场论争暴露出了左翼文学界内部原有的分歧。从 1938 年 4 月至 1939 年 6 月，前两波的论争都是集中在左翼文学界内部的。最初讨论的问题焦点在于，以文学作品的方式暴露和讽刺国民政府官员在抗战中的不佳表现，是否不利于团结抗战、有损抗日民族统一战线。

郭沫若在《文学与抗战》一文中主张："一切文化活动都集中在抗战这一点，集中在于抗战有益的这一点，集中在能够迅速地并普遍地动员大众的这一点。"[①] 这确实是以第三厅为代表的官方文化指导机关的核心思想。抗战初期的文化宣传更多的是从政治的角度出发，广泛动员民众踊跃参战，灌输抗战必胜的信念。这种站在统一战线立场上的文化政治观念与官方的文艺政策其实有着相当程度的一致性，借助政治要求过滤掉了抗战过程中出现的种种社会问题与矛盾冲突。但是国民政府在武汉时也对当时来自全国各地的民众团体进行了严格的限制，专门制定《民众团体战时行动规约》禁止民众团体自由集会结社，强制登记、接受国民政府的收编和领导，安插国民党官员到民众团体负责或者强制解散，等等。

而抗战初期的文艺创作和文化活动虽然感情热烈、声势浩大，但是一直停留在宣传的表面，缺乏思想和表现上的深度。这是许多严谨、执着于艺术的文学家所不能接受的。早在就革命文学论争时，鲁迅就反对郭沫若等人简单地把文学与政治联系起来的做法，革命的内

---

① 郭沫若：《抗战与文化》，《自由中国》第 1 卷第 3 期，转引自《郭沫若全集》文学编第 18 卷，人民文学出版社 1992 年版，第 219 页。

容不代表文学的先进性，更与文学的艺术价值无关。当时鲁迅"一切文艺固然是宣传，而一切宣传并非全都是文艺"[①] 的精辟论断对于抗战初期的文化宣传仍然有效。

身处政权之外的文化人对这样的社会、文化现实不能熟视无睹，茅盾创办《文艺阵地》的宗旨就是要坚持并深化现实主义传统，提升抗战文艺的艺术品质。从茅盾的《论加强批评工作》《八月的感想——抗战文艺一年的回顾》《暴露与讽刺》等文章中，能够发现他对于抗战文艺现实的不满，对于第三厅、文协这些统一战线组织的文学成就的批评，以及对于抗战初期的统一战线政策对文学组织方式、文艺运动开展方式的保留态度。茅盾更多地坚持"五四"以来的现实主义文学传统，强调抗战文学深入观察社会，既写光明也写黑暗，保持文学的批判性和教育性。茅盾的看法，既符合抗战文艺的现实需要，又兼顾了文艺的社会职能，很快得到了文学界的赞同。

但是《华威先生》"出国"又将论争"升级"到了政治层面。出于维护中国抗战的国际影响，特别是针对敌国日本反宣传的考虑，文艺界又出现了对《华威先生》自曝其短的做法会助长日本侵略野心、对中国的抗日战争造成不利影响的担心。这一波的论争加入了民族自尊心与爱国情绪的情感成分与战争对手的政治考虑，明显扩大和深化了。大后方文艺界对于林林、冷枫等人的观念进行了热烈的讨论，很快达成一致：不能因为"家丑不外扬"而强迫文学歌颂光明，对于抗战现实的黑暗面的暴露和讽刺不会使国人悲观，反而能够促进抗战事业的进步。林林、李育中等持反对意见者都公开修正了原来的观念，至此国统区文艺界对"暴露与讽刺"的问题达成了共识。这也体现出，当民族救亡上升为压倒一切的时代主题时，文学参与政治成为政治的重要的组成部分。大后方文艺界在抗日民族统一战线之下会主动

---

① 鲁迅：《文艺与革命》，《语丝》第 4 卷第 16 期。

把文学的政治意义放在一个重要的位置，并在内部尽可能地消除分歧，达成一致。

其次，当代表国民党文艺政策的文章鼓吹歌颂而反对"暴露与讽刺"时，这场论争的性质就发生了根本性的变化，不再是文艺领域的争论而转变为一场政治思想斗争。这与第三波论争发生的时间和背景有密切关系。1939 年 6 月至 1940 年 10 月，恰恰与国民政府掀起第一次反共高潮的同时。《文艺月刊》与《新蜀报》所进行的讨论，都是强调文学创作必须遵从国策，暴露黑暗即意味着制造分化。国民党如此明显地为反共的政治、军事行动做舆论宣传，使大后方的文化人对抗战期间的复杂现实有了清醒的认识，亦激发了左翼文化界的紧密团结与斗争精神。

"暴露与讽刺"论争之所以影响深远，不仅在于肯定了现实主义的创作与批评原则为抗战文艺的深化开拓了正确的轨迹；更是在政治的层面上确定了抗战文学的位置，不是政权的合作者、歌颂者，而是批判者。最重要的是，国统区文化界在理论探讨的过程中逐渐趋于统一，为形成追求民主自由的强大力量开启了局面。

除《华威先生》以外，张天翼的《"新生"》、姚雪垠的《差半车麦秸》、周文的《救亡者》、沙汀的《防空——在"勘察加"的一角》、巴人的《一个老地主的故事》、陈翔鹤的《傅校长》、萧蔓若的《牺牲精神》等都是成功的作品，也以创作实绩表明"暴露与讽刺"的文学传统在抗战时期依然有效。

二 "与抗战无关论"

"与抗战无关论"是抗战初期非常重要的一场论争，它所引发的巨大影响时至今日依然常有回响。这场跨世纪的论争起因于 1938 年 12 月 1 日梁实秋在他主编的《中央日报》副刊《平明》上发表的《编者的话》，其中有这样的几句话：

我有几点意见。现在抗战高于一切，所以有人一下笔就忘不了抗战。我的意见稍微不同。于抗战有关的材料，我们最为欢迎，但是与抗战无关的材料，只要真实流畅，也是好的，不必勉强把抗战截搭上去。至于空洞的"抗战八股"，那是对谁都没有益处的。①

梁实秋以国民党中央党报副刊主编的身份，在《中央日报》上公开主张欢迎"与抗战无关"的文学作品，立刻引起了整个抗战文艺界的关注和激烈反对。

这篇文章不到千字，却似乎处处夹枪带棒，带着很明显的情绪，这短短的文字所蕴含的信息量绝不是单纯的字面意思能代表的。在当时的政治气候下，梁实秋此举自然不会被理解为文艺问题，而是被作为彻头彻尾的政治问题来对待。从 12 月 5 日罗荪的《"与抗战无关"》在重庆《大公报》发表开始，郭沫若、茅盾、老舍、胡风、周扬、张天翼、夏衍、吴组缃、郁达夫、巴人、魏猛克、陈白尘、黄芝冈、张恨水、姚蓬子等二十余位作家、批评家撰文批判梁氏的错误观点。论争很快由理论层面的批评升级为大规模的政治批判，火药味越来越浓。《抗战文艺》《文艺阵地》《文艺月刊》《读书月报》《新华日报》《新蜀报》《新民报》《大公报》《时事新报》《国民公报》《云南日报》《鲁迅风》等各大报刊都是对"与抗战无关论"口诛笔伐的阵地。而梁实秋除了在论争初期发表过一篇名为《与抗战无关》的答辩文章外，一直保持沉默。1939 年 4 月 1 日，梁实秋准备随中央编译馆迁移到北碚，在《平明》上发表了《梁实秋告辞》一文，向文坛宣告他辞去了《中央日报》副刊主编的职务，正式退出与文艺界的纠葛。这场论争历时 4 个月，波及重庆、成都、昆明、桂林、上海、香港等各

① 梁实秋：《编者的话》，《中央日报》副刊《平明》1938 年 12 月 1 日。

地。1939 年 1 月，独立出版社还出版了由老舍、郁达夫、丰子恺、穆木天、魏猛克、安娥、王家齐、胡考联名编著的《抗战与艺术》，明确了国统区文艺界对于文学与抗战关系的意见。

国统区文艺界对《编者的话》的批判大致集中在以下三点：第一，不承认文协在抗战文艺界的核心地位；第二，鼓励创作"与抗战无关"的作品；第三，"空洞的'抗战八股'"于抗战无益。而这场论争中的文章虽然大都围绕着文学与政治的关系和"抗战八股"的问题展开，但是对梁实秋的批评却集中于"与抗战无关"一点。其实不难看出，这场论争的关键不在于是否表现抗战与文学价值的关系，而是根源于梁实秋在《编者的话》中所表现出的对抗战文艺界的冷嘲热讽与轻蔑的态度：

> 我老实承认，我的交游不广，所谓"文坛"，我就根本不知其坐落何处，至于"文坛"上谁是盟主，谁是大将，我更是茫然。[①]

梁实秋作为文协成员之一[②]，带着嘲讽的表情公开宣称不知文坛"坐落何处"、抗战文艺作品都是空洞的"抗战八股"，这明显是在否认整个抗战文艺界的存在和成绩。抗战初期文协的成立实现了全国文学艺术界的大团结，集合了全国各地的作家、文艺家，也得到了国民政府官方和中共的重视与支持。梁实秋一贯反对文学的功利目的，对于文协一直以抗战文坛的核心自居的做法并不能认同。但是在大多数的文化人眼中，这个"与抗战无关论"已不是一个单纯的文艺题材问题，而是与整个抗战事业密切相关的政治话语权力的问题，梁实秋的

---

① 梁实秋：《编者的话》，《中央日报》副刊《平明》1938 年 12 月 1 日。
② 《文协会员名册》（1938 年 9 月 21 日），《中华全国文艺界抗敌协会补报组织章程及会员名册工作计划等备案呈及社会部批答》，中国第二历史档案馆编《中华民国史档案资料汇编》第五辑第二编文化（一），江苏古籍出版社 1998 年版，第 198 页。

"与抗战无关论"要消灭的不是"抗战八股",而是"抗战"本身。①

这场"一边倒"的论争一直给人"欲加之罪何患无辞"的观感,梁实秋也抗议文艺界断章取义、故意曲解他的主张。然而,在"知人论世"的基础上考察"与抗战无关论",很容易就能发现这场批判的历史正当性。1938年年底,国民政府面临严重的分裂局面,汪精卫率领周佛海、陈公博、陶希圣等国民党高级官员公开叛国投敌,中国的抗战陷入了前所未有的危机。而在7月份,梁实秋以国家社会党党员的身份参加第一届国民参政会时,站在国家主义的立场上反对中共的"割据分裂"②。而他恰于汪精卫叛国之前提倡"与抗战无关"的文学,颇有及时响应国民党政治动向之嫌。毕竟梁实秋是代表着国民党中央机关报在发言,从外界看来他的观念应该代表着国民政府的文艺政策与态度。因此,整个抗战文艺界都不会单从字面上去理解这篇文章,这是显而易见的。

当孔罗荪的第一篇批评文章把梁实秋的观点简单地归纳为欢迎"与抗战无关的材料"的时候,就已经暗示出这场论争的真正指向是与文学无关的。随后姚蓬子、安娥、魏猛克等人的一系列文章都是站在现实政治和民族道德的角度来进行批判。姚蓬子指出梁实秋言行是"一种可怕的新倾向的抬头",会动摇抗战信心。安娥则把梁实秋自认为"与抗战无关"定性为抗战的阻碍、客观上的汉奸助手,等等。在这些文化人看来,梁实秋的"与抗战无关论"本质上就是反动的汉奸言论。更为严重的是,这种动摇妥协的汉奸立场,并不是孤立的个人

---

① 巴人:《展开文艺领域中反个人主义斗争》,《文艺阵地》第3卷第1期。

② 在国民参政会一届二次会议上,未到会的华侨参政员陈嘉庚发来电报提案:"日寇未退出我国土之前,凡公务员对任何人谈和平条件,概以汉奸国贼论。"而汪精卫等在提交这一提案时,故意去掉"条件"二字,引起了一些主张言论自由人士的不满。梁实秋即提出"不能因别人一提及和平,就目为汉奸",与主张抗战到底的共产党参政员发生激烈的争辩。参见刘聪《梁实秋与"抗战无关论"的历史因缘》,《青年思想家》2005年第3期,第76页。

言论，而是与官方立场紧密联系在一起的。黄芝冈从《平明》副刊与《中央日报》的关系着眼，揭示出梁实秋"与抗战无关论"的官方背景。张恨水在《新民报》副刊上撰文，把梁氏比作糕饼师，以厨子与老板的关系暗示梁实秋受到了国民党的支配。

由此，对于梁实秋"与抗战无关论"的批判就与反对国民政府对日妥协投降的倾向产生了直接的联系。当时这些批评文字之所以如此简单粗暴，根本原因也在于此。然而处在国共两党合作期间，为维护团结抗日局面和抗日民族统一战线，中共要确保以蒋介石为首的国民政府坚持抗战，于是抗战文化界不能过多地批评《中央日报》，因此斗争的矛头就集中指向了梁实秋个人。如果在《编者的话》发表之前梁实秋能预见到这一切的话，相信他一定不会这样写。从梁实秋个人感受的角度看，他确实受到了"漫骂与诬蔑"；而他本人虽然无意在文章中传达国民党当局妥协投降的倾向，批评者却从中解读出了这样的含义。这在某种程度上是历史给梁实秋开了一个大大的玩笑。

其实梁实秋同老舍一样，在抗战爆发后舍弃了父母妻儿辗转来到大后方，志愿为抗战救亡尽匹夫之责。他首先以国家社会党党员的身份参加了国民参政会，后来又在张道藩的安排下加入教育部中小学教科用书编辑委员会，后来还担任了国立编译馆翻译委员会主任委员。从梁实秋积极参加抗战的行动来看，他的民族意识和爱国热情是值得肯定的。在抗战爆发前的七八年中，梁实秋潜心教书与翻译，尽量远离文坛纷争，但是他的文人意气和文学观念并没有改变。梁实秋建立在"人性论"基础之上的文艺思想体系，强调文学的尊严与健康，反对把文学作为政治宣传的工具。经过 20 世纪 20 年代末与鲁迅的论战，他还保留着自己对于文学永恒价值的追求。

在这一点上，梁实秋抱持着他固执的偏见。抗战初期的抗战文艺作品，关注的重点是面向民众的文化宣传，在思想和内容上都不免单调而浅薄。其实大部分抗战文化人的观点与梁实秋是一致的。他们也在致力于使文学脱离政治的传声筒的地位而具有独立持久的品格。但是梁实秋在《编者的话》中捎带的对文协的攻击,使他站到了抗战中文化人的对立面。在不可调和的二元对立的思维模式下,老舍代表文协起草了致《中央日报》的公开信,对梁实秋提出了严正抗议。信中义正词严地指责梁实秋破坏团结,"独蹈文人相轻之陋习",影响抗战文艺的发展。这封信本来交由《抗战文艺》月刊发表,但当时的中宣部部长张道藩亲自出面调解,文协以维护抗日民族统一战线大局为重,最后才没有发表。

然而梁实秋还是付出了惨重的代价。1940年1月,梁实秋参加了国民参政团组织的华北慰劳视察团,行程中有赴延安参观的安排。但是毛泽东亲自签发电报把这个视察团拒之门外,电报中还点名梁实秋"拥汪主和",明确地表示了中共对他的敌视态度。梁实秋本人对此事则感觉颇为委屈:"汪之叛国出走,事出突然,出走之前并无主和之说,更没有任何人拥汪之可能性。"[①] 但是国民党官方文艺界或因政治形势未定,或鉴于国共合作的局面,一直没有人对梁实秋表示声援支持。直到多年之后,台湾的文学评论家、中国文艺协会大陆工作委员会的主任张放,还在《艺文春秋》上发表《梁实秋洁身自爱》一文评论:

> 梁实秋这番话惹起轩然大波,左派作家孔罗荪、张天翼、郭沫若、巴人、姚蓬子等人群起撰文批驳,认为梁实秋在抗战最严峻的时刻鼓吹"文学与抗战无关",居心何在?梁氏沉默无语。政府区文化艺术界也无人出来声援解释。……他这篇《编者的话》是闯了祸。我真不解,国民党宣传部为何聘请这位留美学人作副刊主编?这不是失败的预兆吗?
>
> 梁实秋忘记副刊主编,只是文学作品的组织者、选稿人,却

---

① 梁实秋:《梁实秋自传》,江苏文艺出版社1996年版,第177页。

不是文学界的领导人。投寄来的"抗战八股"稿件，退还可也，何必再教训人家一番？客观地说，作者投稿《中央日报》，对方一定是对该报怀有感情，梁氏一席话，岂不向作者泼冷水么？结果造成亲者痛、仇者快，帮了国民党的倒忙！[1]

时隔多年之后回顾这一场论争，梁实秋确实有点无辜地成了一个促成抗战文艺界紧密团结的契机。在当时的抗日民族统一战线之下，民族利益超越了党派之间的矛盾，抗战是最大的时代主题。梁实秋以一个不合时宜的主张，被置于抗战文艺界的对立面，使抗战文艺界的团结统一更具有道德优势和政治合理性，也使左翼文化人的思维方式和行为方式逐渐成为国统区文艺界的主流。

三 "战国策派"批判

"战国策派"又称"战国派"，是抗战时期的一个自由、开放、松散、纯粹的文化学术团体。"战国策派"学人大都是有着留学经历的自由主义知识分子，抗战时在昆明西南联大、云南大学等高校作教授或是职业作家。1940 年 4 月，林同济、雷海宗、陈铨、贺麟和何永佶等 26 位"特约执笔人"[2]在昆明共同创办了《战国策》半月刊。《战国策》出至第 17 期停刊后，又从 1941 年 12 月 3 日起在重庆版《大公报》上开辟了《战国》副刊，直至 1942 年 7 月第 31 期停刊。"战国策派"发表了一系列激进、新锐的思想观点，在学术界和文化界引起了极大的反响，名噪一时，毁誉参半，一度成为大后方最引人注目的学派之一。

---

[1] 芮廷：《文艺与抗战关系的争论概况》，孔瑞、边震遐编《罗荪，播种的人》，社会科学文献出版社 2005 年版，第 405 页。

[2] 这 26 位"本刊特约执笔人"分别为：林同济、雷海宗、陈铨、贺麟、朱光潜、费孝通、沈从文、郭岱西、吉人、二水、丁泽、陈碧生、沈来秋、尹及、王迅中、洪思齐、唐密、洪绂、童嶲、疾风、曾昭抡、何永佶、曹卤、星客、上官碧、仃□。其中唐密为陈铨的笔名，尹及为何永佶的笔名，上官碧为沈从文的笔名。

"战国策派"以德国学者斯宾格勒的文化形态史观和尼采的意志哲学为思想基础,提出了"战国时代重演论"和"中国文化独具二周"的独特说法,认为赢得抗日战争的胜利就意味着"中国文化第三周"的开始。为了实现这个人类历史上"绝无仅有的奇迹",中国不仅要坚决抗战到底,还必须吸收"列国酵素"以改造中国几千年来"大一统文化"的各种弊病。在政治上,他们提出以尚力政治或"大政治"的权威主义取代崇尚"孝爱智生"的"德感主义"的传统政治理念,主张加强政府集权,号召停止内战、一致对外,保障军事上的胜利,用战争实现和平。在文化上,他们主张以尼采的"权力意志"和"超人哲学"改造中国人中庸、怯懦、因循、自私的国民劣根性,批判传统文化中的消极因素,呼唤"力人""英雄"及"战士式的人生观",致力于中国文化重建。在思想上,他们否定了"五四"以来的个人主义,主张借鉴德国狂飙运动的经验,学习德国民族积极进取的"狂飙精神",希望通过"民族文学运动"的倡导和实践,培养国民强烈的民族意识和顽强自信的民族精神。①

"战国策派"诞生于严重的民族危机之中,表现出了对民族命运的深切关注,以民族主义为立论的基础:尚力政治强调的是国家民族之力,权力意志指的是求民族生存之意志,英雄崇拜引申出的是领袖崇拜。然而也许是因为他们的文化自由主义宗旨,"战国策派"的主张没有得到国民党领导层的特殊重视,却引起了左翼文化界人士的激烈批判。

1941 年 1 月 1 日,茅盾在《大公报》发表的《"时代错误"》开启了批判的序幕。汉夫的《"战国派"的法西斯实质》《"战国派"对战争的看法帮助了谁?》、欧阳凡海的《什么是"战国派"的文艺》、洪钟的《"战国派"文艺的改装》、胡绳的《反理性主义的逆流》《目前

———————————

① 参见笔者硕士学位论文《陈铨创作研究》前言。

思想斗争的方向》、戈茅的《什么是"民族文学运动"?》、冯铸的《论纳粹主义》等很多文章对"战国策派"的历史观、政治观、文艺观进行了激烈的批判。仔细研读就能发现，这些文章的学术探讨意义薄弱，而政治色彩很强，态度也非常简单粗暴。它们的基本出发点是"战国策派"思潮维护了国民党政权的现实政治统治，得出的结论是"战国策派"美化法西斯主义，与世界反法西斯战争的形势背道而驰，为国民党的一党专制政治提供了理论根据。[①] 在左翼文化人看来，"战国策派"故意混淆了战争的正义与非正义性，是为法西斯侵略者张目、为国民政府的独裁统治宣传的反动思潮。

平心而论，"战国策派"学人对于国家民族的关注和现实政治的介入，完全出于爱国之心与社会责任感。他们既接受了西方现代文明，有明确的国际视野；又依然怀抱着中国士大夫"天下为公"和"国家兴亡，匹夫有责"的传统观念。在亡国灭种的危机面前，他们自觉投身到抗战的洪流之中，为民族救亡和文化重建积极进言。因此首先能够肯定，"战国策派"学人是主张坚决抗战的爱国知识分子。然而在救亡和启蒙的双重焦虑下，这些自由主义知识分子难免会有急功近利、意识混杂以及不合时宜之处。比如陈铨和林同济在文章中就明显不乏偏激。再加上中西方的思维方式有差异，而他们的表述有时又不够清楚准确，"战国策派"的理论确实显得庞杂、混乱，存在着明显的缺陷和错误。如对尼采的推崇，主张集权政治，把民族生存与民主自由对立起来，以"战""国""策"三个字对应"军事第一，胜利第一""国家至上，民族至上"和"思想集中，意志集中"的国民党口号等等。所以，"战国策派"自身的理论漏洞为左翼文化界的批判提供了一定的合理性。

应当明确的是，"战国策派"学人始终是站在文化的立场上，从

---

① 江沛：《战国策派思潮研究》，天津人民出版社 2001 年版，第 23 页。

学理的层面出发探讨战争、政治、文学问题，他们关注的中心是民族国家和文化学术，并不涉及政治利益与党派之争。左翼文化人对"战国策派"诸多盲目、非理性的定性明显存在着断章取义、望文生义的错误，但这种种"历史的误读"实际上并不是偶然发生的。如果说，抗战初期国统区的文艺论争都还是主要从学理角度争论，兼顾现实政治；这一次左翼文艺界对于"战国策派"的批判已经是以政治斗争为主，学理论争只不过是导火索，从批判文章中能够看到的是政治斗争的策略而非学理上的探讨。

"战国策派"出现在抗战中后期，是抗战最困难的时刻。国共合作虽然在形式上存在，但军事、政治、文化等各个方面矛盾丛生。国民党已经明确地把中共与倭寇、汪伪并列作为最大的敌人[1]，发动了第二次反共高潮。1941 年 1 月，震惊世界的"皖南事变"造成了国共关系的重大转变，在表面的妥协背后，国共之间的全面对抗局面拉开了序幕。从此，中共"彻底摆脱了蒋介石和国民政府的政令、军令束缚，独立自主，自行其是，甚至敢于公开挑战几年来已经得到全国公认的蒋介石的领袖地位"[2]。与此同时，国统区的进步文化界对于国民党政权的反抗性也越来越强。

在这样的情况下，"战国策派"明确倡导以政治集权应对抗战、呼吁建立元首制度、加强战时体制等种种强硬主张，虽然是为抗日救亡的权宜之计，但"战国策派"确实没有意识到在缺乏民主传统与体制准备的中国，这一充满文人意气的倡导，一旦与政治权力相结合便可能会有导致全能政治失控的严重后果。他们的政治主张在客观上契合了国民党政治独裁的理论与实践，在抗战救国的大前提下，很容易沦为国民党独裁政治压制民主运动的工具。

---

① 杨奎松：《国民党的"联共"与"反共"》，社会科学文献出版社 2008 年版，第 416—417 页。

② 同上书，第 462—463 页。

虽然"战国策派"提出的"民族至上、国家至上"是从文化形态史观推演而来的，与国民政府的"民族至上、国家至上"存在着本质性的区别，但他们出于民族主义诉求对政治集权的强调，也表明了对中共政权的反对立场。于是在当时二元对立的思维方式下，"战国策派"就是一个在政治上拥护国民党、反对中共的反动思潮。考虑到在大后方，国共合作的局面还是不容破坏的，"战国策派"不仅是中共以及左翼文化界的敌人，还必须被定义为全民族的敌人，才能够占据道德优势，获得斗争的合理性。因此，"战国策派"学人思想的内在矛盾性和立论的偏激就成了可供左翼文化人攻击的缝隙。其实所谓"鼓吹法西斯主义哲学""为国民党独裁统治做宣传""反对民主政治""反理性""唯心主义""鼓吹英雄史观"等种种恶评，本质就是一种斗争策略的产物，并不涉及学理争论，是纯粹地为批判而批判了。

其实"战国策派"代表了一大批文化激进主义知识分子的思路，希望通过对西方文化的借镜，从文化上改造国民劣根性，达到中国文化重建的目的。而他们过于峻急、另类的观点超越了中国的社会现实，不但不可能在抗战时期的中国得以实现，而且沦为左翼文化界与国民党官方斗争之间的牺牲品，在近半个多世纪之后才开始得到公正的认识和研究。

第二节　国民党的文化政策

一　"六不""五要"的文艺政策

国民政府虽然注重利用政权优势在青年学生和普通民众中间强化意识形态控制，抗战期间也一直强调文化建国，但是却从未提出过行之有效的政策措施，在文化领域更是鲜有作为。

1939年2月7日，国民政府成立了党、政、军一体的"国防最高委员会"，集全部政治权力于一身，蒋介石担任委员长，成为事实上中国的最高统治者。为全面发动民众参与抗战并进一步巩固自己的领袖形象，蒋介石发起了一场国民精神总动员运动。3月，隶属于国防最高委员会的国民精神动员总会成立，颁布了《国民精神总动员纲领》和《国民精神总动员实施办法》，由蒋介石任会长。国民精神总动员被称为"抗战的最大武器""抗战民族的精神堡垒"[1]，提出了三个共同目标，即"国家至上、民族至上，军事第一、胜利第一，意志集中、力量集中"。这个口号经《大公报》总主笔张季鸾和陈布雷之手提出而成为国民党主要的宣传口号，意味着国民政府的抗战宣传开始摆脱抗战前期以第三厅为主的国共合作模式，明确地指向了一党专政和反共宣传。

不仅如此，1939年10月国民党还秘密颁布了《共产党问题处理办法》，其中明文规定，在大后方"共产党人在各地一般公私机关团体服务者，一经查觉，即以非法活动治罪"[2]。然而在国民政府内部的第三厅却为共产党人在国统区的活动提供了有利条件，国民党无法容忍这个明确"左倾"的机构，遂于1940年9月以改组政治部为名迫使郭沫若等左翼文化人退出了第三厅。但是第三厅的整改也使国民党的文化宣传工作越发缺乏成效了。因此，国民政府迫切需要更为积极有效的文化措施。然而一直以来国民政府只颁布许多限制文艺自由的政治条令，并没有明确的"文艺政策"，直到张道藩"六不""五要"文艺政策的出台才勉强算有了相对正式的阐释和说明。

---

① 蒋介石：《除旧布新革面洗心》（1939年5月1日），秦孝仪主编《中华民国重要史料初编——对日抗战时期》第四编战时建设（四），中国国民党中央委员会党史委员会1988年版，第613页。
② 阳翰笙：《风雨五十年》，人民文学出版社1986年版，第260—261页。

1942 年 9 月，文运会主办的《文化先锋》创刊号上刊登了中宣部部长、文运会主任委员张道藩长达二万余字的《我们所需要的文艺政策》，文章明确提出了"三民主义文艺"的概念。此"文艺政策"包括以下三个方面的内容：

首先，规定"三民主义"是文艺的指导思想和理论基础，有四条基本原则："谋全国人民的生存""以事实定解决问题的方法""仁爱为民生的重心""国族至上"。

其次，规定文艺要为"三民主义"的政治服务，为国家民族服务。

最后，对文艺创作明确提出了"六不"与"五要"的要求。所谓"六不"是指：

（一）不专写社会黑暗

（二）不挑拨阶级的仇恨

（三）不带悲观的色彩

（四）不表现浪漫的情调

（五）不写无意义的作品

（六）不表现不正确的意识

"五要"是指：

（一）要创造我们的民族文艺

（二）要为最苦痛的平民而写作

（三）要以民族的立场而写作

（四）要从理智里产生作品

（五）要用现实的形式①

---

① 张道藩：《我们所需要的文艺政策》，《文化先锋》第 1 期，1942 年 9 月 1 日。

张道藩在阐述其文艺政策时,以"不要"再先而"要"在后,显而易见,其主要目的还是要消极地限制作家创作,对作家有所不为的要求比积极的有所为更重要。这"六不""五要"的文艺政策很明显是针对左翼文学界的。1942年5月,军委会密电致教育部称,抗战军兴没能推动民族文化发展之原因,首要的就是"由于共产党及其外围强调民主斗争,使民族运动之精神为之分散",还要求"在不违背三民主义与抗战国策之下,放任文化论战,使各种思想各以其真面目并陈于世,互相激荡"①。在这样的政治指示之下,"六不""五要"的文艺政策明显体现了国民党加强文化斗争的意图,是在为国民党文化统制政策。抗战中后期,大后方的精神氛围变得沉闷压抑,作家的心态也不复抗战初期的蓬勃兴奋,国统区种种堕落腐败的社会现实逐渐进入了作家的视野和作品,暴露与批判的锋芒越来越显豁了。所谓"社会黑暗""阶级的仇恨""悲观的色彩""无意义的作品""不正确的意识",大约指的就是这些。但是"三民主义文艺"要在这样的社会现实情形下继续抗战初期那种乐观向上的文艺宣传方式,以此为"最苦痛的平民"解脱痛苦,似乎是不合时宜且于事无补的。抗战文艺不能脱离生活,隔靴搔痒,这不是简单的倡导民族主义文艺就能够解决的问题。总体而言,这些条文大都是乏善可陈,有空洞模糊之嫌。

这个"文艺政策"一经抛出,就受到了许多的质疑和批评。自由主义文人梁实秋和沈从文先后撰文发难。梁实秋一直认为文艺政策是"一个名辞上的矛盾","并没有什么理论的根据,只是几种卑下的心理之显明的表现而已:一种是暴虐,以政治的手段来剥削作者的思想

---

① 《军委会关于实施当前之文化政策与宣传原则致教育部密电(1942年5月1日)》,中国第二历史档案馆编《中华民国史档案资料汇编》第五辑第二编文化(一),江苏古籍出版社1998年版,第16、19页。

自由；一种是愚蠢，以政治的手段来求文艺的清一色"①。真正影响文艺自由的是现实政治，英美的文艺是自由发展的，而德、意、苏的文艺受到严格的限制。而文艺政策与文学其实并不是一回事，它是"配合着一种政治主张和经济主张而建立的"，外在于文学的一些条文和措施。国民党在执行其文艺政策时，无论奖励还是取缔都很不成功，梁实秋认为对中国文艺的发展"不无遗憾"②。沈从文则尖锐地批评国民政府十余年来的文艺政策，坚决反对功利主义文艺政策把文学当作实现政治目标的工具。他要求国家能够真正地重视作家、重用专家，"文艺政策"不再作为政权的装点而存在，从而发挥文艺对民族、国家的推动作用。这是非常具有建设性的意见，但在战时的中国却没有引发任何回响。关于"文艺政策"的论争在国统区沸沸扬扬，主要集中在国民党方面的自我吹捧和对梁实秋的答辩、左翼文化界对国民党文艺政策的批判以及左翼文化界对梁实秋的批判三个方面。对梁的批判是由于梁实秋把苏联的文艺政策与德、意相提并论进行批评，把左翼文化界的批判的矛头从国民党方面引到了自己身上。实际上，中共与国民党在文艺政策方面的思路相当一致，都把苏联的文艺统制方式作为制定文艺政策的方针，其分歧只是由于党派立场。

严格说来，张道藩这篇文章并不是国民党当局在抗战期间正式提出的文艺政策。它的执笔者其实是《文化先锋》的主编李辰冬，在经过张道藩、戴季陶、陈果夫的讨论和订正之后，以张道藩的个人名义发表出来。这篇文章并不是国民党中央的决议，确切地说，应当是国民政府主管文化的高级官员对于抗战文艺政策的观点。但是这篇文章针对抗战文艺发展中的问题，把法西斯专制的"一个党，一个领袖，一个主义"定为文艺创作的根本内容，把国民党自 20 世纪 20 年代以

---

① 梁实秋：《所谓"文艺政策"者》，《新月》第 3 卷第 3 期，转引自梁静波编《梁实秋批评文集》，珠海出版社 1998 年版，第 152—155 页。

② 梁实秋：《关于"文艺政策"》，《文化先锋》第 8 期，1942 年 10 月 20 日。

来的文艺法令具体化、系统化和法西斯化了，字里行间都凸显出要用民族文艺来对抗左翼普罗文艺以及所有与国民党意识形态相悖的文学的用心。

1943 年 9 月，国民党五届十一中全会通过了《文化运动纲领》，并于 11 月在重庆举行"民族文化建设运动周"。国民党打出了"民族文艺"的旗号，宣传"一个主义，一个党，一个领袖"的专制独裁思想。然而不论是"三民主义文艺"还是"民族文艺"，国民党关注的重点都仅在于对国内民众思想的领导和控制。沈从文的猜测一点都没有错，抗战时期的国民政府对于文艺事业的发展其实并不关心，无论"民族文艺"还是"三民主义文艺"都只不过是进行独裁统治的点缀而已。

二　张道藩与国统区抗战文艺

考察国民党的文艺政策，不可能绕过张道藩。张道藩 1897 年生于贵州盘县，少时在天津求学，后留学英法，主修绘画，也从事文学创作。1926 年回国参加革命，投奔到蒋介石的旗下。与陈布雷、陈诚、蒋经国等人一样，张道藩对蒋介石无比忠心，因而深受蒋介石的倚重。20 世纪 30 年代，国共两党在文化领域激烈斗争时，张道藩加入了陈果夫、陈立夫掌握的国民党党务文化系统，开始了他的文宦生涯：组织中国文艺社，主办《文艺月刊》，组织中国教育电影协会、中央电影摄影场、中国文化建设协会、中国美术会、中华全国美术会等等文艺团体。抗战期间张道藩历任交通部、内政部、教育部次长、国民党中央宣传部部长等国民政府要职，无疑被蒋介石视为党国干才。这就为张道藩成为国民党党内的文化大员继而全面掌控国民党文化宣传系统提供了契机。

张道藩是国民政府之中非常特殊和复杂的一个人物。首先，值得肯定的是，张道藩是一个爱国者，坚决主张对日抗战并坚信抗战必胜；他也是一个清正廉洁、忠于国家民族的国民党官员。其次，他作为国民党的文化官员，不仅致力于组织、资助文化团体和个人，支持文化抗战事业，还成功组织了故宫博物院古物的大规模迁移，保护了大量的珍贵文物免遭炮火毁坏或落入敌手。这是张道藩对于中国文化的一大重要功绩。再次，张道藩不同于一般的国民党官僚，他的艺术家身份使他能够充分理解中国的抗战文艺和艺术家，懂得重视和尊重艺术的价值，他在发扬中国文化与抗战文艺的事业上是颇有雄心的。然而，囿于党派立场的局限性和混迹官场的官僚性，张道藩又是反共的急先锋和工于钻营的官僚。在文化界团结抗战时，他为蒋介石拉拢、收买文化界人士，行分裂之实，为很多正直的文化人所不满。他也同蒋介石一样热衷于揽权和兼职，不仅担任中央社会部副部长、国民政府教育部常务次长、中央宣传部部长、教育部教科书编辑委员会主任委员、中央文化运动委员会主任委员等国民党的政府职务，还在众多的文化团体担任职务以塑造自己文化领袖的形象，如全国戏剧界抗敌协会、国际反侵略大会中国分会、中华全国文艺界抗敌协会、全国电影界抗敌协会、美术界抗敌协会、音乐界协会、戏剧界协会、中国教育电影协会、中国文化服务社、中国文化建设协会等等民间或官方的文化团体都有他的参与。另外，国民政府在抗战期间出台的一系列图书杂志审查办法也是由张道藩一手炮制并严格推行的。

但是身为一个从政的文化人，张道藩对于中国文艺的发展有着自己的看法和见解，对于中国的文化人也有发自内心的尊重与爱护。抗战时期，大后方物价飞涨，文化人维持家庭生计都成了最大的问题。张道藩的中央文化运动委员会一成立就组织了文艺奖助金管理委员会，1941 年投入 10 万元用于对各文艺领域杰出人士的奖助。获得奖助金的不仅有曹禺、冯友兰、金岳霖、洪深、马彦祥、胡绍轩、杨树达、刘开渠、常书鸿、雷圭元等知名的文人、学者，还有华罗庚、张宗燧、涂长望等自然科学家。张道藩对文化人的资助一直持续到抗战结束，虽然每个人能够得到的资助或贷款数额并不大，但是在极端的困境之中也足以救一时之急。张道藩主持的文奖会确实帮助许多文艺家和学者度过了抗战中最艰难的岁月。

张道藩还经常利用自己的行政权力为文化界争取国民政府的经费支持，如为中华全国戏剧界抗敌协会等文艺团体申请补助、为戏剧节申请经费等。在国共合作的局面下，张道藩负责的文运会对于在重庆的文艺作家，不分党派，都给予稿费资助他们生活。这当然是包含着拉拢和收买的含义的，但是张道藩并不强求接受稿费的作家必须给国民党的刊物写稿，大多数时候都只是以"特约撰述、预付稿费"的名义来资助文化人。有时为了照顾一些作家的心理，他还和陶希圣以请客为由邀请作家赴宴，在谈笑间拉近彼此的关系，使他们能自然地接受资助。当时茅盾、冯乃超、冯雪峰、聂绀弩等人都在"特约"之列。他还以聘请作家做文运会的委员、参加"青年写作指导委员会"等名目，为文化人提供固定的工作和稳定的收入。特别是在太平洋战争爆发和桂林沦陷之后，他通过文工会帮助大量文艺界人士撤往重庆，无偿发放救济费和路费。这些都是张道藩为文艺界人士做的一些实实在在的好事，也可以表明国民政府对于抗战文艺在一定程度上的支持。

由于这样的善举，张道藩结交到了许多文艺界的朋友，郭沫若、茅盾、老舍、田汉、欧阳予倩、傅斯年、林语堂、蔡元培、梁思成、竺可桢、马衡、姚蓬子、齐白石、徐悲鸿、王子云、方介堪、胡适、林风眠、刘子华、华仲麟、张友渔、沈志远、冯雪峰、姚雪垠、韩幽桐、胡风、赵清阁、聂绀弩、叶以群、钱纳水、吴祖光、洪深、曹禺、李可染、宋之的、太虚，等等，虽然其中绝大多数并不是国民党的支持者，但都在不涉及政治立场的情况下和他保持了不错的私交。然而真正被他拉拢到国民党阵营的作家则是为数极少的。

抗战后期，张道藩全面掌管和控制了国民党文化宣传系统，掌管了中华全国文艺界抗敌协会、国际笔会中国分会、文化运动委员会、文艺奖助金管理委员会、《文化先锋》《文艺先锋》等组织和刊物。然而他手中的权力和资源虽然很多，却仍然无法与中共抗衡，他拉拢到的文化人不仅人数很少，而且在文坛上没有很大的影响力，也拿不出像样的作品。不仅左翼文化人，到最后连中间派的文化人都坚决地站到了反对派的阵营之中。这是值得思考的现象，仅以一人之力，确实无法逆转国民政府失败的走势。

三　图书杂志审查制度

张道藩提出的"六不""五要"虽然不是标准的文艺政策，但是为国民党一贯的文化统治政策进一步提供了理论依据，更是为国民政府的战时文化统制张目。国民政府对国统区文化人的拉拢、收买不成，无以扼制国统区文艺界自由发展的势头和以文工会为主体的中共及进步文化人影响力的扩展，就在图书杂志审查方面着手增强了力度。

早在1938年7月21日，国民党第五届中常会第86次会议通过了《战时图书杂志审查办法》《中央图书杂志审查委员会组织大纲》和《修正抗战期间图书杂志审查标准》三个文件，为战时国民政府在国统区进行图书杂志审查奠定了基础。中央图书杂志审查委员会（简称"中审会"）成立于1938年10月1日，到抗战胜利之后解散，对国统区抗战文艺作品的发表、出版控制了近八年。

中审会由中央宣传部、中央社会部、内政部、教育部、军事委员会政治部这五个机关的联合组织成立，中宣部副部长潘公展任主任委员，鼎盛时职员有近百人。中审会为审查研究机关，中宣部为审查指导机关，内政部为审查执行机关。成立之初，中审会是国民党中执委下属的一个副部级单位，后曾改隶行政院。国民政府从抗战初期开始就逐步颁行《抗战期间图书杂志审查标准》《战时图书杂志原稿审查办法》《杂志送审须知》《图书送审须知》《书店印刷店管理规则》《出版品审查法规与禁载标准》等一系列的审查法令，以加强对国统区新闻舆论、图书杂志的控制，剥夺了国统区文化界的言论、出版、阅读的自由，试图从出版、传播的源头禁绝中共宣传对国统区民众造成影响。国民党还设立了中央新闻检查局和地方的新闻检查处，与中央图书杂志审查会及各省市图书审查处一起，再加上党部、卫戍司令部、警察局等部门，形成了一个严密的文化检查网。

中审会的日常工作包括：健全各省市审查机构，训练各地审查人员，严密考核各地、各战区审查工作；大量编印思想斗争小册，与中共争夺青年学生；编印《每周时论辑要》《全国舆论大势》半月刊、《出版月刊》；审查图书杂志原稿，查禁进步书刊；进行印刷所、书店、书报刊物登记管理；联络作家和文化界人士，奖励优秀作家作品，等等。种种苛刻的审查主要针对的就是中共的文化宣传。在图书杂志审查委员会的工作计划中，明确提出要"一方面杜绝反动书刊之流传，另一方面严密监视某党及其外围文化分子之活动，并制止其出版事业之发展"[1]。

从 1941 年开始，国民党对于图书杂志的检查、控制越来越严格和苛刻。在这样的高压之下，中共方面在新闻出版等文字宣传上受到了巨大的限制。据国民党中审会 1941 年 7 月印发的《取缔书刊一览》，仅一次查禁、扣检、停发的书籍，就达 961 种。[2] 另据中审会的工作报告记载，1942 年度审核的已经出版图书中，准予发售 238 种，查禁 196 种，停止发售 120 种，就地取缔 32 种，不准再版 14 种，准予备查 472 种。在 1072 种送审的图书中，竟然只有约五分之一"审

---

① 《图书杂志审查委员会一九四一年度工作计划概算》，中国第二历史档案馆藏档案，二—6065。

② 史全生：《中华民国文化史》（下），吉林文史出版社 1990 年版，第 1183 页。

查合格准予发售"。① 其审查力度之强、审查分类之烦琐、审查标准之
苛刻，都令人咋舌。中审会查禁书刊的理由五花八门，"以派系私利
为立场""强调阶级斗争""无积极意义""诋毁民族主义文学""思想
左倾""意识模糊""内容幼稚偏激""意识不正确"，等等，以种种冠
冕堂皇却没有根据的解释扼杀进步书刊的出版发行。其实涉及"共
党"是查禁书刊的唯一标准，其他种种的理由都是借口而已。被查禁
的书刊中，有茅盾的《虹》、巴金的《萌芽》、华汉的《两个女性》、
许杰的《南洋漫记》、鲁迅的《准风月谈》和《二心集》、邹韬奋的
《抗战总动员》《周作人代表作选》、林语堂的《幽默文选》、陈铨的
《天问》，等等，不仅左翼作家的作品受到查禁，连自由主义甚至被视
为亲国民党的作家都会被查禁。中审会审查的苛严、理由之无厘头、
范围的泛滥无节制足以破坏抗战文艺的正常发展秩序，因此一直受到
国统区文艺界的抵制和反对。

当中共及左翼文化人在国统区不得不转向在话剧演出上突破文化
封锁，国民政府很快把审查、控制的范围扩大到电影、话剧领域。
1939 年 2 月，国民政府专门设立了重庆市戏剧审查委员会，负责审查
戏剧、电影剧本，登记演员资料和管理剧场，实际上是查禁进步戏
剧、电影作品及其演出，对戏剧、电影界也开始进行严格控制。"据
不完全统计，1938 年至 1941 年 6 月，被查禁的书刊 960 余种；1942
年 4 月至 1943 年 8 月，不准上演的剧本 160 种，修改后始准上演的 7
种；1943 年查禁书刊 500 余种。"② 这样的文化高压政策，在"皖南
事变"之后更是变本加厉，"据统计，仅 1941 年至 1942 年，重庆地

---

① 《国民党中央图书审查委员会民国三十一年度工作考察报告》，《中华民国史档案资
料汇编》第五辑第二编文化（一），江苏古籍出版社 1998 年版，第 823 页。

② 饶良伦、段光达、郑率：《烽火文心——抗战时期文化人心路历程》，北方文艺出版
社 2000 年版，第 114 页。

区就有 1400 种书刊被查禁；1943 年重庆有 110 余部剧目被禁演"①。

国民政府为对付中共及进步文艺界的发展、争夺国统区的文艺领导权，以荒诞、拙劣的查禁图书杂志的手段进行文化统制，实际效果却不佳。"当时，国民党在文艺方面既然不能有积极的表现，便只有采取消极的禁止，凡为共党宣传的文艺作品一律禁止它的流通。……可是，这个工作向来没有做好过，反而有了反效果，就是愈禁止愈有人看，竟为那些文艺作品作了广告，这也是为国民党的负责者所始料不及的。"② 于是，不但不可能控制国统区文艺界和文化人，反而使越来越多的文化人、知识分子在抵制这一政策的同时倾向于左翼和中共的阵营，使其愈加陷入自我孤立的境地之中。因此，国民政府的文艺政策的失败是必然的。

第三节　《进言》与《宣言》：民心所向

一　《文化界对时局进言》与文工会的终结

抗日战争后期，虽然中国战场屡遭挫折，但是欧洲及世界反法西斯战争形势的逆转使中国人依稀看到了胜利的曙光。然而大后方仍然处在黎明前的黑暗之中。国民党政权内部贪污腐败成风、每况愈下，严重的通货膨胀使国统区的社会经济濒临崩溃，文化教育受到重重遏制，难以为继。国统区民生凋敝，怨声载道，整个大环境的不断恶化使国民党的统治开始从根基上发生动摇。无论在政治、军事、经济、

---

① 曹敏华：《国统区抗战文化运动述论》，《党史研究与教学》1995 年第 5 期，第 51 页。

② 刘心皇：《现代中国文学史话》，正中书局 1979 年版，第 755—756 页。

教育、文化等各个领域，国民政府政策的失误与失败都造成了严重的后果，不管是普通民众、知识分子，还是民主党派和国民党内的有识之士，都对中国的现状非常不满。一直被严重压抑着的不满从内心的苦闷酿成了最后的爆发，大后方各地的民主运动风起云涌，而最终把抗战胜利前夕的民主文化运动推向高潮的是由文工会组织、发起的《文化界对时局进言》。

1945 年 2 月 22 日，《新华日报》刊登了由国统区 312 位进步文化人联名发表的《文化界对时局进言》（以下简称《进言》）。《进言》尖锐地抨击了政府的专制和腐败，向蒋介石政府表达了要求废除一党专政、成立联合政府的民主愿望；以严肃、峻急的口吻敦促国民政府实行民主的国策，重新组织国民议会与新政府，真正还政于民，以挽救目前的政治危机。《进言》指出了六个阻碍民主的因素：审查制度、党化教育、特务活动、反共军事、奸商贪官、破坏中苏关系的言论，并倡言"民主团结实为解决国内局势之主要前提"[1]。《进言》的发表引起了国统区舆论的强烈震动。4 月 7 日，延安文化界致函支持《进言》，并表示坚决反对国民党法西斯主义的压迫，誓作重庆文化界的后盾。

国统区文化界争取民主宪政、反对国民党独裁专政的呼声，在抗战时期从未间断过，特别是到了抗战中后期，更为激烈。《进言》发表之前，在中共中央纲领性意见的指导下，国统区就已经有中国民主同盟的时局宣言、重庆妇女界对时局的主张等许多要求民主的呼声。1945 年 1 月 18 日，周恩来和董必武联名致电负责南方局领导工作的王若飞，提出《关于大后方文化人整风问题的意见》，要求"引导文化界进步分子联合中间分子，向国民党当局作要求学术、言论、出版

---

① 《文化界发表对时局进言，要求召开临时紧急会议，商讨战时政治纲领，组织战时全国一致政府》，《新华日报》1945 年 2 月 22 日。

自由的斗争，向顽固分子作思想斗争，揭露国民党文化统治政策的罪恶，并引导其与青年接近，关心劳动人民生活，以便实际上参加和推动群众性的民主运动"①。随后王若飞即建议文工会来组织文化界的进言。他的意见实际上是在传达中共中央对于国统区文化界开展文化运动的指示。

经过郭沫若、阳翰笙、冯乃超、杜国庠的详细讨论，《进言》由郭沫若执笔完成。成稿之后，文工会所有党员干部就开始了秘密的联络、签名活动。他们分别专程去拜访在国统区文化界的友人，征求他们的意见和支持。冰心、老舍、巴金、马宗融、陈望道、周谷城、沈钧儒、邓初民、张申府、胡风、柳亚子、沙千里、夏衍、陶行知、曹禺、徐悲鸿、傅抱石等众多著名文化人、民主进步人士都签了名。在联署人中，有知名的教授、学者、诗人、小说家、剧作家，也有科学家、教育家、出版家、编辑、记者、律师，还有导演、演员、画家、音乐家，等等，囊括了科学界、文艺界等社会各方面的杰出代表和文化精英。这中间有文工会的主要成员、文艺界的秘密党员，但更多的是无党派的知识分子。这些在抗战之初没有明确的党派倾向甚至不关心政治的知识者、文化人，到此时已经有了明确的政治态度，坚定地站在人民的立场之上。这300多位知名文化人组成了一个庞大的群体，他们的呼声代表了时代的声音。

令蒋介石恼怒的不仅仅是国统区文化界的公然对抗，而是国民政府在抗战后期的混乱无序由此也可见一斑。《进言》联络的都是重庆最有影响力的"民意标志人物"，甚至其中有很多人就是政府机关的公职人员，都一直处在重庆特务的"严密"监视之下，而国民党事前竟一无所知。重庆的新闻检查官一向以严苛著称，而这篇《进言》却

①　中共中央文献编辑委员会编《周恩来选集》（上卷），人民出版社1997年版，第188页。

一字未删就在《新华日报》《新蜀报》上同时刊载出来。一旦成为既成事实，国民党就无法进行控制其影响了。当时虽然国共合作已有名无实，但是在世界反法西斯战争的背景下，民主是同盟国的普遍要求，《进言》以知识界签名方式出现，也是正当合理的。其背后是中共以在野党的地位呼吁民主，更加顺应民心。

蒋介石对于《进言》事件极为不满，责成张道藩、潘公展迅速追查签名者，以挽回影响。但是他们的威逼利诱甚至暗杀都没有使绝大多数签名者屈服。蒋介石又派第三厅厅长黄少谷去和郭沫若谈判，要求登报收回《进言》，也遭到了断然拒绝。《进言》的巨大影响以及带给国民政府的压力无法抵消，于是，国民政府把报复的矛头指向了文工会。

文工会自成立之日起，就与中共关系密切，在大后方的影响力越来越大。国民政府的种种限制都未能奏效，早已视其为异己。这次郭沫若领衔的文化界对时局问题发表宣言的大签名运动使蒋介石下决心彻底决裂，于1945年3月30日以"紧缩"为名下令裁撤文工会。第二天，重庆各大报纸都刊登了张治中部长关于裁撤"文工会"的谈话，宣布"郭沫若领导下的政治部文化工作委员会，已于昨日奉政治部长命令，予以解散"。只有《新华日报》有编者按指出，文化工作委员会成员"都是文化界知名人士，几年以来，该会在郭先生领导之下，对于抗战文化，贡献宏伟，驰誉友邦朝野，这次突被解散，闻者颇感惊异"①。

"机构重复""裁汰冗员"都是冠冕堂皇的借口，其实，郭沫若、阳翰笙等文工会的主要领导者在两三年前就有了这样的思想准备。在处理文工会的善后事宜时，张治中表示可以给文工会全体人员安排工作，但是所有人还是要求"资遣"②。文工会虽被解散，但是它在国统

---

① 《文化工作委员会昨日奉令解散》，《新华日报》1945年3月31日。
② 阳翰笙：《阳翰笙日记选》，四川文艺出版社1985年版，第366页。

区的影响已经深入整个文化思想领域，为中共争取到了从普通民众、知识分子到民主党派、国际友人社会各界的普遍同情和支持。1945 年 4 月 1 日，文工会举行了盛大的聚餐会，一方面告别文工会，另一方面是纪念第三厅成立七周年。重庆新闻界、文化界、民主党派和国际友人百余人受邀与会。郭沫若在签名纸上题词：

> 始于今日，终于今日；
> 花瓶摔掉，还我面目。[①]

这简单的 16 个字，包含着郭沫若当时的万千感慨。正如阳翰笙在日记中感叹的那样："计算起来，从一九三八年四月一日起到一九四五年（今年）三月三十日止，我参加政治部工作整整的有七年。（这期间两年半在三厅，四年半在文工会。）这七年的时光，如果以一个人的最高年龄——所谓古稀之年来说，已经耗去了我十分之一的时间。这不能不说是一个较悠长的岁月！"[②] 作为两个机构的领导人，郭沫若、阳翰笙自然地把文工会与第三厅联系在一起。对于他们这些与第三厅、文工会相始终的文化人，这七年中的每一幕悲喜剧都记录了他们生命的痕迹。在聚餐后的晚会上，很多来宾给了他们精神的安慰和高度的评价。正如沈钧儒所说的："文工会的被解散，只能认为是政治上的变动。机关可以解散，但文化工作者的精神，是无论如何不能被解散的！"又如翦伯赞所说，机关虽被解散，到马路上也可以团结起来，"终于今日"恰恰是"文化工作者从事新民主主义文化工作的开始"。会上的发言都是激扬振奋，充满了战斗精神。

4 月 8 日，沈钧儒率领重庆各民主党派、人民团体、文化界人士宴请文工会的全体同人。阳翰笙在日记中记录了左舜生、侯外庐、陶

---

① 《文工会昨日举行聚餐会》，《新华日报》1945 年 4 月 2 日。
② 阳翰笙：《阳翰笙日记选》，四川文艺出版社 1985 年版，第 387 页。

行知、王若飞、邓初民、史东山、柳亚子、马寅初、翦伯赞和郭沫若的发言。翦伯赞认为"文工会的解散，是表示最后扫荡了自由主义的文化。这是中国文化的灾难，是对中华民族灵魂的侮辱！"[①] 虽然后来的历史证实了储安平等为数不多的自由主义知识分子所断言的"共产党本身固不是一个能够承认人民有思想言论自由的政党"[②]，但是在抗战后期，中共对民主自由的呼吁还是代表了绝大多数中国人的愿望，在当时是进步和顺应民心的。

文工会的解散，终结了一个时代。第三厅、文工会与中国的抗日战争相始终，以文化界的运动见证了中国赢得民族独立的胜利过程。更重要的是，第三厅和文工会充分发挥了抗战文艺的作用：首先，把大批爱国的文艺工作者集合起来，为抗战服务；其次，以普及性的文化宣传把文明进步的观念灌输到了民间，大大推进了中国的现代化进程；再次，从文化界为中共在国统区的活动打开局面，是中共在国统区传播思想、争取地位的重要方式；最后，使政治成为中国人生活的主题，不仅在当时起到了积极的作用，重要的是对近半个世纪中的中国社会也产生了深刻的影响。

二 《敬告国人书》与民主的方向

为抵制《进言》的影响，国民党积极活动，试图挽回局面。张道藩、潘公展等主管文化的官员奉蒋介石的命令去劝说徐悲鸿、陶行知、柳亚子等人，对很多《进言》的签名者威逼利诱，强迫他们登报否认签名。但是除了华林、汤灏、卢于道、朱鹤年等少数几人屈服于国民党当局登报声明或"由人冒名，实出于强迫"或"并未参加"之外，其他签名者都坚决予以拒绝。第三厅厅长黄少谷还奉蒋介石之命要求郭沫若登报收回《进言》，也被断然拒绝。3月5日凌晨，浙大教

---

① 阳翰笙：《阳翰笙日记选》，四川文艺出版社1985年版，第369页。
② 储安平：《共产党与民主自由》，《客观》第4期（1945年12月1日），第2页。

授费巩在重庆千厮门码头被国民党特务秘密绑架，后被杀害。他的突然"失踪"是在《进言》发表之后不到两周的时候，当与他在《进言》上签名有关。费巩性格耿直刚正，不做国民党的官，不加入国民党，以文人论政，抨击国民党的贪污腐败，反对一党专政，支持共产党的民主宪政主张。因此，被国民党视为眼中钉，借《进言》事件绑架、后来杀害了他。费巩失踪、遇害的消息震动了整个大西南，更加暴露了国民党专制独裁的真相。

国民党为以牙还牙，又模仿《进言》的形式发表了另一个《宣言》，即1945年4月15日重庆《中央日报》刊登的《为争胜利敬告国人——教育界文化界联合声明》。这份《敬告国人书》由750位大学校长、教授、文化界人士联署签名，呼吁一切政党拥护中央，强调"胜利第一是一切言论行动准绳""抗战大业，我们应有公道的评价""国民政府是全国人民意志结晶""假使有人不计国家存亡，只关党派私利，自贬国家地位，甘为仇者所快，那么我们全国人民应当认清是非，一致唾弃"云云。这篇《敬告国人书》官腔十足，远没有《进言》的汪洋恣肆、正义凛然。签名者除张道藩、王平陵、华林、梁实秋、朱光潜、蒋碧薇等30余知名人士之外，其余七百多人都是不知名或是改头换面者。虽然《敬告国人书》的联署人数是《进言》的两倍多，阵容更加壮观，但其实是把正在重庆参加全国校长、教授会的代表都强列在内，如梅贻琦、竺可桢、林风眠、潘序伦等，而根本没有征得本人的同意。这种拙劣的手法更加印证了国民党已经大势已去，再也无法挽回局面。

民主是抗战胜利前后全国民众最大的呼声。《进言》的发表，标志着国统区抗日文化运动向追求民主自由的政治文化运动的转变，中共废除一党专政、建立联合政府的政治主张在国统区得到了广泛的响应和支持，与社会各界的民主洪流汇合在一起，形成了一股强大的思想力量。在《进言》前后，社会各界的民主要求风起云涌，掀起了国统区积极"发言"的高潮：1944 年 5 月 3 日，张申府、孙伏园、曹禺、潘孑农、马彦祥等 50 余知名文化人集会，要求言论出版自由，取消审查制度。9 月 4 日，工商、文化教育界人士黄炎培、褚辅成、王云五、章乃器、胡西园、卢作孚等 30 人在《国讯》和《宪政月刊》上发表《民主与胜利献言》，要求国民党真正实行民主，"与民更始"，"一新政象"。1945 年 5 月 4 日，"纪念文协七周年暨首届文艺节"大会召开，通过了要求保障人权、保障作家身体自由、写作自由的议案，并函请国民参政会要求政府切实予以保障。

国统区文化界最为关注的问题是书报杂志和戏剧的审查制度，开展了一系列的斗争。在 1944 年 10 月 5 日张道藩、潘公展召开的"中国著作人协会"成立大会上，洪深对国民党的图书戏剧审查制度提出了尖锐的批评，要求取消审查制度，当时被会议主持者拒绝，夏衍、洪深等左翼作家立刻退场以示抗议。1945 年 8 月 7 日，黄炎培的《延安归来》一书由重庆国讯书店抗检出版，于是重庆开始了轰轰烈烈的"拒检运动"。8 月 17 日，重庆有 16 家大型杂志联合发表了"拒检声明"，很快又有 33 家杂志签名响应"拒检"。一时间重庆各大报刊都加入要求取消图书杂志审查制度的队伍，影响波及全国，终于迫使国民党当局宣布，从 10 月 1 日起，取消对新闻和图书杂志的检查。文化界争取民主、反对专制的文化运动终于取得了重大的胜利。此后，国统区的文化运动汇入了政治民主运动的潮流，成为中国社会转型与进步的重要推动力量。

结　　语

　　诚如克罗齐所言，"一切历史都是当代史"，中国的抗战文学史也时时需要"当代化"的转化。可以这样理解，从抗战胜利之初到新中国成立之后的 20 年内所建立的抗战文学研究格局和阐释方法，体现了当时的时代对于文学的要求。作为阐释新政权政治合法性的重要部分，抗战文学的研究风貌是按照政治意识形态的要求确定的。到新时期之后的 20 年，抗战文学经历了研究的高潮和回落，但是抗战文学研究繁荣发展的表象并不能掩盖学界依然没能破除思想禁锢的事实，虽然学术成果已经非常丰富，但是还有很多研究上的盲点没有呈现出来。随着档案资料的开放、两岸接触和交流的增加和中国近现代史研究的突破，为抗战文学研究提供了一个前所未有的自由开放的思想背景与发展空间。以全面客观的态度审视抗战文学，拓宽和深化抗战文学的研究领域，把以往文学史叙述和研究中所压制、忽略的非主流部分呈现出来，成为学界研究的重要生长点。

　　第三厅和文工会对于国统区抗战文艺确确实实发挥了重要的作用，一方面把国民党官方和共产党以及民间对于文艺的政策、要求、观点都集合在了一起，体现了多重政治力量对抗战文艺的促进与规约作用；另一方面则把左翼文化人的政治、文化选择的影响力扩展到了整个国统区乃至全国，集合成了一股强大的民主力量。

　　抗战前期，严峻的民族战争和政治局势使作家主动向政治趋附、文学为战争服务成为一种普遍而自觉的行为，国家内部的政治党派矛盾也暂时得到了遮盖和缓解。第三厅顺应了抗战初起时乐观昂扬的社会氛围，汇集了全国各地的文化人士，不仅使全国文艺界为抗战暂时弥合了裂痕，形成了团结的局面，更重要的是为国统区抗战文艺的发展取得了政府乃至普通民众的大力支持。第三厅的各种抗战文化宣传活动，为各种文艺形式提供了用武之地，促进了民间文艺形式的改造。抗战文学也处于短暂的自由状态，虽然多为题材狭窄的"急就章"，艺术价值也不高，但在数量上却很丰富，集中体现了当时的时代氛围和国人普遍的愤怒与热情。

　　到文工会成立之后，大后方给予抗战文艺的宽容越来越少，在战争形势、国际局势和国共关系的复杂影响下，国统区抗战文艺的生存空间受到了不断的挤压，呈现出萎缩的趋势。文工会作为文化学术研究机构，不再具有第三厅的行政权力，对于国民政府的态度也逐渐由合作转向了对抗。在国共两党争夺文艺领导权的过程中，国统区的文艺论争、戏剧运动都体现出了浓厚的政治意味。国民党在积极的方面缺乏建树，就在消极禁止的方面大做文章，但此举恰恰造成了政府的孤立和反动，最终丧失了对于抗战文艺的领导权。

　　历史的发展从来都不是单向度的线性发展，国统区抗战文艺的发展史也是在各种因素错综复杂的影响之下所形成的。从第三厅与文工会看国统区抗战文艺，只不过是进行考察的角度之一。将国民政府官方的作用客观公允地引入国统区抗战文艺研究，打破原来站在或国或共的立场之上的一家之言，对抗战文艺历史材料进行重新梳理和整合，以期在不同的历史语境和历史表述中实现今天的研究者与研究对象的对话。这是本书所预期的一个尝试，还需要进一步的拓展和深化，有待继续努力。

附录

第三厅、文工会与抗战文艺大事年表

一九三七年

七月

7日　"卢沟桥事变"爆发，抗日战争揭开序幕。

8日　中国共产党中央委员会通电全国，号召全民族抗战，呼吁"国共两党密切合作抵抗日寇的新进攻"。中国工农红军将领联名致电蒋介石，请缨杀敌，为国效命。

14日至20日　蒋介石在庐山召开第二次全国各方面人士谈话会，听取对国事的意见。文化界著名人士张志让、王云五、杜重远、朱经农、吴贻芳、蒋梦麟、张君劢等人发言，表示在民族危难之际，民族存亡高于一切，全国应服从政府，一致抗日；要求南京国民政府切实准备抗战，公布宪法，实行宪政，给人民言论自由等。

15日　上海剧作者协会扩大改组为中国剧作者协会，成立大会上通过集体创作《保卫卢沟桥》的议案。崔嵬、张季纯、马彦祥、阿英、于伶、宋之的、姚时晓、舒非等 17 人参加写作，夏衍、张庚、郑伯奇等 4 人整理，冼星海、周巍峙等 6 人作曲，20 日即脱稿。

17 日　蒋介石发表题为《对于卢沟桥事件之严正表示》的庐山讲话，声称"万一到了无可避免的最后关头，我们当然只有牺牲，只有抗战"。

18 日　鲁迅纪念委员会成立大会在上海华安大厦举行，郑振铎为主席，40 余人出席。大会推举宋庆龄、蔡元培、沈钧儒、马相伯为委员会委员。

25 日　郭沫若从日本起程回国，27 日下午抵达上海。郁达夫专程从福州赶来迎接，国民党行政院政务处处长何廉也从南京赶来迎接。郭沫若在途中做七绝一首，即《归国杂吟》之三："此来拼得全家哭，今往还得遍地哀。四十六年余一死，鸿毛泰岱早安排。"

28 日　上海市文化界救亡协会成立，选举蔡元培、潘公展、陶百川、舒新城、胡愈之、萨空了、王芸生、应云卫、郑振铎、茅盾、张志让、王云五、宋之的、赵朴初、张天翼、巴金、黎烈文、曾虚白、欧阳予倩、宋庆龄、何香凝、蔡楚生、胡子婴、钱亦石等 83 人为理事，钱俊瑞、周寒梅、胡愈之、顾执中为常务理事，钱俊瑞任组织部长，胡愈之任宣传部长。该会有上海戏剧界救亡协会、上海战时文艺协会、上海漫画界救亡协会等团体会员 73 个，个人会员 251 人。

31 日　国民政府取消对郭沫若的通缉令。

八月

7 日　中国剧作者协会集体创作的剧本《保卫卢沟桥》在上海首次公演。

13 日　日军进攻上海，遭到上海守军的抵抗，国民政府随即发表《自卫抗战声明书》。

17 日　上海话剧界救亡协会成立，组织了 13 个救亡演剧队，在上海和各地宣传抗日救亡运动。

19日　邹韬奋主编的《抗战》三日刊在上海创刊。

24日　《救亡日报》在上海创刊，郭沫若任社长并题写刊头，夏衍主笔，阿英主编。系上海市文化界救亡协会的机关报。在上海出至10月22日停刊，1938年1月1日在广州复刊，随广州沦陷停刊。1939年10月10日在桂林复刊，1941年3月1日被国民政府查封。

上海各界组织的战时设计委员会成立，沈钧儒任主任委员，郭沫若任副主任委员。

郭沫若应张发奎将军之邀，赴浦东前线视察，并替他组织战地服务团，钱亦石任团长，30多名作家、音乐家、戏剧家、美术家参加，有杜国庠、何家槐、石凌鹤、麦新、林默然、王亚平、柳倩等。

本月　上海漫画界救亡协会成立，出版了由丁聪、华君武、叶浅予、张乐平等编辑的《救亡漫画》，还组织了抗日漫画宣传队，叶浅予、张乐平任正副队长，队员7人。

九月

月初　郭沫若与四川旅沪同乡会救护队、文艺界战地服务团赴宝山罗店前线劳军。

3日　孩子剧团在上海成立。吴新稼任干事长，全团共22人，最大的19岁，最小的9岁。志愿以演戏、唱歌等方式"为国家服务，为民族尽力"。

7日　郭沫若应江防总司令陈诚之邀，赴昆山前线视察，并替他组织战地服务团，袁文彬任团长。

10日　国民政府通电全国，誓死抗战。

11日　郭沫若在国际电台演讲，题为《抗战与觉悟》。

19日　郭沫若接到陈诚转来的蒋介石电，命往南京觐见。

22日　天津沦陷。国民党中央社播发中国共产党提出的关于国共合作的宣言，即《中国共产党为公布国共合作宣言》。

23日　蒋介石发表《对中国共产党宣言的谈话》，承认中国共产党的合法地位，这标志着抗日民族统一战线的最终形成。

24日　傍晚，蒋介石接见郭沫若。蒋希望他"留在南京"，"多多做些文章"，并要给他一个"相当职务"。郭沫若表示："文章我一定做，但名义我不敢接受"。

25日　平型关大捷，八路军歼灭日本精锐部队坂垣旅团，取得抗战以来的第一个胜利。

本月　怒吼剧社在重庆成立。发起人有陈叔亮、余克稷、梁少侯等，共50余人。其成员部分是北京、天津流亡重庆的剧人，部分是重庆电力公司、成渝铁路局的业余戏剧爱好者。第一次公演的剧目是《保卫卢沟桥》。

郭沫若、田汉在上海发起由文艺界救亡协会举办俘获文件物品展览会。

十月

3日　郭沫若、田汉、欧阳予倩、曾焕堂、尤竞、周信芳、高百岁、金素琴等商讨旧剧如何适应抗战形势问题。郭沫若、欧阳予倩等主张采用历史上民族御敌的故事编成新评剧来鼓舞人民的抗日斗志，周信芳畅谈多年以来改良旧剧的愿望。

6日　上海战时文艺协会成立，由上海文化界救亡协会文艺组的报告文学协会、诗人协会、文艺界战时服务团合并而成，开始筹备鲁迅逝世一周年纪念。

13日　上海国民救亡协会宣传团离沪赴浙、赣、粤、桂、湘、鄂，用救亡歌声进行抗战宣传。

16日　《七月》创刊，胡风编辑。

18日　女青年会举行由上海战时文艺协会主办的鲁迅先生逝世周

年纪念会，出席并讲话的有郭沫若、郑振铎、冯雪峰、田汉、许广平。

上海《救亡日报》刊载上海市文化界救亡协会《鲁迅逝世周年纪念宣传大纲》，强调"鲁迅的'韧战'精神，正是保障抗战的最后胜利的唯一条件"。

19日　鲁迅先生逝世周年纪念会在浦东大厦举行，由上海文化界救亡协会与上海战时文艺家协会会员郭沫若、王统照、汪馥泉、巴金、包天笑等联合发起，到会百余人。主席团由沈钧儒、郭沫若、胡愈之、郑振铎、汪馥泉、巴金、陈望道7人组成。会上决定成立上海文艺界救亡协会，郭沫若、王统照、郑振铎、汪馥泉、陈望道、巴金、欧阳予倩、田汉、傅东华、戴平万、谢六逸11人被推为临时执行委员。

上海《救亡日报》出"鲁迅先生逝世周年纪念特辑"。

23日　上海文艺界救亡协会成立，举行临时执委会，郑振铎任主席。议决：一、巴金起草致前方将士的慰问书；二、田汉起草请各国文艺作家援助中国抗战书；三、傅东华起草协会成立宣言；四、谢六逸起草协会章程；五、郑振铎以"鲁迅周年忌座谈会出席者"署名，致函商务印书馆，请从速印行《鲁迅全集》。

当晚，郭沫若赴沪郊前线访问叶伯芹军长。自此至29日，郭沫若"几乎每天都在前线上驱驰"，"会见了不少的指挥作战的高级军事人员"。

31日　上海《救亡日报》出版《八百壮士专页》（一），并连续出版（二）、（三），刊登诗歌、鼓词等作品歌颂坚守四行仓库的八百壮士。

本月　南方八省的红军游击队改编为国民革命军新编第四军，开赴华中抗日前线。叶挺任军长。

延安成立以丁玲为团长的西北战地服务团，赴山西、陕西进行抗日宣传。

十一月

1 日　《中苏文化》在重庆出抗战特刊。

《时调》诗歌半月刊在武汉创刊，穆木天、蒋锡金主编。1938 年 3 月 1 日终刊。

3 日　上海文艺界在新雅酒楼举行座谈会，召开文艺界救亡协会成立大会，并通过了组织纲领，发表了成立宣言。而郭沫若、田汉、王统照、巴金、郑振铎等 11 位临时执行委员于 6 日在《大公报》发表声明"对于三日在新雅成立之文艺界救亡协会并未预闻"。

20 日　国民政府发表《迁都宣言》，宣布迁都重庆。

22 日　上海《救亡日报》被迫停刊，共出版八十五号。

27 日　郭沫若乘法国邮船秘密离开上海，赴香港。

本月　《抗战戏剧》在武汉创刊，田汉、马彦祥任主编。

十二月

11 日　《群众》周刊在汉口创刊，是中共中央在国统区公开出版的机关刊物。

13 日　国民政府机关由南京迁到武汉。

12 月中下旬之交　周恩来从延安飞抵武汉。

25 日　全国话剧界在汉口大光明戏院联合公演《最后的胜利》，为东北义勇军募捐。参加演出的有军委会政训处抗敌剧团、国立戏剧学校同学会、首都抗敌剧团、怒吼剧社、广西国防艺术社、山东省立剧院、拓荒剧团、上海话剧界救亡协会、上海救亡演剧二队、上海业余剧人协会、中国旅行剧团、平津学生救亡宣传部等。

31 日　中华全国戏剧界抗敌协会在武汉大光明戏院召开成立大会，共四百余人参加。大会推举了 97 名理事，张道藩、洪深、王平陵、田汉、阳翰笙等 25 人被选为常务理事，确定每年 10 月 10 日为中华戏剧节。

本月　郭沫若在广州救亡呼声社演讲，题为《我们有战胜日本的把握》。

郭沫若为恢复《救亡日报》奔走筹款，得到余汉谋的支持，每月捐助毫洋 1000 元。

陕甘宁边区文化界救亡协会在延安成立，由成仿吾、周扬等负责。

一九三八年

一月

1 日　郭沫若接武汉陈诚来电："有要事奉商，望即命驾。"

《救亡日报》在广州复刊，刊登郭沫若的复刊词《再建我们的文化堡垒》。

通俗文艺刊物《抗到底》半月刊在武汉创刊，老向编辑。从第 10 期起，改由何容编辑。从第 15 期起，迁到重庆出版。1939 年 12 月 20 日出至第 26 期停刊。

2 日　郭沫若、祝秀侠、林林、林焕平、蒲风、杨邨人等 50 余人在广州太平支馆举行新年文艺座谈会，中心议题是文化界统一问题与一年来文艺运动的检讨。

6 日　郭沫若由广州启程赴武汉，9 日晚抵达汉口。

10 日　郭沫若与叶挺一同拜访黄琪翔，获悉陈诚欲委任郭沫若为政治部第三厅厅长，负责宣传工作。晚，与周恩来、邓颖超、王明、博古、林伯渠、董必武等人相见。郭沫若表示不愿意接受第三厅厅长职，理由有三点：一则"自己耳朵聋，不适宜于做这样的工作"；二则觉得"在国民党支配下做宣传工作，只能是替反动派卖膏药，帮助欺骗";三则认为自己如能"处在自由的地位说话,比加入了不能自主的政府机构,应该更有效力一点",而且"一做了官,青年们是不会谅解"的。郭沫若因此受到了王明的批评:"我们不是想官做,而是要抢工作做。我们要争取工作。争取到反动阵营里去工作。"周恩来则晓之以第三厅工作的重要性,并说"有你做第三厅厅长,我才可考虑接受他们的副部长,不然那是毫无意义的"。

上旬　孩子剧团从上海辗转来到武汉。

11 日　《新华日报》在汉口创刊,是中国共产党在国统区公开出版的唯一报纸。10 月 15 日从武汉迁往重庆,1947 年 2 月 28 日被国民政府强迫停刊,共出 3231 号。

15 日　《新民报》在重庆复刊。

中旬　郭沫若在武昌"广西学生军营"演讲,题为《日寇之史的清算》。

17 日　中华全国歌咏协会在武汉成立,是音乐界的抗日民族统一战线组织。

21 日　汉口文艺工作者在普海春举行茶会,阳翰笙、罗刚等提议成立全国电影界人士的组织,推选张道藩、陈立夫、罗刚、万籁鸣、田汉、洪深、安娥、史东山、郑用之、王平陵、郑君里、应云卫、叶浅予、尹伯休、阳翰笙、王瑞麟、刘念渠、马彦祥、金山等 43 人为筹备委员。

23 日　蒋介石主持刘湘将军大殓,周恩来、郭沫若等参加。

下午,汉口举行国际反侵略运动大会中国分会成立大会,宋庆龄、蔡元培、毛泽东、冯玉祥、王明等 72 人当选为名誉主席,邵力子、周恩来、董必武、陶行知、郭沫若、邓颖超等 139 人被推选为该会理事。

24 日~26 日　《新华日报》连续三天为孩子剧团出版专刊,以《大时代的孩子们》为刊头语。

28日 《长沙日报》在长沙出版，田汉主编，与《救亡日报》是姊妹报。

29日 中华全国电影界抗敌协会在武汉成立，选出张道藩、方治、罗刚、史东山、温涛、应云卫、田汉、费穆、蔡楚生、袁牧之、陈波儿、张石川、周剑云等72人为理事。《新华日报》出版成立大会特刊。

钱亦石病逝。

本月 蒋介石、陈诚再三邀请周恩来出任政治部副部长。

陈诚三次拜访郭沫若，谈第三厅厅长任职问题。郭沫若曾代其草拟了《政工人员信条》，后经蒋介石批准，作为一般政工人员的守则。郭沫若向陈诚提出由潘汉年任第三厅副厅长，陈诚则坚持安插复兴社骨干刘健群，双方争执不下，以致第三厅虚悬。

二月

1日 郭沫若应陈诚之邀，与阳翰笙参加政治部第一次部务会议，出席的还有黄琪翔、张厉生、赵志尧、贺衷寒、康泽、刘健群等人，但未通知周恩来。会上提出"一个主义、一个政府、一个领袖"的宣传大纲。郭沫若则声明"自己还没有充当第三厅厅长的资格"，只以朋友的身份指出宣传工作所需要的专门人才，"要拿着'一个主义'的尺度来衡量"是难于搜罗的，因此希望"改变一下门禁的森严"。陈诚表示可以商量。当晚，郭沫若即启程赴长沙以躲避第三厅厅长职，此行得到周恩来的同意。

6日 国民政府军事委员会政治部成立，陈诚任部长，周恩来、黄琪翔任副部长。

9日 武汉八路军办事处举行招待会，欢迎孩子剧团。周恩来、叶剑英、博古、郭沫若、潘汉年、邓颖超、叶挺等参加欢迎会。周恩来讲话，鼓励孩子们要有"救国、革命、创造"的精神。后经周恩来、郭沫若交涉，将孩子剧团纳入第三厅的编制。

12 日　全国戏剧界抗敌协会在维多利亚纪念堂公演《血洒晴空》《最后一计》《杀敌报国》和《为自由和平而战》，后者最受欢迎。

13 日　反侵略宣传周文化日。长沙文化界在青年会为郭沫若举行欢迎会，田汉、孙伏园、徐特立、薛暮桥、翦伯赞等发言。

14 日　周恩来会见军事委员会副委员长冯玉祥，商量筹建"文协"事，建议由老舍出面主持文协工作。

15 日　郭沫若赴长沙文抗会演讲，题为《对于文化人的希望》。

17 日　周恩来写信给郭沫若：自己已原则上决定做国民政府军事委员会政治部副部长，"惟须将政治工作纲领起草好之后，始能就职，否则统一思想、言论、行动诸多解释，殊为不便"。要求郭沫若对三厅问题亦应"采此立场"，并嘱说服田汉、胡愈之来武汉工作。此后，周恩来多次与陈诚谈话，为郭沫若回武汉工作排除困难。

26 日　于立群到长沙，带周恩来 24 日信催郭沫若速回武汉就任，说陈诚已有明确表示，一切事情都可以商量，刘健群因"桃色事件"去了重庆，第三厅副厅长的人选问题出现转机。嘱"速将宣传纲领起草好，以便依此作第三厅工作方针"。

本月　中华全国戏剧界抗敌协会会刊《戏剧新闻》月刊在汉口创刊，吴漱予等编辑。

三月

1 日　郭沫若与田汉、张曙、于立群抵达武汉。

当晚陈诚来访，郭沫若提出三项条件："一、工作计划由我们提出，在抗战第一的原则下，应该不受限制；二、人事问题应有相对的自由；三、事业费要确定，预算由我们提出。"陈诚件件依从。郭沫若答应开始筹备第三厅。（见《洪波曲》第 40 页）

15 日　《弹花》在武汉创刊，赵清阁主编。出一卷六期后迁渝出版。1941年8月出至第三卷第八期停刊。

20日 《战地》在武汉创刊，以西北战地服务团的名义创办，由舒群主持编务。1938年6月5日停刊，共出6期。

25日 汉口市剧业剧人劳军公演团为筹款救济难童举行公演，17家剧院参加，动员人数超过3000，募得8000元。《新华日报》在26日出版特刊。

27日 "中华全国文艺界抗敌协会"在汉口总商会大礼堂举行成立大会，标志着文艺界抗日民族统一战线的最后形成。到会五百余人，大会推举蔡元培、周恩来、罗曼·罗兰、史沫莱特等13人为名誉主席团；邵力子、老舍、冯玉祥、郭沫若、陈铭枢、田汉、张道藩、胡风等十余人为主席团；王平陵、冯乃超等8人组成大会秘书处。大会投票选出理事45人，候补理事15人。

《新华日报》发表社论，并出版《中华全国文艺界抗敌协会成立大会特刊》。

3月下旬 郭沫若与陈诚以两人的名义，邀请日本反战作家鹿地亘夫妇，聘为政治部设计委员会委员，实际上作为第三厅第七处的顾问。

28日 周恩来、郭沫若第一次出席政治部部务汇报会，各厅长汇报工作，郭沫若报告说第三厅正在加紧筹备中，定于4月1日成立。

29日至4月1日 国民党临时全国代表大会在武汉开幕，选举蒋介石为总裁，通过了《中国国民党抗战建国纲领》，通过建立三民主义青年团和设立国民参政会，并增设中央调查统计局（即特务组织"中统"）。

31日 田汉、张志让以政治部第三厅的名义为扩大宣传周举行招待会，党政军代表、各团体代表150余人到会。推定党政军以及全国文艺界、电影界、戏剧界、歌咏界各抗敌协会、国民外交协会、国际反侵略中国分会、中国青年救国团、中国妇女慰劳总会等30余个团体为筹备会委员。宣传周原定4月4日开始，后延迟到4月7日。

《抗战电影》在武汉创刊，唐纳主编。

3月底　郭沫若经过与陈诚交涉，由政治部收编孩子剧团，作为一个宣传单位隶属三厅。

本月　中国青年记者学会在武汉成立，于右任、邵力子、郭沫若、沈钧儒等出席成立大会。

四月

1日　国民党军事委员会政治部第三厅在武汉正式成立，郭沫若任厅长，阳翰笙为主任秘书，傅抱石为秘书。三厅下设第五、六、七三个处：第五处掌管动员工作，处长为胡愈之；第六处掌管艺术宣传，处长为田汉；第七处掌管对敌宣传，处长为范康寿。第三厅延揽了众多知名文化人，被誉为"名流内阁"。

《自由中国》在武汉创刊，臧云远、孙陵主编。出第一卷第三期后停刊。1940年11月1日在桂林重新出版，孙陵主编，1942年5月1日出至第二卷第一、二期合刊后终刊。

2日　文协等11个团体举行欢迎日本反战作家鹿地亘和池田幸子的茶会，孙师毅为主席，郭沫若、沈钧儒、陈铭枢、田汉、邓颖超、郁达夫等二百余人到会。

3日　以政治部名义举行的招待会在天星饭店召开，陈诚、郭沫若与文化界人士商讨举办"扩大宣传周"的事宜，要尽快"把恢复政治部的意义宣传出去"。

4日　文协在冯玉祥公馆举行第一次理事会，推选老舍、胡风、郁达夫、楼适夷、王平陵、胡秋原等15人为常务理事。老舍、华林为总务组正副组长，王平陵、楼适夷为组织组正副组长，郁达夫、胡风为研究组正副组长，姚蓬子、老向为出版组正副组长。老舍是文协的实际负责人。

周恩来主持政治部部务汇报会，郭沫若及第三厅各处负责人汇报第二期抗战扩大宣传周的准备工作,做了妥善安排。

7日 武汉各界抗敌扩大宣传周开幕,周恩来、郭沫若等出席开幕典礼。当日为文字宣传日。而老向著的大鼓词《抗战将军李宗仁》因宣传"个人将领"遭到陈诚抗议,不准散发。

当晚,三厅组织了10万人的庆祝胜利大会,会后武汉三镇5万余人为庆祝台儿庄大捷举行了"歌咏、美术、火炬、水陆大游行"。

《新华日报》出版《武汉各界第二期抗战扩大宣传周特刊》。

8日 "抗战扩大宣传周"的口头宣传日。三厅发动中国青年救亡协会、青年救国团、中国工人抗敌总会、蚁社、儿童救国团等在武汉的民众团体到街头宣传。

9日 "抗战扩大宣传周"的歌咏日。在中山公园的体育广场举行广场歌咏会,继之以歌咏游行。

10日 "抗战扩大宣传周"的美术日。当晚在黄鹤楼展出数百幅抗日宣传画,继而还有画灯火炬游行和水上火炬歌咏游行。

11日 "抗战扩大宣传周"的戏剧日。在武汉十二家剧院日夜二至三场上演话剧和各种戏曲,免收门票,还特别招待伤兵和收容所的难民。还有孩子剧团、上海救亡演剧二队、中国旅行团、怒吼剧社、工人抗敌总会演剧队等30多个话剧团和戏剧宣传队深入群众演出。

周恩来主持政治部部务汇报会,郭沫若报告滞留武汉的各地青年宣传队生活困难,拟请酌予救济并分派工作,决议由第二厅、第三厅会同办理。

12日 "抗战扩大宣传周"的电影日。武汉的五家电影院全部上演抗战电影,另组织流动放映队为群众放映抗战电影。

政治部部务会议上,秘书长张厉生提出要组织审查委员会,以保证本部各单位所有对外文件内容一致。由部长从设计委员会中指定委员若干人组织审查委员会,所有本部一切对外文件须经审查核准后始得印发。郭沫若认为张厉生、柳克述、何联奎、谢然之四人此用意不外乎绞杀三厅，因此提出强烈反对。

当晚，郭沫若接到陈诚急信，说据情报，明日扩大宣传周大游行将有奸人捣乱，因特派康泽协助保卫。

13 日 "抗战扩大宣传周"的武汉三镇大游行日。三厅在北郊外的大会场组织的 60 万人大游行，由于空袭警报，大游行取消，但仍有一些队伍各自举行了游行。

16 日 《文艺阵地》在广州创刊，茅盾主编。

17 日 汉口文艺界在德明饭店招待英国诗人奥登和小说家伊粟伍特。奥登即席创作十四行诗《中国士兵》，田汉以一首旧体诗和之。

18 日 陈诚、郭沫若等在武昌举行驻汉各外报记者招待会。

4 下旬 郭沫若、夏衍等人开始考虑将各演剧队改组直属第三厅。

本月 鲁迅艺术学院在延安成立，后改名为鲁迅艺术文学院。

张申府、王芸生等人成立战时文化社。

五月

3 日 "雪耻与兵役扩大宣传周"开幕式，周恩来、黄琪翔、郭沫若等出席。

4 日 五四运动十九周年纪念大会，周恩来、郭沫若出席。当晚，郭沫若作广播演讲，谈五四运动与兵役问题。

中华全国文艺界抗敌协会会刊《抗战文艺》在汉口创刊，为三日刊，蒋锡金主编。编委会由王平陵、田汉、安娥、朱自清、朱光潜、成仿吾、老向、老舍、吴组湘、郁达夫、胡风、茅盾、夏衍、冯乃超等 33 人组成。

5 日 武汉文化界抗敌协会通电全国，谴责周作人参加日寇在北平召开的所谓"更生中国文化建设座谈会"，并将他驱逐出文化界。

8 日 郭沫若应王铭章师长追悼会筹备处之邀，作广播演讲，题目是《把有限的个体生命融化进无限的民族生命里去》。

5月中旬　郭沫若读中央社通信稿，见国民党恢复三十余人党籍的最高决议，名单内有他的名字，非常吃惊，意识到国民党此举目的在于"溶共"。中共代表团驻武汉办事处立即提出抗议，国民党随即将这一决议撤销。

14日　《新华日报》发表社论《查禁书报问题》，指出兰州、郑州、开封、长沙、衡阳、贵阳、武汉等地出现的查禁抗日书报、封锁书店的现象。

15日　中华全国戏剧界抗敌协会会刊《戏剧新闻》创刊，吴漱予主编。

19日　深夜，中国空军一队驾机前往日本长崎一带散发第三厅印制的传单。

22日　《新华日报》发表社论《抗战期中言论与出版的自由》，要求抗战言论的完全自由，停止查禁书报的混乱状态。

24日　武汉音乐界为9日在上海逝世的音乐家黄自举行追悼会，田汉、黄炎培、张曙、冼星海等三百余人参加。

25日　中共中央及八路军驻汉代表周恩来、王明、博古、吴玉章为欢迎世界学联代表团举行茶会，郭沫若、李公朴、沈钧儒、黄炎培、邹韬奋、郁达夫、张申府、罗果夫、鹿地亘、史沫莱特等四百余人出席。

26日　政治部第三厅主持全国文艺界欢迎世界学联代表团大会，郭沫若致辞，柯乐曼致答词。

本月　教育部巡回教育演剧队成立。

六月

2日　郭沫若、沈钧儒、胡愈之在天星饭店邀请文化界名流，商谈征求《鲁迅全集》纪念本订户事宜，到会者有吴玉章、黄琪翔、邵力子、罗曼诺夫、鹿地亘等四十余人。

6日 中华全国美术界抗敌协会成立大会举行，蔡元培、冯玉祥、何香凝、郭沫若等被推举为该会名誉理事。

6月上旬 郭沫若草拟《为禁烟纪念告人民书》。此文与胡愈之、陈布雷所拟的文稿合并，经蒋介石修改发表。

12日 中华全国木刻界抗敌协会在培心小学召开成立大会，推举蔡元培、冯玉祥、田汉、胡风等为名誉理事，马达、力群、卢鸿基、铸夫等28人为理事，会员有101人。

14日 战时摄影服务团在武昌、汉口分别举行摄影展览，反响强烈。

6月中旬 "七七"周年纪念活动确定由第三厅负责筹备，郭沫若负责草拟计划，受到蒋介石召见，特拨款1.5万元，要求纪念活动"不妨盛大一点"，并委托第三厅代拟《告人民书》《告前敌将士书》《告国际书》。

15日 由胡愈之发起，许广平、郑振铎、王仁叔、周建人等20人（胡愈之组织的"星二聚餐会"成员）组成复社，以"鲁迅纪念委员会"的名义，经过三个月的时间，编辑出版了《鲁迅全集》，鲁迅全集出版社出版，共20卷，前十卷为鲁迅著作，后十卷为鲁迅译著。

18日 《新华日报》发表社论《高尔基逝世两周年》及《高尔基逝世两周年特刊》。

26日 文协召开常务理事会，决议出5种通俗读物，协同戏剧界抗敌协会演剧宣传等。

本月 边区文化界救亡协会响应武汉抗敌协会呼声，亦通电申讨周作人等，呼吁文化界团结起来，为肃清文化汉奸而斗争。

七月

1日 第五战区战时文化工作团成立，团长臧克家，副团长于黑丁，团员王淑明、田涛、李石峰、邹荻帆等。主要任务是对前线士兵民众提供文化食粮，动员第五战区的文化人努力开展活动、与后方各文化团体密切联系、互相促进。

戏剧界公祭第一个牺牲于敌人枪炮下的戏剧工作者赵曙。他是抗敌剧团演员，台儿庄会战中牺牲。追悼会由张道藩、阳翰笙、洪深、朱双云、唐槐秋、应云卫等主祭，一千余人参加。

5 日　郭沫若与陈诚、黄琪翔、吴国桢等谈"七七"周年纪念的布置问题，坚持主张开设"献金台"。

7 日　三厅举行大规模的抗战周年纪念活动，"七七"周年大会开幕，连续三天在武汉三镇举行盛大集会。群众献金热情高涨，献金台原为六座，后增设了十几个流动献金台，又延长两天才结束。参加献金的多达 50 万人次，献金总额近百万元。

8 日　汉口全体剧业人士共同举行献金公演，演剧收入用于慰问出征军人家属及受伤官兵。

9 日　中共代表团、八路军办事处组成"中共献金团"到汉口江汉关献金台参加献金，周恩来捐出做政治部副部长当月的薪金。

第一届国民参政会第一次会议在武汉开幕，会期十天。

7 月中旬　郭沫若、田汉主办"战时歌剧演员讲习班"，有楚剧、汉剧、京剧、评剧、杂耍等各种艺人七百余人参加学习。"一方面把时势问题和抗战意义向他们灌输，另一方面也想改造他们的习惯，让他们了解一些新的戏剧艺术。"

此后不久，郭沫若、田汉、胡愈之将原上海救亡演剧队和一些进步戏剧团体改编为十个抗敌演剧队和四个抗敌宣传队。

17 日　聂耳逝世三周年，《新华日报》发表《聂耳先生逝世三周年特刊》。

21 日　国民党中央通过《战时图书杂志原稿审查办法》和《修正抗战期间图书杂志审查标准》，并成立中央图书审查委员会及各省市的图书杂志审查处。

7月下旬　出于对国民党破坏抗战的卑劣行径的愤慨和对新升任政治部秘书长的贺衷寒的抵制，郭沫若连续三天不办公，意欲辞职，受到周恩来的严厉批评。

31日　救国会七君子（即沈钧儒、章乃器、邹韬奋、李公朴、沙千里、王造时、史良）被国民政府释放。

本月　全国慰劳总会成立，陈诚为会长，郭沫若、马超骏为副会长。后派阳翰笙、程步高到香港，用一部分献金采办医疗器材和药品等前方急需物品，还购置了十辆卡车。

郭沫若提议组织战地文化服务处，负责为前方运送精神食粮和宣传品，推荐何公敢主持这项工作。

1938年夏　党中央根据周恩来建议，做出党内决定：以郭沫若为鲁迅的继承者、中国革命文化界的领袖，并由全国各地党内外传达，以奠定郭沫若的文化界领袖的地位。

八月

1日　国民政府军事委员会第三厅下属的抗敌演剧队和抗敌宣传队成立大会召开。十个抗敌演剧队、四个抗敌宣传队分赴广东、江西、山西、湖北、河南、浙江、湖南、广西等战区，进行抗战宣传。

3日　武汉各界"战时节约运动宣传周"开幕，郭沫若与陈立夫、陈诚、周佛海等人被推举为主席团成员。当晚，郭沫若向武汉三镇民众作广播演讲，题为《节约与抗战》。

8月初　日军在江北和江南分兵五路，进攻武汉。

9日　武汉三镇民众举行"保卫大武汉歌咏漫画大游行"。

13日　三厅部分人员作为先遣队撤离武汉，在衡山暂驻。

15日　晚，郭沫若作广播演讲，题为《纪念"八一三"保卫大武汉》。

20日　国民党武汉卫戍总部解散青年救国团、民族解放先锋队和蚁社等抗日青年团体。

21日　《新华日报》发表社论抗议解散抗日团体，被勒令停刊两天。

28日　青年学者林诚厚追悼会召开，周恩来、董必武、郭沫若等参加。林是从广州中山大学来武汉任教的教授，于11日被敌机炸死。

30日　抗敌演剧四队在武汉电台对沦陷区同胞播送抗敌话剧《生死关头》。

九月

1日　郭沫若应中国青年记者学会之邀，参加记者节纪念会并致辞。

2日　国际反侵略大会中国分会为该会名誉主席及总会理事孙科举行欢迎会，陈立夫、梁寒操、潘梓年、郭沫若等到会。

4日　郭沫若在《新华日报》发表纪念国际青年节题词。后受到蒋介石召见申斥，指责他"替国际青年捧场"，应当"替三青团捧场"，并叮嘱"以后不要在有色彩的报纸上发表文字"。

上旬　郭沫若参加前线慰劳团，赴北战场第五战区慰劳抗战将士。

15日　郭沫若邀曾虚白参加前线慰劳团，赴南战场第九战区慰劳抗战将士。

16日　郭沫若赴徐家沱看望第九战区政治工作大队第二队（即原来在昆山替陈诚组织的战地服务团）全体成员。

17日　在陈诚司令长官部举行献旗典礼，郭沫若被推举为主席，由李德全献旗并致辞，后数日即往各处劳军。

23日　郭沫若由前线回到武汉，随即与蔡元培代表全国文化界致电国联大会主席，呼吁对日实施制裁。

24日　晚，郭沫若为"'九一八'七周年纪念扩大宣称周"闭幕作广播演讲，题为《后方民众的责任》。

29 日　中共中央六届六中全会决定撤销长江局，成立中原局和南方局。

本月　战时文化工作联合办事处在武汉成立。

十月

5 日　郭沫若应国际反侵略大会中国分会及妇女界之邀，出席招待伦敦援华委员会及妇女反战委员会代表何登夫人的宴会。

10 日　中华民国第一届戏剧节在重庆开幕，至 11 月 1 日结束，共 23 天。有 1500 名专业和业余的戏剧工作者参加演出，参演剧团 20 多个，公演了《保卫卢沟桥》《八百壮士》《放下你的鞭子》等 40 多个剧目，观众达十多万人次。还有 25 个街头演出队，如怒吼剧社、国立剧校、华北宣传队等，进行了为期 3 天的大规模街头剧演出。

14 日　郭沫若为各业人士主持献金竞赛活动，并致辞鼓动大家的爱国热忱。

从即日起到 27 日，戏剧节演出委员会，组织了"五分票价公演"，票款用于为前方将士募捐寒衣。

16 日　民众团体战时工作队干部举行宣誓典礼，郭沫若、贺衷寒、康泽等人出席。

17 日　中华民国第一届戏剧节开幕典礼暨留汉歌咏演员讲习班末次纪念周召开，郭沫若出席并讲话。

15 日　《抗战文艺》在重庆复刊。

19 日　文协等团体在武汉青年会召开鲁迅先生逝世二周年纪念会，郭沫若主持并讲话，周恩来、博古等出席并讲话。

19 日至 11 月 1 日　曹禺和宋之的改编的话剧《全民总动员》作为戏剧节的压轴大戏演出 7 场，场场爆满，反应热烈。

21 日　日军侵占广州，《救亡日报》迁往桂林。

25日　郭沫若在武汉《扫荡报》发表社论，题为《武汉永远是我们的》，文章说，"保卫大武汉之战，是尽了消耗战与持久战的能事"，虽"已临到垂危的时候了，但于整个战局也无多大影响"，"我们的最高战略是在以空间换取时间，以死拖换取硬打"，因此"敌人的侵入武汉实等于窜进坟墓"。据郭沫若自述，当时写这篇文章是不得已的，"是昧着良心，在那儿替别人圆谎，昧着良心在那儿帮忙骗武汉的市民"。

晨，郭沫若、胡愈之乘船撤离武汉，赴长沙。

日军侵占武汉，《新华日报》《群众》周刊从即日起迁往重庆出版。

10月底　文协成立"诗歌座谈会"并举行首次座谈，讨论了座谈会的工作性质，交换了关于诗歌的意见，一致认为有必要出版诗刊。

本月　撤离武汉前，蒋介石举行"御前会议"，有郭沫若、张季鸾、陈博生、王芸生、陈立夫、朱家骅、张公权、胡愈之等出席。

十一月

3日　日本近卫内阁发表第二次对华声明，表示愿同以蒋介石为首的国民政府共建"东亚新秩序"。

8日　周恩来、郭沫若赴衡山见陈诚，获悉第三厅必须按新的要求加以调整，缩小组织，废处减科。

9日　因战事紧急，郭沫若回长沙布置第三厅人员向桂林、衡阳撤退。

12日　郭沫若领导第三厅人员举行孙中山先生诞辰纪念仪式并讲话。会后，周恩来、郭沫若指挥大家分两路撤离长沙，郭留在最后照料一切。

13日　凌晨，警备队奉行"焦土抗战"方针火烧长沙城，企图以此抵抗日寇。周恩来、郭沫若等从大火中脱身，赴衡阳。郭沫若、周恩来、叶剑英抵下摄司后又折返长沙，见长沙全城陷入火海，断定日寇未进长沙，才赶回下摄司，沿途收容了许多行军中走散的第三厅人员。

16日　郭沫若率第三厅全体人员到达衡阳。很快接到命令，要第三厅火速派人赴长沙办理火灾善后工作。

周恩来在衡阳召开第三厅和八路军驻湘办事处干部会议。

17日　由洪深、田汉带领第三厅人员和演剧队、抗宣队前去参加善后救灾工作。

18日　郭沫若、冯乃超又带领一批第三厅人员去长沙支援善后工作。

20日　郭沫若、田汉、冯乃超赴平江访问陈诚、杨森两位将军。

25日　文协召开第二次诗歌座谈会，讨论《我们对于抗战诗歌的意见》，老舍、蓬子、袁勃、方殷、厂民等人出席。

11月底　蒋介石召集国民党高级将领政工会议，周恩来、郭沫若、贺衷寒等参加。

从武汉撤离前，国民党军事委员会政治部借口改组第三厅，要求第三厅全体人员加入国民党，正在撤离途中的第三厅人员对这一命令不予理睬，一致抵制和拒绝，这是国民党当局第一次强迫第三厅全体加入国民党。

十二月

1日　梁实秋在他主编的《中央日报》副刊《平明》的创刊号上发表《编者的话》，引发"与抗战无关论"的大争论。

12月初　周恩来、郭沫若会见白崇禧，提出《救亡日报》在桂林复刊，白崇禧表示支持。

周恩来会见胡愈之，指示文化界的中共党员注意隐蔽，保存实力，做长期打算。

4日　郭沫若到达桂林。"到了桂林之后，主要的工作是把第三厅的人员分了三分之一留下来参加行营政治部"，"另外的人员便陆续由卡车运往重庆"。

5 日　罗荪在《大公报》发表《"与抗战无关"》。

6 日　梁实秋在《中央日报》上发表《"与抗战无关"》。

10 日　宋之的在《抗战文艺》3 卷 2 期发表《谈"抗战八股"》。

12 日　罗荪在《国民公报》发表《再论"与抗战无关"》。

15 日　文协召开第三次诗歌座谈会，讨论《抗战以来诗歌创作之检讨》，胡风、厂民、方殷、袁勃、黄芝冈、沙蕾、程铮、鲜鱼羊等人出席。

18 日　汪精卫与曾仲鸣、周佛海、陶希圣等潜离重庆，投敌叛国，于 23 日飞抵越南河内，并发表"艳（29 日）电"，公开为日本近卫声明张目。

22 日　日本首相近卫发表妄称中日关系之"根本调整方针"的声明，提出要中国放弃抗日，中日缔结"防共协定"，中日经济"提携"。

24 日　第三厅音乐家张曙在桂林日机轰炸中遇难，年仅 29 岁。

27 日　郭沫若飞赴重庆，住在七星岗天官府街 4 号。

一九三九年

一月

1 日　重庆文艺界扩大抗敌宣传，有中国文艺社举办美艺展览，全国戏剧界抗敌协会举行街头剧表演，全国木刻界和漫画界合办展览，全国音乐界抗敌协会举行群众音乐大会，中央摄影场及中国制片厂组织放映电影等等活动。为庆祝中华全国戏剧界抗敌协会成立一周年和向逃往河内的汪精卫示威，重庆戏剧界举行 2800 余人的火炬游行演出，表演了由《自由魂》《民族公敌》《怒吼吧中国》《为自由和平而战》《全民总动员》和《最后的胜利》等剧组成的《抗战建国进行曲》。

4 日　日本近卫内阁宣布总辞职，次日由平沼组成新内阁。

国民政府军事委员会又密电通令：严禁各地文化团体举行拥护国策的示威游行，声言"游行示威妨碍战时秩序，应严行禁止。如违，即予严办"。

7 日　青年记者学会重庆分会为郭沫若举行欢迎会，郭以该会名誉理事身份发表演讲。

8 日　郭沫若应重庆新民报职工读书会之邀做报告，题为《从近卫内阁总辞职谈到日本对外诸问题》。

10 日　《救亡日报》在桂林复刊。郭沫若为之向国民党军事委员会政治部争取到了每月 200 元的津贴。

文协举行扩大诗歌座谈会（第四次），讨论《诗与歌的问题》，胡风、厂民、方殷、袁勃、梅林、高兰、李辉英、贺绿汀等人出席。

11 日　郭沫若主持各国记者招待会，声言日本内阁的改组只是日本帝国主义崩溃的前奏。

16 日　中共中央南方局在重庆正式成立。南方局设立文化工作委员会，书记凯丰 1940 年 11 月回延安后由周恩来任书记。"文委"下设书店组、社会科学组、文化组、文艺组、宣传组、新闻组等，领导重庆抗战文化运动。周恩来领导建立八路军重庆办事处，是中共中央南方局机构的组成部分，也是掩护南方局工作的公开机关。

17 日　重庆市文化座谈会召开，郭沫若指出抗战阶段文化人应当努力的方向是"到乡村去，到敌人后方去"。

21—30 日，国民党召开五届五中全会，根据蒋介石所做"唤醒党魂、发扬党德与巩固党基"的报告，决定了"溶共、防共、限共、反共"的反动方针，设立了"防共委员会"，通过了"整理党务"的决议案。全会秘密通过了蒋介石提出的《防制异党活动办法》。

22—24 日　国立戏剧学校上演吴祖光的处女作《凤凰城》，共演出 6 场，票房收入 6000 余元，全部捐助华北游击队。

25 日　孩子剧团为纪念"一·二八"公演歌咏、舞蹈，《新华日报》辟专栏报道。

28 日　重庆各界纪念"一·二八"七周年暨响应国际反侵略运动大会召开，郭沫若到会并演讲。

二月

6 日　文协召开第五次诗歌座谈会，讨论工作，决定出版诗刊。

7 日　国民政府成立党、政、军一体的"国防最高委员会"，蒋介石任委员长。

10 日　重庆市成立戏剧审查委员会，负责审查戏剧、电影，登记演员资料和管理剧场。

14 日　国际反侵略大会中国分会在社交会堂举行茶会招待各国人士，邵力子主持，周恩来、郭沫若、黄炎培、沈钧儒、陈诚、张继以及塔斯社、路透社、合众社代表等四百余人到会。

16 日　《文艺战线》月刊在延安创刊，周扬主编，是中华全国文艺界抗敌协会延安分会的机关刊物之一。

本月　文协成立通俗读物委员会、国际文艺宣传委员会，以适应新形势下民众动员的需要。

文协成立"小说座谈会"并举行首次座谈，决定了本座谈会的工作方针，确定 7 人为领导小组成员，负责检讨抗战以来的小说、报告和通讯等的成绩，并起草介绍到外国去的论文。推选欧阳山为负责人，徐盈、罗烽、王平陵、谢冰莹、欧阳山、草明、宋之的、胡风等人出席。

三月

1 日　文协召开第六次诗歌座谈会，讨论总结抗战以来诗的成绩，并起草将其介绍到国外去的论文，还讨论了编辑出版《抗战诗歌》的事宜，确定了该杂志的审查委员会 7 人。老舍、蓬子、安娥、孟克、胡风、厂民、贺绿汀等人出席。

9 日　重庆市各界第二期抗战第一宣传周艺术宣传大会开幕，孩子剧团、业余歌咏团等参加表演。

11 日　国民政府设立国民精神动员总会，隶属国防最高委员会。

12 日　国民政府颁布《国民精神总动员纲领》和《国民精神总动员实施办法》，掀起了以国民精神总动员运动为标志的抗战区民众总动员，有三个共同目标，即国家至上民族至上，军事第一胜利第一，意志集中力量集中。

19 日　郭沫若为孩子剧团主办的儿童星期讲习班讲课，题为《二期抗战中小朋友怎样做工作》。

22 日　国民政府军事委员会下设的战地党政委员会成立，以加强后方与战地的全面联系，将国民精神总动员广泛开展起来。

四月

5 日　中共中央发出《中央关于国民精神总动员的指示》，指出 3 月国民政府公布的《国民精神总动员纲领及实施办法》有两面性：一方面是为抗日，另一方面是防共。中共采取对策，一方面运用与发挥其中一切积极的东西，来提高全民族的觉悟，振奋革命精神，为争取抗战建国的最后胜利而奋斗牺牲；另一方面反对与打击一切反共防共阴谋和反民族分子的观点。

9 日　中华全国文艺界抗敌协会第一次年会召开，郭沫若、于右任、叶楚伧、邵力子被推举为主席团。

12—15 日　留渝剧人在重庆公演夏衍的《一年间》，为《救亡日报》义演募捐，连演七场，票房收入 7000 余元，作为《救亡日报》

的基金。

15 日　《戏剧岗位》在重庆创刊，熊佛西主编，共出版 18 期，是抗战期间出版时间最长、期数最多的戏剧杂志。

18 日　文协第二届常务理事会举行第一次会议，议决组织作家战地访问团。

23 日　重庆市文化界精神总动员协进会成立大会召开，郭沫若、叶楚伧、邵力子、邓颖超、邹韬奋等被推举为主席团。

五月

1 日　重庆万余工人为庆祝"五一"国际劳动节举行集会和游行。当晚，国民政府召开国民精神总动员宣誓大会，会后十万余人参加了火炬游行。

延安举行各界"国民精神总动员"暨庆祝"五一"国际劳动节大会，毛泽东在演讲中重申《国民精神总动员纲领》所提出的三个共同目标，带头高呼"拥护蒋委员长，拥护国民政府，拥护国民党与共产党合作"，并提倡"艰苦朴素的工作作风"和"坚定正确的政治方向"，提出"从今天起，全国国民都要真正实行三民主义"。

3—4 日　日本空军连续轰炸重庆，国民党防空无方，以致死伤数千人。第三厅立即组织救护队和抚慰队，抢救市民和儿童，开展宣传和抚慰工作。

5 日　国民政府令，重庆由四川省政府直辖乙种市改为行政院辖市。

6 日　由于日军对重庆的连续轰炸，市区内生产陷于停顿，重庆各报决定出联合版。

六月

14 日　"文协"总部组织的"作家战地访问团"在重庆生生花园

举行出发仪式。团长王礼锡，副团长宋之的，团员有陈晓南、以群、方殷、袁勃、张周、李辉英、葛一虹、杨骚、白朗、罗烽、杨朔，共13人。16日出发，途经四川、陕西、河南、山西、湖北等省，12月返回重庆。

18 日　高尔基逝世三周年，重庆文化界举行纪念会。

本月　第三厅为在敌机轰炸中遇难的秘书吕奎文举行追悼会。

七月

5 日　郭沫若父亲病逝。

11 日　郭沫若回家奔丧，请辞第三厅厅长职未获准。

本月　中共中央发表《为纪念抗战两周年对时局宣言》，提出"坚持抗战、反对投降，坚持团结、反对分裂，坚持进步、反对倒退"的三大政治口号，号召向一切投降、分裂、倒退活动进行斗争。

八月

13 日　《新华日报》复刊。

26 日　作家战地访问团团长王礼锡在洛阳病逝。

本月　陈诚、贺衷寒、张厉生等人趁周恩来和郭沫若都不在重庆，强令第三厅全体加入国民党，郭沫若得知情况后立即返回重庆，辞职以示抗议。国民党当局顾虑郭沫若的社会影响和声望，此事作罢。这是国民党当局第二次强迫第三厅全体加入国民党。

国民政府修订《战时图书杂志原稿审查办法》，同时利用中央图书杂志审查委员会进一步钳制言论自由。

九月

8 日　毛泽东、陈绍禹、秦邦宪、林祖涵、吴玉章、董必武、邓颖超联名发表《我们对于过去参政会工作和目前时局的意见》。

十月

2日　文协桂林分会成立，梁寒操任主席。

5日　作家叶紫病逝，终年28岁。夏衍、艾芜等15人在《文艺阵地》第4卷第3期上发表《为援助叶紫先生遗族募捐启事》，呼吁社会给予叶紫家属以援助。

9日　中华全国戏剧界协会招待文艺界、新闻界，公布第二届戏剧节从10日至15日的戏剧活动内容。张道藩指出演出的目的是：一、募捐寒衣，二、讨逆除奸，三、宣传兵役，四、加强生产建设，五、表扬抗战英雄事迹。沈钧儒、郭沫若在会上讲话。

16日　郭沫若回沙湾营葬父亲。再辞第三厅厅长职未获准。

19日　重庆召开鲁迅逝世三周年纪念会，邵力子主席，博古、董必武、吴玉章、叶剑英、叶挺等千余人参加。《新华日报》发表社论《纪念伟大的民族战士鲁迅先生》。

文协桂林分会、成都分会分别举行了纪念活动。

21日　郭沫若举行家祭。蒋介石、毛泽东、陈绍禹、秦邦宪、周恩来、董必武、叶剑英等都送了挽联。因此，郭在《祭父文》中说，"内则上而国府主席，军党领袖，下而小学儿童，厮役士卒，外则如敌国日本反战同盟之代表，于吾父之丧，莫不表示深切之哀悼"。

本月　国民党秘密颁布《共产党问题处理办法》，明文规定，于大后方"共产党人在各地一般公私机关团体服务者，一经查觉，即以非法活动治罪"。

1939年秋　长沙举办戏剧艺人讲习班，二百余人参加。

十二月

1日　《大公报》在重庆复刊。

12日　作家战地访问团返回重庆。

23 日　郭沫若在青年大会堂主持文艺界抗敌协会举行的战地归来作家招待会，老舍、宋之的等人做了报告。

本月　蒋介石命令胡宗南部进犯边区，以陆空军配合侵占了淳化、栒邑、正宁、宁县、镇原五座县城，并集结兵力准备进攻延安，开始掀起抗战期间的第一次反共高潮。

一九四〇年

一月

1 日　《新音乐》月刊创刊，李绿林、林路主编。

13 日　中国电影制片厂为阳翰笙编剧的影片《塞上风云》摄制组前往塞北拍摄外景举行欢送会。郭沫若赋诗送别。

14 日　郭沫若在巴蜀小学礼堂为中华职业补习学校青年星期讲座主讲《日本政治经济问题》。

晚，郭沫若做广播演讲，题为《饥寒交迫的日本》。

15 日　《文学月报》在重庆创刊，罗荪主编。

24 日　文学月报社为招待在渝作家举行晚餐会，郭沫若、阳翰笙等 60 余人参加。

27 日　《新蜀报》副刊《蜀道》在汇利饭店举行首次座谈会，内容为如何保障作家战时生活，决议由"文协"出面建议当局积极救济和保障作家的生活。华林、罗荪、光未然、阳翰笙、王平陵、姚蓬子、老舍等 26 位作家参加。

二月

1 日　《东线文艺》创刊，段梦萍、张煌主编。

3 日　文协及中苏文化协会召开第七次诗歌座谈会，讨论《如何推行诗歌运动》，将诗歌座谈会改为诗歌晚会，推选艾青、常任侠、力扬为召集人。老舍、胡风等 22 人参加。

郭沫若应重庆市各界春礼劳军筹备委员会之邀，在中央广播电台做广播演讲，题为《春礼劳军与军民合作》。

4 日　《新华日报》发表社论《给文艺作家以实际帮助》。

21 日　"文协"举行戏剧座谈会，讨论《目前戏剧工作的意见与感想》，胡风、臧云远、葛一虹、章泯等参加。

本月　《诗》月刊在桂林复刊，周为、婴子、胡明树任编辑。

三月

3 日　中苏文化协会召开第三届年会，郭沫若被选为第四届新理事。

5 日　蔡元培在香港逝世，终年 74 岁。

8 日至 12 日　在华日本人民反战同盟西南支部在桂林公演日语反侵略名剧《三兄弟》，观众六七千人，收入约万元。一半用于慰劳我国抗敌将士，一半作为该部基金。

21 日　郭沫若做广播演讲，题为《汪逆傀儡是自进坟墓》。

24 日　《大公报》发表向林冰的文章《论"民族形式"的中心源泉》。

27 日　《新蜀报》发表向林冰的文章《国粹主义"简释"》，重申民间形式是民族形式中心源泉。

29 日　都邮街广场举行无名英雄墓奠基典礼，对在抗战中牺牲的烈士表示深切哀悼。

汪精卫卖国集团在南京成立伪"国民政府"，汪任代理主席，发表《还都宣言》。

本月　陕甘宁边区文化协会在延安创办《中国文化》月刊。

四月

1日 孩子剧团创办的杂志《抗战儿童》创刊,刊名由郭沫若题写。

《战国策》半月刊在昆明创刊,战国策编辑社编,主要有林同济、陈铨等。

4月初 中国万岁剧团在重庆成立,郭沫若为团长。

5日 四幕国防话剧《国家至上》在国泰大戏院公演,郭沫若、郑用之主持演出。该剧系中国回教救国协会敦请老舍、宋之的合编的,由中国万岁剧团首次公演,导演马彦祥。

10日 《新蜀报》发表葛一虹的文章《民族形式的中心源泉是在所谓的"民间形式"吗?》。

14日 文协及中苏文化协会召开诗歌晚会纪念苏联诗人马雅可夫斯基逝世十周年,胡风、戈宝权、光未然、力扬、臧云远等30余人参加,郭沫若出席并讲话。

16日 中华全国电影界抗敌协会召开第二届年会,郭沫若出席并致辞,被推选为影协监事。

18日 郭沫若应苏联大使潘友新之邀,出席为中苏文化协会正副主席和全体理事举行的宴会,并观看了《最高的荣誉》等苏联电影。

21日 文学月报社及中苏文化协会举行文艺的民族形式问题座谈会,黄芝冈、叶以群、向林冰、光未然、胡绳、姚蓬子、戈茅、陈白尘、潘梓年、陈纪滢等21人参加,由罗荪主持。

中国社会改进研究会成立大会召开,郭沫若被选为该会理事。

24日 赈济委员会、全国慰劳总会召开联合座谈会,招待南洋华侨回国慰问团,许世英、陈诚、郭沫若等出席。

文艺奖助学金管理委员会召开第一次会议,张道藩、郭沫若、老舍、程沧波、王芸生、林风眠、王平陵、华林、胡风、姚蓬子等11

人被聘为委员。

25日　《新华日报》刊登文艺作家奖助金管理委员会消息，内分三组征求抗战文艺作品：第一组音乐绘画雕塑，第二组电影与剧本、民众读物、报告文学，第三组小说戏剧。

本月　国民党发动第一次反共高潮。

五月

8日　《新华日报》出版"诗歌讨汪特辑"，有力扬的《举起我们的投枪》、艾青的《仇恨的歌》、王亚平的《就是你!》、冯玉祥的《捉汪》、戈茅的《一头驴子》等11首诗歌。

19日　中华全国美术会在生生花园举行第一届年会，滕固、林风眠等80余人参加，张道藩出席并讲话。

六月

1日　《新中国戏剧》月刊创刊，左军主编。

4日　文艺奖助金管理委员会举行会议，推举张道藩、老舍等负责筹办中国抗敌文艺展览会。

5日　在华日本人民反战同盟西南支部巡回工作团在重庆国泰大戏院公演日语反侵略名剧《三兄弟》，并有桂林戏剧界、巴蜀小学、义务妇女服务团演出节目，演出盛况空前。

9日　《新华日报》在一心花园召开民族形式座谈会，以群、姚蓬子、胡绳、潘梓年等19人参加。

9—10日　《大公报》发表郭沫若的文章《"民族形式"商兑》。

10日　屈原忌日，文协举办诗歌晚会。

《新华日报》出版"屈原纪念特刊"。

18日　高尔基逝世四周年。中苏文化协会、文协、反侵略分会等11个团体在中苏文化协会举行茶会，三百余人参加。

七月

本月　日本进步人士鹿地亘等在重庆组织日本人反战同盟，后改组为日本人民解放联盟。

八月

3 日　重庆文化界在中苏文化协会举行鲁迅六十诞辰纪念会，郭沫若、沈钧儒、田汉、张西曼、葛一虹、吴克坚等人到会并讲话。《新华日报》发表社论《我们怎样来纪念鲁迅先生？》。

12 日　重庆文化界座谈会召开，陶行知、沈钧儒、郭沫若、范长江等被推举为中国文化界苏联访问团筹备设计委员会委员。

20 日　《野草》月刊在桂林创刊，夏衍、孟超、秦似、聂绀弩、宋云彬等编辑，专刊杂文。

本月　蒋介石为了控制三厅，罢免了郭沫若的厅长职务，委任以挂名的部务委员，任命国民党反动分子何浩若为厅长，并勒令三厅全体人员加入国民党。蒋介石亲下手谕，"凡在军事委员会各单位中的工作人员一律均应加入国民党"，"凡不加入国民党者，一律退出三厅"。赖家桥三厅办公处每个人的办公桌上都摆上了一张加入国民党的表格，并受到威逼利诱。但是三厅绝大多数人员都拒绝参加国民党，郭沫若愤而辞职，"入党不入党，抗日是一样抗的；在厅不在厅，革命是一样革的"。于是，三厅绝大部分成员集体辞职，退出了三厅。

重庆文化界致书斯大林，称苏联为中国最忠实可靠的朋友，更望亲密结合，维护世界和平。

九月

9 月初　陈诚卸任政治部部长，由张治中继任。

3 日　晚，重庆文化界在中国电影制片厂举行作曲家张曙追悼会，郭沫若主持，周恩来参加并讲话，田汉、老舍、郑用之等 50 余人参加。

6日　国民政府正式定重庆市为中华民国陪都。

8日　周恩来致函郭沫若，告知因三厅将另委领导人，张治中提出组织文化工作委员会，仍请郭负责，专管文艺对敌工作，建议郭与张商量具体情况，必须有一定的权和款，方不致在答应后再生枝节。

10日　中共中央发出《关于发展文化运动的指示》，南方局由周恩来、凯丰负责文委工作。

16日　全国慰劳总会分别在重庆、洛阳、金华、柳州、兰州、长沙等地同时举行劳军大会，并向全国抗日将士致辞。

25日　《中国文化》第二卷第一期发表茅盾的文章《旧形式，民间形式与民族形式》。

本月　国民政府公布《中央图书杂志审查委员会组织条例》，并下达取缔中共刊物的密令。

十月

1日　重庆各界3万余人举行陪都建立大会，重庆正式成为抗战时期中国的首都、全国的政治中心。

19日　重庆各界在重庆巴蜀小学礼堂举行鲁迅先生逝世四周年纪念大会，周恩来、沈钧儒、郭沫若、冯玉祥、老舍等为主席团成员，三百余人到会。

延安文化界集会纪念鲁迅逝世四周年，电请全国定10月19日为鲁迅节。

22日　郭沫若出席为从塞北拍摄外景归来的影片《塞上风云》摄制组举行的欢迎会。

27日　文协举行诗歌晚会，老舍、胡风、常任侠、艾青等50余人出席。

本月　阳翰笙被撤销"中制"编导委员会主任委员职务。

十一月

1 日 国民政府军事委员会政治部文化工作委员会成立，郭沫若为主任，阳翰笙为副主任，将原三厅集体辞职的人员重新组织到一起。文工会下设 3 个组：第一组主管编辑国际丛刊，第二组主管文艺写作，第三组主管敌情研究。

《戏剧春秋》月刊在桂林创刊，田汉、欧阳予倩、洪深、杜宣、许之乔主编。1942 年 10 月出至第二卷第四期停刊。

2 日 戏剧春秋社在重庆天官府街举行了戏剧的民族形式问题座谈会，郭沫若、阳翰笙、田汉、杜国庠、胡风、茅盾、洪深等 30 人参加。

戏剧春秋社在桂林也举行了戏剧的民族形式问题座谈会，宋云彬、聂绀弩、夏衍、欧阳予倩等人参加。

10 日 文协举行戏剧晚会，老舍、胡风、应云卫、王平陵等 60余人参加。

17 日 文协举行第二次小说座谈会，老舍、沙汀、欧阳山、胡风等 70 余人出席。会议决定改"小说座谈会"为"小说晚会"，推选沙汀、罗烽、欧阳山为召集人。

23 日 文协、《抗战文艺》编委会汇报座谈会召开，讨论《一九四一年文学趋向的展望》，郭沫若、老舍、王平陵、姚蓬子、黄芝冈、阳翰笙、田汉、冯乃超、叶以群、欧阳山、宋之的、葛一虹、艾青、罗荪等 14 人出席。

24 日 文协举行诗歌晚会，讨论诗歌的语言问题。老舍、艾青、徐迟、任钧、王平陵、光未然、常任侠等人 70 余人参加。

十二月

1 日 文协举行戏剧晚会，讨论《怎样发扬戏剧上的现实主义》，田汉、洪深、胡风、葛一虹、高长虹等 50 余人参加。

7日　军委会政治部部长张治中和文工会主任委员郭沫若在抗建堂举行招待晚会，正式宣布文化工作委员会成立，重庆文化界、新闻界四百余人应邀出席。张治中、孙科、沈钧儒等讲话。

文协在中法比瑞同学会举行茶话会，欢迎茅盾、冰心、巴金等来渝作家，周恩来、郭沫若、老舍、吴文藻、田汉、张西曼、冯乃超等70余人到会。

8日　中苏文化人联欢会在中苏文化协会"文化之家"举行，郭沫若主持，沈钧儒、陈铭枢、王昆仑、邹韬奋、茅盾、老舍以及苏联对外文化协会代表米克拉舍夫斯基、苏联大使馆顾问戴米央诺夫、塔斯社米海耶夫等百余人到会。

文协举行"小说晚会"，讨论《小说中的人物描写》，茅盾、老舍、沙汀、以群等六十余人出席。

18日　电影剧作家沈西苓在重庆病逝，享年37岁。

20日　中苏文化协会举行重庆文化界座谈会。

21日　中华全国漫画家抗敌协会在中苏文协举行成立大会，高龙生、陆志庠、张光宇等十余人到会，推举理事9人、常务理事5人。

文协举行诗歌晚会，老舍、黄芝冈、力扬、王平陵、艾青等50余人参加。

26日　文工会在中国电影制片厂举行音乐晚会，贺绿汀率育才学校音乐组参加演出，周恩来、叶剑英等参加晚会。

28日　文工会主持的文艺演讲会在国泰大戏院举行，郭沫若主持，茅盾、老舍、洪深、马彦祥、史东山、贺绿汀、阳翰笙、赵沨、龚啸岚等人演讲，检讨本年度抗战文艺的发展及今后的展望。

一九四一年

一月

4 日　文工会举行地方剧研究公演。参加演出的有评剧、川剧、楚剧等剧种。地方剧研究公演以后还举行过多次，对提高地方剧演出质量起了积极作用。

8 日　茅盾、胡风、戈宝权、罗荪、以群、宋之的、胡绳、艾青、光未然、力扬等 14 人举行座谈会，讨论作家的主观与艺术的客观问题。

11 日　《新华日报》为创刊三周年举办庆祝晚会，周恩来在会间接到关于"皖南事变"的电报，即当场宣布。

17 日　蒋介石诬蔑新四军"叛变"，下令取消其番号，将叶挺交付军事法庭审判，并通缉项英。

18 日　周恩来为"皖南事变"在《新华日报》发表题诗："千古奇冤，江南一叶；同室操戈，相煎何急?!"

中共中央发出关于"皖南事变"的指示，指出国民党这一政治步骤，表示准备"与我党破裂，这是'七七'抗战以来国民党第一次重大政治变化的表现"。

20 日　中共中央军委命令重建新四军，任命陈毅为代理军长，张云逸为副军长，刘少奇为政治委员，赖传珠为参谋长，邓子恢为政治部主任。坚持抗战到底。

1 月下旬　郭沫若获悉孩子剧团团员李少清为在"皖南事变"中牺牲的新四军死难烈士募捐，被国民党政治部特务连抓走，当即向政治部部长张治中抗议，终于救回孩子。

本月　针对政治部又一次扬言要文化工作委员会成员加入国民党，并将文工会当"租界"收回，郭沫若痛加驳斥。

二月

5 日　洪深全家因时局的种种压迫服药自杀，郭沫若等赶去急救，使洪深一家得以脱险。

6 日　《新华日报》被国民党宪兵没收，周恩来亲自到曾家岩宪兵队交涉，将退还的报纸当场散发给围观的群众。

7 日　国民党中宣部文化运动委员会成立。张道藩任主任委员，潘公展、洪友兰任副主任委员，林紫贵为秘书，华林为总干事。广东、江西、湖北、甘肃、四川、陕西等省相继成立分会，国民党开始从中央到地方加强文化专制。年内对文章、图书的出版进行限制，颁布《杂志送审通知》，大量删改进步文艺作品。

10 日　《新蜀报》副刊《七天文艺》创刊，由文工会主办，1944年 10 月终刊，共出刊 130 多期。

28 日　国民党军事委员会成立戏剧指导委员会，主任委员张治中，副主任委员郭沫若、何浩若，常务委员洪深、田汉、熊佛西、郑用之、鲁觉吾、马彦祥、应云卫等。

三月

1 日　桂林《救亡日报》被国民党强迫停刊。

2 日　董必武、邓颖超代表中共中央，向国民党提出立即停止军事进攻、承认中共及各民主党派的合法地位、承认陕甘宁边区的合法地位及敌后的抗日民主政权等 12 条临时办法。

9 日　外交协会在夫子池新运会大礼堂召开座谈会，郭沫若、王芃生、王芸生等主讲《风云激变中的太平洋问题》。

24 日　晚，郭沫若赴中央电台为战时公债劝募委员会做广播演

讲，题为《从日寇南进说到劝募公债》

25日　文工会在中苏文化协会举行戏剧批评座谈会，石凌鹤主持，阳翰笙、张骏祥、葛一虹、凤子、章罌等人参加。会上探讨了《国贼汪精卫》《天长地久》《乐园进行曲》《秦良玉》等剧中提出的问题以及剧运中的重要问题。

28—30日　文工会与中华全国木刻界抗敌协会合办战时木刻展览会，在中苏文化协会举行作品义卖劳军。

本月　中华全国木刻界抗敌协会被国民党解散，理由为逾期不汇报工作。

周恩来向抗敌演剧队负责人胡家瑞（何启君）传达中共中央关于"长期埋伏、积蓄力量、以待时机"的方针和中共南方局对抗敌演剧队的指示："保存团体，相机工作，坚持抗战，反对投降，坚持团结，反对分裂，坚持进步，反对后退，学会交朋友，广泛开展抗日民族统一战线工作。"并要求他们：不演反共戏，不唱反共歌，不绘反共画，不写反共文章。

四月

8日　《华商报》在香港创刊，夏衍主编。

26日　文工会在中苏文化协会举行戏剧批评晚会，石凌鹤、阳翰笙、姚蓬子、凤子、张骏祥、葛一虹、章罌、孩子剧团代表等参加。

27日　文工会举办文艺讲演会，讨论的主题为《文艺创作方法论》。老舍讲小说创作方法，孙伏园讲散文创作方法及散文与小说、诗歌的区别，郭沫若讲诗歌创作方法。

五月

16日　中共中央机关报《解放日报》在延安创刊，秦邦宪任社长。

茅盾、邹韬奋、范长江、金仲华等人联名发表《我们对于国是的态度和主张》，痛斥国民党对敌投降政策以及对文化事业的摧残。

25日　文工会举行民歌研究演唱会，边疆歌舞业余歌咏团、四川水泥厂职工歌咏团、舞蹈家吴晓邦等参加演出。

30日　屈原忌日，定当日为诗人节以资纪念。首次诗人节庆祝有于右任、郭沫若、阳翰笙、老舍、姚蓬子、孔罗荪、周钦岳、潘梓年等二百余人参加。

本月　郭沫若、黄炎培、沈钧儒、章士钊、沈尹默、梁寒操等人在生活书店发起成立友声书画社，以所得润资捐助出征军人家属。

六月

18日　中苏文化协会、文工会、国际反侵略分会、文协等14个单位联合举行高尔基逝世五周年纪念晚会，周恩来、郭沫若、董必武、冯玉祥、沈钧儒、王昆仑、老舍以及苏联大使潘友新等人出席。

本月　重庆诗歌界讨论将旧历端午节定为诗人节。

《诗创作》月刊在桂林创刊，胡危舟等主办。

七月

7日　文化工作委员会举行文化座谈会，讨论"抗战第五年新文化运动中心任务"，郭沫若做了题为"中日四年文化战"的报告。

8日　文化工作委员会在抗建堂举行文艺演讲会，郭沫若主持，郑伯奇、阳翰笙、应云卫、叶浅予等人分别讲述抗战第五年文学、戏剧、电影、音乐、绘画等抗战文艺的新任务。

11日　郭沫若、沈钧儒、邓初民、陶行知、柳亚子、茅盾、郁达夫、曹靖华、翦伯赞等264人联名发表《中国文化界致苏联科学院会员书》，响应苏联科学家呼吁全世界一致行动起来，反对文化与科学最恶毒的敌人——法西斯强盗。

27 日　重庆文化界人士为郭沫若举行归国四周年庆祝会，周恩来题词。

本月　作家邱东平在苏北盐城殉难，终年 30 岁。

八月

3—7 日　国民剧社以"劝募战债"的名义在昆明大戏院首演陈铨的《野玫瑰》，由姜桂侬等主演。

5 日　我国戏剧电影界人士田汉、洪深、欧阳予倩、夏衍、阳翰笙、郑用之、应云卫等二百人联名致书苏联戏剧电影界，表示同情和支持苏联人民抗击德国法西斯的斗争。

13 日　郭沫若发表《四年来之文化抗战与抗战文化》，收入军事委员会政治部编印的《抗战四年》。

本月　作家许地山在香港逝世，终年 48 岁。

1941 年夏　周恩来提议一部分中共党员同爱国进步人士、国民党左派以及在国民政府中担任较高幕僚职位的人共同建立一个统一战线组织的秘密政治团体，即中国民族大众同盟。一年后改名为中国民主革命同盟。负责人为王昆仑、徐宝驹。其中中共党员有王炳南、阳翰笙。

九月

8 日　张季鸾逝世。

14 日　文化工作委员会举行新诗座谈会，郭沫若、张铁弦、安娥、石凌鹤、臧云远、冯乃超、阳翰笙、姚蓬子等 30 余人参加。郭沫若讲的《诗经的语言与楚辞的语言》最为精彩。

18 日　文协等 17 个团体为"九一八事变"十周年发表纪念宣言，谴责日寇。

26 日　在渝诗人诗歌座谈会，阳翰笙、黄芝冈、陈白尘、臧云远、安娥、姚蓬子等人参加。

本月　郭沫若的文章《世界反法西斯大战中迎接抗战第五年》收入第三战区司令长官部编印的《胜利的四年》。

《笔谈》半月刊在香港创刊，茅盾主编。

《解放日报》创办《文艺》副刊，丁玲主编。

十月

7—9日　文工会在天官府7号举办文化讲座，郭沫若主讲《中国古代社会研究》。

上旬　在郭沫若家，周恩来提出要为庆祝郭沫若创作二十五周年和五十寿辰举行全国性的纪念活动，并布置阳翰笙邀请各方面人士进行筹备。郭沫若当即辞谢，但周恩来说"祝寿是一场意义重大的政治斗争。通过这次斗争，我们可以发动一切民主进步力量来冲破敌人的政治上和文化上的法西斯统治"。

10日　第四届戏剧节开幕，形成以抗战话剧演出为主的"雾季公演"，连续举办了四次大规模的公演。

11日　中华剧艺社成立，应云卫任理事长和社长，理事有陈白尘、陈鲤庭、张骏祥、贺孟斧、辛汉文、孟君谋。陈白尘、赵慧深、刘郁民主持日常工作。剧团成立之日在国泰大戏院公演陈白尘的《大地回春》。《新蜀报》出版《中华剧艺社成立特刊》。

19日　文协、中国文艺社、东方文化协会等8个团体在抗建堂联合举行鲁迅逝世五周年纪念晚会，冯玉祥主持，郭沫若、曹靖华、孙伏园等出席并讲话。

27日　郭沫若、冯玉祥、田汉、冰心、老舍等150人联名发表《中国诗歌界致苏联诗人及苏联人民书》，愿共同携手围歼"东方西方的野兽"——日本帝国主义和德国法西斯。

十一月

12日　文工会在抗建堂举行孙中山先生诞辰七十五周年纪念会，郭沫若主持并致辞。

14日　重庆《新华日报》出"庆祝焕章先生六十大寿"专栏，刊登毛泽东、林祖涵、吴玉章、陈绍禹、秦邦宪等人的贺电，朱德、董必武、周恩来、叶剑英、李克农、黄炎培、章伯钧、郭沫若、郁达夫等人的贺诗、贺词。

15日　陈纪滢、臧云远、常任侠、马宗融、柳倩、安娥、任钧、潘孑农等人为郭沫若五十寿辰和创作生活二十五周年举行座谈会。

16日　重庆文化界庆祝郭沫若五十寿辰暨创作生活二十五周年。周恩来、董必武、王若飞、柳亚子、茅盾、老舍、夏衍、梅贻琦等六七十人到天官府聚餐祝贺。

下午，文协在中苏文化协会举行庆祝茶会，青年们送的寿礼是一支如椽大笔，上嵌"以清妖孽"四字。冯玉祥主持茶会，老舍代表文协报告郭沫若生平业绩，周恩来、黄炎培、沈钧儒、苏联友人米克拉舍夫斯基、张道藩、梁寒操、潘公展等人致祝词。郭沫若致答词。

《新华日报》在头版发表周恩来《我要说的话》以代社论，高度评价了郭沫若，明确了郭沫若在文化界的领导地位。第三、四版出了《纪念郭沫若先生创作生活二十五周年特刊》，刊登有董必武、邓颖超、沈钧儒、沈尹默、潘梓年以及苏联大使潘友新等人的贺诗、贺词。

延安、桂林、香港、新加坡也举行了庆祝活动。延安的文艺工作者将《凤凰涅槃》编成大合唱演出。桂林文协举办庆祝晚会，并由新中国剧社演出以郭沫若从日本别妇抛雏回国参加抗战为题材的话剧《英雄的插曲》。香港文化界百余人集会庆祝，主席团成员有柳亚子、茅盾、郭步陶、马鉴、杜国庠、叶灵凤等。新加坡文化界发起大型聚餐会以示祝贺，郁达夫、胡愈之等给郭沫若发了贺电。

《华商报》《大公报》《星岛日报》等都出了纪念特辑。祝寿活动一直到12月4日才结束，纪念文章陆续刊载了半年之久。

20日　为庆祝郭沫若五十寿辰暨创作生活二十五周年，历史剧《棠棣之花》以留渝剧人的名义在抗建堂开演。石凌鹤导演，舒绣文、张瑞芳、周峰主演，演出获得成功。

文化工作委员会在夫子池举行了第二次木刻展览会预展，郭沫若主持，参观的有陶行知、冯乃超、左舜生、孙伏园等七百余人。21日正式展览，开放3天。

郭沫若、沈钧儒、张一麐、柳亚子、邹韬奋、茅盾、许广平等68人联名发表《中国文化界人士致苏联人民书》，向在反法西斯前线的苏联人民致敬。

本月　为庆祝郭沫若五十诞辰暨创作生活二十五周年，重庆演出阳翰笙的历史剧《天国春秋》。著名评剧演员王震瓯、楚剧演员沈云陔、川剧演员张德成等人也演出了祝贺专场。

十二月

2日　晚，郭沫若应中国国际广播电台之邀，对敌作日语广播。

7日　《新华日报》出《"棠棣之花"剧评》专刊。

12日　文协举办诗歌晚会，安娥和方殷朗诵臧云远创作的诗剧《雾海》，江村和陈天国朗诵方殷创作的《平凡的夜话》，郭沫若做了题为"中国音乐之史的探讨"的演讲。文协会员提议将每年农历五月初五作为"诗人节"，文协从1942年起举行诗人节庆祝会。

17日　重庆戏剧界举行沈西苓逝世周年纪念会，郭沫若出席并演讲。

21日　郭沫若到中华职业学校演讲，题为"屈原的艺术与思想"。

23日　国民政府对日正式宣战。

郭沫若做广播演讲，题为"世界大战的归趋"。

一九四二年

一月

1日　陪都各界慰劳将士大会在夫子池召开，郭沫若、阳翰笙、冯乃超出席。

下午，文协举办茶会。

晚，郭沫若、阳翰笙、冯乃超到《新蜀报》赴周钦岳之宴，席间与老舍、何容谈到沦陷在香港生死不明的文化界友人，皆怆然。

2—11日　郭沫若创作历史剧《屈原》。

6日　阳翰笙在文工会的汇报会上，要求各组拟定下三个月的工作计划，要将工作精神侧重于研究，上三个月来文工会通过演讲会、报告会、座谈会等多种活动方式向群众做工作，引起了国民政府的怀疑。

7日　文工会在中苏文化协会开纪念郭沫若学术丛书茶会，阳翰笙、邓初民、侯外庐、潘念之等人出席。

8日　晚，老舍举办新年同乐会，阳翰笙等文工会人员参加。

9日　为捐献滑翔机并应各界要求，历史剧《棠棣之花》第三度公演，该剧"上坐之盛打破任何演出之记录"，剧团不得不在13日《新华日报》上"敬向连日向隅者道歉"，并"敬告已看过三次者请勿再来"。

14日　阳翰笙到社会服务处主持时事问题座谈会，讨论"一九四二年国际形势的展望"。

20日　阳翰笙到求精中学主持文化讲座，由邓初民主讲清末政治史，至22日。

文工会开纪念钱亦石逝世四周年筹备会，阳翰笙被推举为筹备会负责人。

22 日　作家萧红在香港逝世，终年 31 岁。

24 日　《屈原》剧本在《中央日报》副刊上连载至 2 月 7 日。

25—27 日　翦伯赞在文工会讲《中国人种之起源》《前氏族社会》《氏族社会》等问题。同时还有侯外庐、周谷城、吕振羽、杜国庠等历史学家讲中国通史和古代思想史。

29 日　郭沫若、孔庚、沈钧儒、刘百闵等人发起钱亦石逝世四周年纪念会，周恩来、董必武、陶行知、邓初民等人出席。

二月

1 日　毛泽东在延安中央党校作了《整顿党的作风》的报告。

2—11 日　郭沫若创作历史剧《虎符》。

7—15 日　文运会联合 36 个机关团体举办文化界宣传周，《新华日报》发表社论《论文化界的动员》。

12 日　周恩来邀阳翰笙到红岩村做报告，题为"中国新文艺运动之历史的发展"。

23 日　周恩来、沈钧儒、陶行知、邹韬奋、郭沫若等各界人士联名发表致苏联红军书，表示亲切慰问，坚信红军必能消灭法西斯，决心抗战到底，共同争取胜利。

三月

5 日　陈铨的《野玫瑰》在重庆抗建堂上演，共演出 16 场，观众达万人以上。

3 月上旬　中华剧艺社开始排练《屈原》。陈鲤庭导演，金山饰屈原，白杨饰南后，张瑞芳饰婵娟。

20—22 日　时任中央大学教授的宗白华到文工会讲《中国艺术之写实、传神与造境》。

四月

3—20日　郭沫若的历史剧《屈原》在重庆国泰影剧院开演，"上座之佳，空前未有"，演出引起了强烈的政治效果，尤其是《雷电颂》轰动了整个山城。

《新华日报》《时事新报》出版祝贺《屈原》演出专刊，《新民报晚刊》用《〈屈原〉冒险演出》的大字标题加以报道。

中共中央宣传部发表《关于在延安讨论中央决定及毛泽东同志整顿三风报告的决定》，整风运动首先在延安展开。

下旬　郭沫若、夏衍应周恩来之邀，出席为祝贺《屈原》演出成功举行的宴会。周恩来说："在连续不断的反共高潮中，我们钻了国民党反动派一个空子，在戏剧舞台上打开了一个缺口，在这场战斗中，郭沫若同志立了大功。"

五月

2日　中共中央宣传部在延安召开文艺座谈会，23日毛泽东做总结报告，即《在延安文艺座谈会上的讲话》"结论"部分。

4日　郭沫若出席国民党政治部在复兴关举办的招待文化界的晚会。

26日　郭沫若开始创作历史剧《高渐离》，至6月17日完成。剧本载于10月30日桂林《戏剧春秋》月刊二卷四期，因有意用秦始皇暗射蒋介石而触怒蒋，未获得上演的权利。

27日　郭沫若在中苏文化协会演讲，题为《再谈中苏文化之交流》。

28日　周恩来通知郭沫若：国民政府开始清查中共党员及左翼作家，准备一网打尽，请关照各同志注意。郭沫若召集重庆左翼文化人士开会，决定：（1）在渝左翼文化人应常在报章杂志露名，使社会皆知其在渝。（2）如有人被捕即发消息，尽量营救。（3）在文坛地位稍低或过于暴露者，应即离渝。（4）以私人友谊通知英美在华使馆，说明国民党屠杀进步人士。（5）分别通知各地左翼文人注意防范。

本月　国民政府禁止纪念"五四"。

陈独秀在四川江津病逝，国民党顽固派纠合青年党、民社党准备在重庆开追悼会，梁寒操动员郭沫若签名当发起人，被郭严词拒绝，以致追悼会"因故延期"而不了了之。

六月

1 日　郭沫若、卢子英去北碚，同沙蒙去看望正在演出《天国春秋》的中华剧艺社的朋友，应云卫、陈鲤庭、金山以及夏衍、陈白尘、徐迟等。

5 日　郭沫若在游览合州钓鱼城后返回重庆。此行被国民党反动派诬为在北碚和合州纠集文化人，图谋不轨，一时闹得满城风雨。

13 日　中苏文化协会常务理事梁寒操举行招待会，商讨出版苏联政治、经济、文艺丛书计划。郭沫若、邓颖超、西门宗华、曹靖华、戈宝权、王云五、米克拉舍夫斯基等到会。

17 日　为纪念诗人节和高尔基逝世六周年，文协举行诗歌晚会，讨论《目前诗歌之创作及技术》。

18 日　中苏文化协会、文化工作委员会、中华全国文艺界抗敌协会等 11 个文化团体联合举行高尔基与屈原纪念晚会。到会的有郭沫若、孙科、于右任、王昆仑、潘友新、米克拉舍夫斯基等三百余人。

22 日　中苏文化协会为纪念苏联反法西斯战争一周年举行茶会，宋庆龄、冯玉祥、郭沫若、王世杰等人及苏、美、英等各国大使到会。

郭沫若、茅盾、田汉、欧阳予倩等人联名发表《中国文艺界为苏联抗敌周年致斯大林先生及全体苏联将士书》。

26 日　中华剧艺社《屈原》剧组赴北碚演出，郭沫若同行。

郭沫若应邀在中央青年剧社举办的戏剧讲座上做报告，谈《屈原》悲剧的意义。

28 日　雨后，《屈原》开始演出，在北碚连演 5 场，场场满座。

本月　中共中央宣传部发布指示，要求全党进行整风学习，各解放区陆续开展整风运动。

延安文艺界批判王实味、丁玲、萧军、罗烽等人。

七月

7 日　中共中央发表《抗战五周年宣言》，主张团结抗战，团结建国。

8 日　文工会在中苏文化协会举行抗战五周年纪念晚会，百余人到会。

13 日　文化工作委员会举行国际问题座谈会，讨论《日寇今后之动向及同盟国之对策》，郭沫若、冯玉祥、王芸生、焦敏之等 50 余人到会。

14 日　田汉、茅盾、欧阳予倩、柳亚子、胡风、宋云彬等人座谈历史剧问题。

19 日　文工会举行文化讲座，胡风主讲《论对于文艺的几种流行见解》。

八月

13 日　群益出版社在重庆成立，由于立群、郭培谦负责，专门出版郭沫若的著译，同时出版学术性刊物《中原》。先后担任该社经理、负责出版业务的有郭培谦、沈硕甫、屈楚等。

28 日　郭沫若出席"歌德晚会"并做演讲，题为"关于歌德"。

阳翰笙应周恩来要求到红岩村朗诵剧本《草莽英雄》。

九月

1 日 《文化先锋》创刊，由文运会主办，始为周刊，从第 1 卷第 18 期后改为旬刊。1946 年 10 月停刊。

3—8 日 郭沫若开始创作历史剧《孔雀胆》，剧本载于 1943 年桂林《文学创作》月刊第 1 卷第 6 期。

12 日 文工会为纪念歌德 193 年诞辰举行诗歌晚会，郭沫若出席并演讲，题为《关于歌德》。

18 日 《新华日报》正式创办《新华副刊》，内容有"文艺之页""青年生活""妇女之路""科学新话""戏剧研究""时代音乐""木刻阵线"等专刊，每月还印合订本出售。

本月 周恩来致电中央宣传部凯丰并转中央文委，称政治部文委会近被监视甚严，会内外之特务活动加紧，对外活动甚少。文协活动全部停顿，文艺界的活动极少，戏剧界因环境及剧场限制难以发展。出版界因印刷和检查之限制，日益萧条。桂林政治环境恶劣，文化统治加紧，文化人被监视，出版新书亦少。

傅抱石"壬午重庆个展"开幕。

国民党政治部以"改组"为名取缔了孩子剧团。

十月

10 日 《文艺先锋》创刊，由文运会主办，丁伯骝等主编。发表张道藩《我们所需要的文艺政策》，李冬辰起草，戴季陶、陈果夫修订，以张名义发表。鼓吹文艺要表现"八德"即"忠孝仁爱，信义和平"。又发表梁实秋《关于"文艺政策"》，宣扬"人性论"。

14 日 中国万岁剧团排练《虎符》，郭沫若应邀讲《虎符》的时代背景及剧中人物。

17 日 夏衍的《法西斯细菌》在国泰大戏院公演，由此揭开了重庆雾季公演的序幕。共演出 18 场，观众达 25200 人次。

19日　鲁迅逝世六周年，原定纪念晚会因故未能举行。《新华日报》以《鲁迅祭日》为题报道：纪念会因故未开，参加者默然引退，并发表纪念文章。

28日　文协理事会通过《保障作家稿费版权税意见书》，并公开发表。

29日　中国艺术剧社成立，由从香港、上海撤回后方的戏剧、电影工作者组成，负责人有于伶、金山、宋之的、司徒慧敏等。

本月　国民党行政院批复社会部的指令以戏剧节"未便与国庆纪念合并举行"为由，撤销每年10月10日的戏剧节，到1944年又明令确立每年2月15日为戏剧节。

十一月

7日　苏联大使馆为庆祝十月革命举行招待会，周恩来、邓颖超、沈钧儒、冯玉祥、郭沫若等人以及各国外交使节到会。

为纪念十月革命25周年，郭沫若、茅盾、胡风、夏衍等百余人联名发表《中国文化界向苏联文化界致书》。

本月　卓别林编导并主演的影片《大独裁者》在重庆公映，22日《新华日报》出评论专辑，通过评论该剧以抨击蒋介石的独裁统治。

罗果夫编辑的《苏联文艺》月刊在上海创刊，系我国唯一专载苏联文艺作品的刊物。

十二月

4日　重庆电影戏剧界人士百余人在文化会堂举行谈话会，张道藩主持。

5日　郭沫若在《新华日报》发表《屈原·招魂·天问·九歌》，答陆侃如在《文化先锋》一卷九期上发表的《西园读书记》一文，对《蒲剑集》中关于屈原论述的批评，就屈原生卒，《招魂》《九歌》等到底为谁所作等问题，进一步阐述己见。

21日　郭沫若、田汉、张道藩等人被选为中华全国戏剧界抗敌协会第三届理事。

曹禺的话剧《蜕变》由中国万岁剧团在改建后的抗建堂连续演出28场，引发强烈广泛的社会反响。

27日　文工会举行诗歌座谈会，臧克家、臧云远、王亚平、柳倩、方殷、任钧、戈茅等十余人参加，讨论怎样选择新诗主题与题材、抒情诗与叙事诗的创作方法、对过去新诗歌的检讨及对未来新诗歌的展望。

29日　中国艺术剧社成立，潘公展、陈方、陆京士、金山、宋之的、孙师毅、蓝马等百余人到会，金山主持。

30日　重庆戏剧电影界为庆祝洪深五十寿辰在百龄餐厅举行茶会，郭沫若、沈钧儒、茅盾、老舍、曹禺、鹿地亘等三百余人到会。

31日　周恩来为洪深五十大寿举行大宴，高度评价洪深对进步戏剧运动的贡献。

郭沫若发表《洪深先生五十寿》贺词，载《新华日报》。

一九四三年

一月

1日　郭沫若、茅盾、老舍、田汉、邓初民、翦伯赞、冯乃超、夏衍、于立群等50位文化界著名人士联名作《沈衡山先生七十寿辰》贺词，庆祝沈钧儒七十大寿。

周恩来、董必武在八路军重庆办事处招待沈钧儒、张申府、刘清扬等，为沈祝寿。

郭沫若的历史剧《孔雀胆》由中华剧艺社在重庆国泰大戏院开演，应云卫导演，此次共演 8 天。

10 日　中苏文化协会为苏联对外文化协会驻华代表米克拉舍夫斯基归国钱行，郭沫若、洪深、夏衍、老舍等出席并题词留念。

19 日　茅盾、老舍、曹靖华、郑伯奇、夏衍、张恨水等 20 余人发起张静庐从事出版事业 25 周年纪念征文。

20 日　《文化先锋》第 1 卷第 20 期出"文艺政策讨论专辑（上）"，21 期出"文艺政策讨论专辑（下）"。

本月　《戏剧月刊》创刊，陈白尘、张骏祥、潘子农、曹禺、贺孟斧合编，1944 年 4 月停刊，共出 5 期。

中央图书审查委员会对《蜕变》颁发荣誉奖状及奖金 1000 元。

二月

4 日　郭沫若的历史剧《虎符》由中国万岁剧团在重庆抗建堂开演，王瑞麟导演，江村饰信陵君，舒绣文饰如姬，孙坚白饰魏王，黎锦晖谱插曲。此剧仅上演一次。

宋之的的话剧《祖国在召唤》在重庆上演。

15 日　国民政府公布《新闻记者法》，在给予新闻记者以一定的法律保障的同时，对于新闻自由也做出了相应的限制。

重庆各报均发表了中国国民党中央宣传部新闻处提供的《抗战以来的话剧》一文，对中国抗战话剧运动做出了高度评价。

23 日　苏联大使馆为庆祝苏联红军节举行茶会，周恩来、董必武、邓颖超、林彪、郭沫若、老舍、曹靖华、宋庆龄、冯玉祥、程潜、邵力子、孙科、于右任、孔祥熙等人到会祝贺红军在反法西斯战争中取得的伟大胜利。

25 日　历史剧《孔雀胆》经修改，第二次在国泰大戏院演出。

郭沫若、沈钧儒、张一麐、黄炎培、茅盾、陶行知、罗隆基、章伯钧、史良等人联名发表致印度总督林里资哥电，要求释放在狱中绝食斗争的甘地。

本月　鲁迅艺术学院、青年艺术剧院、西北文工团、民众剧社以及群众业余剧社等在延安举行盛大的秧歌演出，鲁艺的秧歌剧《兄妹开荒》受到热烈欢迎。

三月

13 日　国民党当局禁演吴祖光的《风雪夜归人》。接着又禁演了郭沫若的《高渐离》、陈白尘的《石达开》、曹禺的《原野》等 116 种剧本。

15 日　郭沫若开始创作历史剧《南冠草》，至 4 月 1 日完成。

20 日　郭沫若应邀至鲜园赴宴，贺鹿钟麟六十寿辰。

24 日　夏衍、阳翰笙向周恩来汇报国民党当局加紧迫害文工会的种种情形。国民党准备强占文工会办公处、审查剧本更加严酷、对"中艺"的剧本更是百般挑剔。

《新华日报》刊登延安讯，中共中央文委及中央组织部召开党的文艺工作者会议，毛泽东在会议上指出，文艺应为工农兵服务。这是此次会议的指针，也是文艺运动的总方向。

27 日　文协成立五周年纪念会召开，郭沫若、茅盾、老舍、姚蓬子、张道藩、胡风、王平陵、阳翰笙、曹禺、朱光潜、张天翼等 26 人被选为理事。

本月　蒋介石出版《中国之命运》，宣扬封建主义和法西斯主义，反对共产主义和自由主义，为第三次反共高潮作思想和舆论准备。

四月

14 日　马雅可夫斯基逝世 13 周年，《新华日报》出纪念特刊。

本月　国民政府为摧残进步文化事业，公布了《非常时期报社通讯杂志社登记管理暂行办法》。

五月

8日　新运会礼堂举行戏剧界、文化界人士追悼沈硕甫大会，郭沫若致悼词，到会四百余人。

15日　共产国际执行委员会主席团发表《关于提议解散共产国际的决定》。

26日　中共中央发表《关于共产国际执委主席团提议解散共产国际的决定》，表示同意解散共产国际。

六月

3日　重庆文化界在百龄餐厅举行茶会，商讨有关言论出版自由等问题，一致要求取消新闻图书杂志及戏剧演出审查制度。

7日　第三届诗人节。文运会与文协在文化会堂联合举行文艺晚会，张道藩、胡风、姚蓬子、宋之的、夏衍等60余人参加。

鉴于前方战士缺乏鞋袜，脚部常受感染以致死亡，慰劳总会发起鞋袜劳军运动，郭沫若为此作诗一首，吁请广大民众踊跃劳军。该诗于9日晚由舒绣文在广播晚会上朗诵演出。

18日　高尔基逝世七周年。中苏文化协会举办高尔基生平照片展览，计四百余幅。展期四天。

19日　阳翰笙向周恩来汇报文工会情况：经费困难、国民党顽固派迫害，特别是对进步戏剧电影活动进行迫害。

下旬　郭沫若邀集重庆各剧团负责人、主要编导、书店出版界人士的会议，讨论对国民党禁止百余种书和剧本的抗议活动。

本月　《中原》月刊在重庆创刊，郭沫若主编，群益出版社发行。主要作者有茅盾、阳翰笙、闻一多、蔡仪、徐迟、杨刚等。在创刊后两个月内一再遭到国民党反动派的干扰、迫害，出至第2卷第2期，于1945年10月停刊。

蒋介石唆使特务头子张涤非，假冒"民众团体"名义召开座谈会并通过电文，由中央社广为刊布，说"马克思主义已经破产"，要求"解散共产党，交出边区"。

国民党将布置在西北的主力部队三个集团军，抽出两个用于包围陕甘宁边区。不久，又加强兵力，阴谋掀起第三次反共高潮。

七月

1 日　《文学杂志》创刊，孙陵主编。

7 日　《民族文学》创刊，陈铨主编，1944 年 1 月停刊，共出5 期。

9 日　延安 3 万民众集会，要求全区人民立即动员起来为保卫边区而奋斗，同时通电全国，呼吁团结一切力量制止内战。

12 日　《解放日报》发表毛泽东写的社论《质问国民党》，揭露国民党集团破坏抗战、破坏团结的罪行，警告它必须立即撤退进犯边区的军队。

21 日　重庆图书杂志审查处召开谈话会，各书店、出版社、杂志社负责人参加，宣布从 7 月 15 日起，各书店出版预告，都须标明该处审查号数；普通图书封底应印出审查号数。

23 日　中央图书杂志审查委员会规定，从 8 月 1 日起，凡中央机关及文化团体出版不公开发售的中英文刊物，不论适合免审规定与否，一律将原稿送重庆市图书杂志审查处审查，凭核发审查证或免审证。

八月

15 日　《新华日报》发表社论《为抗战文化着想》。

本月　重庆国民政府主席林森病逝，即由蒋介石兼代主席，至 9月为正式主席。

国民政府在桂林查封了《文学月报》《音乐与艺术》等刊物。

九月

4日　历史剧《孔雀胆》由中华剧艺社在成都演出，贺孟斧导演，每日两场，超过其他各剧上演纪录。后又赴内江、自流井、泸县、乐山、流华溪、五通桥等地演出，获得成功。

7日　应云卫四十寿辰。洪深、孟君谋、马彦祥、潘孑农等发起在中央青年剧社举行纪念茶会，到会50余人。

本月　国民党召开五届十一中全会，蒋介石宣布对共产党"应该以政治方法来解决"，同时又肆意诬蔑解放区和人民军队。通过《文艺运动纲领》，再次强调国民党文化专制的意图。

苏联大型纪录片《保卫斯大林格勒》在重庆公映，《新华日报》发表评论文章赞为"以血和肉谱写的诗"。

《文艺生活》《文艺杂志》《创作月刊》等杂志遭国民党查封。

十月

5日　《解放日报》发表毛泽东的社论《评国民党十一中全会和三届二次国民参政会》，驳斥国民党对共产党和解放区政权的诬蔑。

8日　于伶的《杏花春雨江南》由中国艺术剧社在重庆公演，史东山导演，金山饰梅岭春。反响强烈，仅重庆一地就连演30场。

17日　文协邀请文艺界人士在中国文艺社座谈，商讨稿费问题。

19日　鲁迅逝世七周年纪念，没有举行大规模纪念活动。

20日　《新华日报》发表社论《论治标与治本——如何解除文化工作者的苦闷》。

本月　国防最高委员会设置宪政实施协进会，周恩来、董必武作为中共代表被指定为其成员。这是一个包括各派政治力量以推行民主宪政的官方机构，先后提出废除图书杂志审查制度、健全地方行政机构等提案。

十一月

7日 苏联大使馆为庆祝十月革命节举行茶会，董必武、宋庆龄、沈钧儒、郭沫若、茅盾、胡风等人到会。

郭沫若、冯玉祥、邵力子、沈钧儒、陶行知、茅盾等联名发表《中国文化界给苏联领袖和人民的信》，庆贺十月社会主义革命26周年，赞扬苏联反法西斯斗争的伟大胜利。

中共中央宣传部做出《关于执行党的文艺政策的决定》。

11日 《戏剧时代》创刊，洪深、吴祖光、马彦祥、焦菊隐、刘念渠主编，1944年10月停刊，共出6期。

12日 国民党公布《文化运动纲领》。

13日 郭沫若的历史剧《南冠草》由中央青年剧社在重庆"一园"开演，洪深导演，马彦祥饰夏完淳，周伯勋饰洪承畴，剧名在征得作者同意后改为《金凤剪玉衣》。

十二月

11日 《扫荡报》载西南第一届戏剧展览会筹备委员会公告。

25日 中国著作人发起人会议在文运会礼堂举行，推定夏衍、徐仲年、常任侠、徐蔚南、程希孟、卢于道、宗白华、李辰冬、刘百闵、阳翰笙、鲁觉吾、姚蓬子、华林等16人为筹备员，潘公展为召集人。

一九四四年

一月

1日 《新华日报》以第六版整版的篇幅发表了《在延安文艺座谈会上的讲话》，总题为《毛泽东同志对文艺问题的意见》，包括《文艺上的为群众和如何为群众的问题》《文艺的普及和提高》《文艺和政治》。

3 日　宪政座谈会在重庆召开。这是一个非官方的包括各党各派与各界著名人士，旨在加快民主进程的松散组织。

本月　桂林《野草》《戏剧生活》等刊物被国民政府查封。

二月

14 日　中华全国戏剧界抗敌协会招待新闻界，座谈戏剧界的状况、贡献和要求。

15 日　中华全国戏剧界抗敌协会在文化会堂召开纪念戏剧节大会，郭沫若、邵力子、梁寒操、洪深、夏衍、潘公展、罗学濂以及美国新闻处总编辑华思等二百余人到会。马彦祥代表剧协报告戏剧界工作情况，并提出减轻捐税的要求，反对把戏剧当作"单纯的娱乐"，课以重税是在限制其发展。戏剧界非常艰难，因此出现两种倾向：一是选择迎合观众的剧本，与抗战脱节；二是公演减少。

《新华日报》发表社论《抗战戏剧到人民中去！——祝三十三年度戏剧节》。

教育部公布受奖剧本：老舍、赵清阁的《桃李春风》，奖 2 万元；曹禺的《蜕变》，奖 1.5 万元；于伶的《杏花春雨江南》，奖 1 万元；沈浮的《金玉满堂》，奖 1 万元。中电剧团、中国万岁剧团、中国艺术剧社各得奖旗一面。

16 日　剧协为庆祝戏剧节在文化会堂举行学术讲演，马彦祥主讲《地方剧演技体系研究》，洪深主讲《柏拉图和亚里士多德的戏剧理论》。

17 日　学术演讲继续举行，焦菊隐主讲《表现民主的戏剧》。

22 日　桂林的"西南第一届戏剧展览会"开幕，有 33 个戏剧团体参加，除演出外，还举办了资料展览，历时三个月。

三月

19—22日　郭沫若的《甲申三百年祭》在《新华日报》上连载，纪念李自成领导农民起义胜利三百周年。

本月　四川省图书杂志审查处召集戏剧界和报纸副刊编辑举行座谈会，万籁天、杨村彬、吴祖光等30余人出席，向当局提出要求：保障剧人生活、放宽审查尺度、严格检查上海拍摄的影片、降低娱乐捐税、迅速审发剧本、建立剧场、平抑剧场租金。

四月

15日　文协召开座谈会，讨论《文艺与社会风气》，胡风、茅盾、老舍、马宗融、姚蓬子、王平陵等数十人参加。

16日　文协在文运会举行六周年纪念会，150余人到会。

17日　文艺界人士为纪念老舍创作生活二十年举行茶会，邵力子、郭沫若、黄炎培、邓初民、程中行、顾毓琇、张道藩等人致辞祝贺。

郭沫若在重庆《新华日报》上发表《文章入冠——祝老舍先生创作生活廿年》。

27日　文协桂林分会为欧阳予倩五十六寿辰和创作二十三周年举行庆祝会。

五月

3日　重庆文化界举行茶会，讨论言论出版自由，要求取消审查制度、杂志出版后登记、各地军政当局不得禁扣各种书刊及干涉出演戏剧，取消过去的关于剧本的禁令，发还扣押的原稿等等。孙伏园、张申府、曹禺、潘子农、张静庐、马彦祥等50余人参加。

12日　《新华日报》报道戏剧界要求减低娱乐税和调整票价。

16日　张恨水五十寿辰。《新华日报》发表短评《张恨水先生创作三十年》。

21日　阳翰笙的话剧《两面人》在银社演出。

23日　演员江村逝世，终年28岁。

28日　桂林文化界为柳亚子五十八寿辰举行茶会，田汉、梁漱溟、金仲华、宋云彬、熊佛西等百余人出席。

本月　中共中央从延安派来刘白羽和何其芳向国统区作家传达延安整风运动和《在延安文艺座谈会上的讲话》精神以及文艺界的情况，郭沫若亲自召开座谈会，向重庆进步文化界人士传达。

六月

6日　文协发表《向全世界反法西斯作家致敬》。

10日　李济深、柳亚子、黄旭初等人发起成立桂林文化界扩大动员抗战宣传工作委员会，并举行扩大宣传周，呼吁为"保卫东南半壁江山"而奋斗。

17日　文协在文化会堂举行文艺欣赏晚会，曹禺谈创作经验，史东山谈导演经验。

18日　高尔基逝世八周年。

25日　文工会举行诗人节纪念会，参加者有胡风、臧克家、王亚平、臧云远、柳倩等50余人。

本月　美国副总统华莱士来华，先后访问重庆和延安。

七月

8日　沈钧儒、张申府、邓初民、郭沫若、茅盾等人联合致电广西党政军学文化各界，表示响应桂林文化界关于保卫东南的呼吁。

15日　文协在《新华日报》发布筹募援助贫病作家基金缘起。

24日　民主战士邹韬奋在上海逝世，终年49岁。

八月

21 日　作家王鲁彦在桂林逝世，终年 44 岁。

26 日　《新华日报》发表中共中央宣传部《关于执行党的文艺政策的决定》。

30 日　桂林文化界举行王鲁彦追悼会，到会的有欧阳予倩、邵荃麟、司马文森等二百余人。

本月　郭沫若的历史剧《孔雀胆》由航校的大鹏剧社在昆明演出，章泯导演，王人美饰阿盖公主，陶金饰段功，演出引起轰动。

九月

4 日　重庆各界人士联名发表对时局的看法与主张，迫切要求真正实行民主。

11 日　桂林发布强迫疏散令，桂林的文艺活动全部停止。

24 日　国民党元老、各党派领袖以及社会各界人士冯玉祥、邵力子、沈钧儒、董必武等五百余人集会，主张必须召开国是会议，成立联合政府。

29—30 日　宋庆龄为援助贫病作家主办晚会，筹集捐款共计 80万元。

本月　美国总统代表赫尔利来到重庆。

十月

1 日　邹韬奋追悼大会在银社举行，宋庆龄、黄炎培、李烈钧、郭沫若等 72 人参加。

14 日　郭沫若、沈钧儒、茅盾、老舍等 150 人，代表中国文化界联名致电苏联科学院院长柯马洛夫，祝贺他 75 寿辰。

19 日　鲁迅逝世八周年，重庆文化界举行纪念茶会，沈钧儒、茅盾、胡风等百余人参加。

十一月

5 日　中国著作人协会在广播大厦成立，名誉会员有吴敬恒、于右任、张继、戴季陶、孙科、叶楚伧、邵力子、陈布雷、陈果夫、朱家骅、冯玉祥等 15 人。洪深要求取消图书杂志审查制度，后夏衍带头退场。

7 日　中苏文化协会举办苏联十月革命 27 周年庆祝会，郭沫若出席并演讲，最后观看苏联电影《虹》。

11 日　郭沫若在天官府住处为刚从桂林抵渝的柳亚子洗尘，10 日夜从延安飞回重庆的周恩来亦来参加，席间畅谈延安近况，振奋人心。

13 日　文工会宴请周恩来、王若飞、张晓梅等，百余人参加，周恩来谈及延安情况、时局和国共谈判问题。

23 日　《新华日报》以《解放区新民主主义文化统一战线方针》的题目发表毛泽东在边区文教大会上的讲演。

25 日　文协发动募集作家基金运动，共募集 2652155 元。

十二月

20 日　《文学新报》半月刊创刊，萧蔓若主编。

30 日　法国著名作家罗曼·罗兰逝世，终年 79 岁。

一九四五年

一月

1 日　蒋介石发表广播演说，以"召开国民大会"缓和人民群众建立联合政府的强烈要求。

黄炎培、褚辅成等 60 余人联名发表《时局献言》，要求国民党和各党派切实合作，挽救时局。

10 日　骆宾基、冯维典回重庆时在丰都被捕，周恩来、郭沫若、冯乃超、王亚平等多方努力设法营救使二人得释。

12 日　为祝贺沈钧儒七十一寿辰，郭沫若、王若飞、徐冰邀集柳亚子、黄炎培、马寅初、王昆仑、邓初民、谭平山、左舜生、章伯钧、张申府等人在家聚谈时事。

18 日　周恩来、董必武致电王若飞，指出目前大后方正在开展民主运动，文化整风不宜扩大到党外。

23 日　中华全国抗敌协会在文化会堂欢迎政治部抗敌戏剧宣传队第六队和第九队，阳翰笙、于伶、吴祖光、宋之的、贺孟斧、郑君里等百余人参加。

25 日　冯乃超主持召开座谈会，批评舒芜的《论主观》一文。

刚从延安归来的周恩来在曾家岩五十号做报告，郭沫若、王若飞、徐冰、黄炎培、左舜生、沈钧儒、章伯钧等在座。

本月　《希望》月刊创刊，胡风主编。

二月

1 日　重庆妇女界胡子婴、李德全、史良、刘清扬、刘王立明、谭惕吾、曹孟君、浦熙修等 104 人发表《时局的主张》，要求国民政府立即邀请各党各派及各界人士，举行全国紧急会议，共商国是，成立全国人民一致拥戴的政府。刊载于 2 月 23 日《新华日报》。

2 日　周恩来在曾家岩五十号八路军办事处举行招待文艺界茶会，报告国共谈判经过。

6 日　郭沫若应谭平山、邓初民等人之邀，到棉花街五十八号李绍涵家聚餐，商谈时局。同席有周恩来、王若飞、徐冰、陈铭枢、杨虎、左舜生、沈钧儒、章伯钧、张申府、柳亚子、马寅初、王炳南等。

8 日　郭沫若起草《文化界时局进言》，呼吁实行民主。签名者有沈钧儒、柳亚子、马寅初、茅盾、老舍等312人，于22日联名发表，刊载于2月23日《新华日报》。

14日　周恩来、郭沫若、王若飞、于右任、孙科、沈钧儒、黄炎培、陶行知、鲜特生等24人在鲜府聚餐，席间周恩来报告国共问题最近商洽情况，征求在座文化人意见。

15日　全国剧协在文运会召开戏剧节纪念大会，张道藩、邵力子、黄少谷等四百余人参加。

本月　苏联著名作家阿·托尔斯泰逝世，终年62岁。

三月

1日　蒋介石在"宪政实施协进会"上。公然拒绝将政权移交各党各派组织的联合政府，制造种种借口坚持一党专政，中共立即通过新华社逐条批驳蒋的遁词。

8日　郭沫若、沈钧儒、黄炎培、邓初民、陈铭枢等14人应王若飞之邀，赴良庄聚谈。

12日　昆明文化界潘光旦、闻一多、罗隆基、李公朴、吴晗、费孝通、曾昭抡、楚图南、马大猷、光未然、沈从文、王瑶等342人，联合发表《关于挽救当前危局的主张》。

21日　郭沫若为文协作《悼念罗曼·罗兰》，刊载于25日《新华日报》。

25日　罗曼·罗兰悼念会，郭沫若代表文协致悼词。洪深、于右任等到会。

30日　文化工作委员会被国民政府政治部部长张治中借口机构重复而解散。

31日　郭沫若整日接待重庆中外各方面人士拜访慰问。

本月　昆明文化界340余人发表联合宣言，要求召开国是会议，建立联合政府。

叶浅予、特伟、张光宇、余所亚、沈同衡、张文元、廖冰兄等在重庆举办"漫画联展"，作品以揭露和讽刺国民党反动统治为主。

四月

1 日　纪念文工会成立七周年，原政治部第三厅和文化工作委员会的同事以及"三厅之友"举行聚餐会暨恳谈会。沈钧儒、翦伯赞、马宗融等百余人到会。

郭沫若、张发奎、柳亚子、沈钧儒、茅盾等 50 人，发起为沈振黄募集子女教育基金。沈系青年画家，去年 11 月死于乱难。

8 日　重庆各党派领袖及文化界人士欢宴郭沫若与文工会成员，百余人到会。席间沈钧儒、左舜生、王若飞、陶行知、马寅初、翦伯赞等先后致辞，高度评价郭沫若多年来对文化的伟大贡献。郭沫若致答词。

上旬　郭沫若开始主持中苏文化协会研究会的工作。

15 日　阿·托尔斯泰悼念会在抗建堂举行，到会千余人。

23 日　中国共产党第七次全国代表大会在延安召开。

25 日　46 个国家代表在美国旧金山举行联合国成立大会，董必武作为中共的代表出席了这次会议。这是中国成为世界大国的开端。

29 日　成都文化界李劼人、马哲民、周太玄、应云卫、陈白尘、叶圣陶、黄药眠等 126 人联合发表《对时局献言》，要求立即建立联合政府，实现国民的基本自由。

本月　由鲁艺集体创作，贺敬之、丁毅执笔，马可等作曲的歌剧《白毛女》在延安演出。

五月

4 日　文协纪念成立七周年和第一届文艺节，郭沫若、邵力子、茅盾、老舍等人被选为在渝理事。该会还通过了要求保障作家言论身体自由案。

《文哨》创刊，叶以群编，1945 年 10 月停刊，共出 3 期。

7 日　贺孟斧逝世，终年 34 岁。

16 日　应苏联大使彼得罗夫之邀，郭沫若、沈钧儒、王昆仑等人出席使馆为庆祝苏联红军在欧洲取得胜利和德国无条件投降举行的胜利酒会。

28 日晚，苏联大使馆费德林博士来访，邀请郭沫若参加苏联科学院第 220 周年纪念大会。同时被邀请的还有丁西林。

本月　国民党在重庆召开第六次全国代表大会，宣称"还政于民"、召集"国民大会"，实际上仍顽固维持一党专政，并准备发动内战。

六月

6 日　晚，中苏文化协会为欢迎新任苏联大使彼得罗夫暨庆祝苏联红军胜利举行鸡尾酒会。

7 日　王若飞等在曾家岩五十号为郭沫若赴苏举行欢送会。

8 日　中苏文协、全国文协、全国剧协为郭沫若举行欢送大会，邵力子为主席，茅盾、史东山、侯外庐、柳亚子、马寅初等人致辞。郭沫若致答词。

9 日　中华全国戏剧界抗敌协会、文协等十团体在文化会堂举行贺孟斧追悼会。

19 日　中苏文化协会、文协在抗建堂举行纪念高尔基逝世九周年纪念会，百余人到会。

24 日　重庆文化界举行茶会，庆祝茅盾五十寿辰，七八百人到会。《新华日报》发表社论《中国文艺工作者的路程》，并出纪念特辑。

本月　中苏文艺联络社成立，茅盾、以群、徐迟等人主持。

八月

3 日　"茅盾文艺奖金"开始征文，收到 108 篇，有 8 篇获奖。

6 日　美国在日本广岛投掷了第一颗原子弹。

8 日　美国在日本长崎投掷了第二颗原子弹。

苏联宣布对日作战，9 日开始向日军进行猛攻。

13 日　文协举行庆祝抗日战争胜利的欢谈会。

15 日　日本裕仁天皇宣布无条件投降。

22 日　附逆文化人调查委员会开会。

25 日　中共中央发表《对目前时局的宣言》，要求国民政府立即实行民主措施，巩固国内团结，保证国内和平。

29 日　中苏文协为欢迎郭沫若和丁西林从苏联归来举行茶会，由邵力子主持，中外人士百余人到会。

30 日　文协和剧协为欢迎郭沫若和丁西林从苏联归来举行茶会。会上决定筹募新书千卷转赠苏方，作为加强中苏文化交流的开始。

8 月底　郭沫若邀请文艺界三四十人至家中聚会，周恩来讲话说明此次重庆和谈的重大意义。

九月

1 日　中苏文协为庆祝《中苏友好同盟条约》举行鸡尾酒会。毛泽东、周恩来、王若飞、郭沫若以及苏联大使彼得罗夫等三百余人到会。

2 日　日本政府在东京湾的美国军舰上签署投降书。

3 日　毛泽东招待各界人士，郭沫若、于立群、翦伯赞、邓初民、冯乃超、周谷城等在座。

8 日　成都 16 个新闻文化团体自动取消审查制度。随后，许多报刊参加拒检运动。

《周报》在上海创刊，唐弢、柯灵编辑。

9 日　日本政府在南京举行"中国战区"投降仪式，冈村宁次代表日军签署投降书。

郭沫若携于立群到红岩村看望毛泽东和周恩来，毛认为郭沫若在文化界应采取较强的态度，不妥协合作，要有斗争。

20日　重庆《民宪半月刊》《中华论坛》《文汇周报》《东方杂志》等23家杂志举行编辑人联谊会，要求保证言论自由。

参考文献

档案资料:

中国第二历史档案馆编:《中华民国史档案资料汇编·文化》(1912—1945)第五辑第一、第二编,江苏古籍出版社 1998 年版。

中国第二历史档案馆编:《中华民国史档案资料汇编·文化》(1912—1945)第五辑第三编,江苏古籍出版社 1999 年版。

中国第二历史档案馆编:《中国现代政治史资料汇编》,江苏古籍出版社 1986 年版。

秦孝仪主编:《中华民国重要史料初编》,中国国民党中央委员会党史委员会 1988 年版。

秦孝仪主编:《抗战建国史料》,中央文物供应社 1984 年版。

资料集:

荣孟源主编:《中国国民党历次代表大会及中央全会资料》(下册),光明日报出版社 1985 年版。

中央统战部、中央档案馆编:《中共中央抗日民族统一战线文件选编》,档案出版社 1986 年版。

中央档案馆编:《中共中央文件选集》(十一至十四),中共中央党校出版社 1991 年版。

中共中央党校编：《中国国民党党史文献选编（1894—1949）》，中共中央党校中共党史教研室 1985 年编印。

南方局党史资料征集小组编：《南方局党史资料》（一、大事记），重庆出版社 1986 年版。

南方局党史资料征集小组编：《南方局党史资料》（三、统一战线工作），重庆出版社 1990 年版。

南方局党史资料征集小组编：《南方局党史资料》（六、文化工作），重庆出版社 1990 年版。

中共重庆市委党史工作委员会编：《南方局领导下的重庆抗战文艺运动》，重庆出版社 1989 年版。

强重华编：《抗日战争时期重要资料统计集（1931—1945）》，北京出版社 1997 年版。

中国第二历史档案馆、重庆市档案馆编：《白色恐怖下的新华日报》，重庆出版社 1987 年版。

文天行编：《国统区抗战文艺运动大事记》，四川社会科学院出版社 1985 年版。

文天行、王大明、廖全京编：《中华全国文艺界抗敌协会史料选编》，四川社会科学院出版社 1983 年版。

廖全京、文天行、王大明编：《作家战地访问团史料选编》，四川社会科学院出版社 1984 年版。

北京大学等主编：《文学运动史料选》，上海教育出版社 1979 年版。

重庆政协文史资料研究委员会编：《重庆抗战纪事：1937～1945》，重庆出版社 1985 年版。

石曼编：《重庆抗战剧坛纪事：1937.7～1946.6》，中国戏剧出版社 1995 年版。

郭沫若研究学会（乐山）、重庆地区中国抗战文艺研究会合编：

《抗战时期的郭沫若》，四川社会科学院出版社 1985 年版。

王训昭、卢正言、邵华、肖斌如、林明华编：《郭沫若研究资料》（上、中、下），中国社会科学出版社 1986 年版。

沈承宽等编：《张天翼研究资料》，中国社会科学出版社 1982 年版。

孟广涵主编：《抗战时期国共合作纪实》（上、下），重庆出版社 1992 年版。

魏宏运主编：《民国纪事始末》（五、六），辽宁人民出版社 1999 年版。

张宪文、李良志主编：《抗战戏剧》，河南大学出版社 2005 年版。

谷莺：《新华日报旧体诗选注》，四川社会科学院出版社 1984 年版。

唐沅等编：《中国现代文学期刊目录汇编》，天津人民出版社 1988 年版。

董健等编：《中国现代戏剧总目提要》，南京大学出版社 2003 年版。

贾植芳主编：《中国现代文学总书目》，福建教育出版社 1993 年版。

王大明等编：《抗战文艺报刊篇目汇编》，四川社会科学院出版社 1986 年版。

军事科学院军事历史研究部编：《日本侵略军在中国的暴行》，解放军出版社 2005 年版。

作品及作品集：

楼适夷等主编：《中国抗日战争时期大后方文学书系》第 1—10 编，重庆出版社 1989 年版。

《中国新文学大系》编辑委员会编：《中国新文学大系（1937—

1949)》，上海文艺出版社 1990 年版。

郭沫若：《郭沫若全集》，人民文学出版社 1992 年版。

郭沫若：《郭沫若轶文集》，四川大学出版社 1988 年版。

阳翰笙：《阳翰笙剧作集》，中国戏剧出版社 1982 年版。

田汉：《田汉全集》，花城出版社 2000 年版。

田汉：《田汉文集》，中国戏剧出版社 1983 年版。

沈从文：《沈从文全集》，北岳文艺出版社 2003 年版。

刘洪涛编：《沈从文批评文集》，珠海出版社 1998 年版。

徐静波编：《梁实秋批评文集》，珠海出版社 1998 年版。

陈铨：《蓝蝴蝶》，重庆商务印书馆 1940 年 6 月初版。

陈铨：《黄鹤楼》，长沙商务印书馆 1940 年 6 月初版。

陈铨：《野玫瑰》，重庆商务印书馆 1942 年 4 月初版。

陈铨：《金指环》，重庆天地出版社 1943 年 1 月初版。

陈铨：《蓝蝴蝶》，重庆青年书店 1943 年 4 月初版。

陈铨：《无情女》，重庆青年书店 1943 年 6 月初版。

陈铨：《婚后》，重庆商务印书馆 1944 年 1 月初版。

传记、年谱、日记、回忆录：

金冲及主编：《周恩来传》（1898—1949），人民出版社、中央文献出版社 1995 年版。

力平、方铭主编：《周恩来年谱》（1898—1949），中央文献出版社 1998 年版。

李建力、鹿彦华：《周恩来与陈诚》，华文出版社 2001 年版。

张颖：《走在西花厅的小路上——忆在恩来同志领导下工作的日子》，中共党史出版社 2008 年版。

龚济民、方仁念：《郭沫若传》，北京十月文艺出版社 1988 年版。

郭沫若：《郭沫若日记》，陈漱渝编，山西教育出版社 1997 年版。

龚济民、方仁念主编:《郭沫若年谱》(上、中),天津人民出版社 1982 年版。

郭沫若:《洪波曲》,人民文学出版社 1979 年版。

郭沫若:《郭沫若自传》,江苏文艺出版社 1996 年版。

丁三编:《抗战中的郭沫若》,战时出版社,出版年不详。

曾健戎:《郭沫若在重庆》,青海人民出版社 1982 年版。

新华日报资料室编:《悼念郭老》,生活·读书·新知三联书店 1979 年版。

阳翰笙:《阳翰笙日记选》,四川文艺出版社 1985 年版。

阳翰笙:《风雨五十年》,人民文学出版社 1986 年版。

徐志福:《风雨一生阳翰笙》,巴蜀书社 2005 年版。

徐志福:《走近阳翰笙》,巴蜀书社 2007 年版。

夏衍:《懒寻旧梦录》,生活·读书·新知三联书店 1985 年版。

王惠云、苏庆昌:《老舍评传》,花山文艺出版社 1985 年版。

甘海岚编撰:《老舍年谱》,书目文献出版社 1989 年版。

老舍著、胡絜青编:《老舍写作生涯》,百花文艺出版社 1981 年版。

邵伯周:《茅盾评传》,四川文艺出版社 1987 年版。

茅盾:《我走过的道路》(下),人民文学出版社 1997 年版。

宋益乔:《梁实秋传——沧桑悲欢》,北岳文艺出版社 1994 年版。

李正西、任合生编:《梁实秋文坛风云录》,黄山书社 1992 年版。

梁实秋:《梁实秋自传》,江苏文艺出版社 1996 年版。

张道藩:《酸甜苦辣的回味》,传记文学出版社 1981 年版。

程榕宁:《文艺斗士——张道藩传》,近代中国出版社 1985 年版。

王由青编著:《张道藩的文宦生涯》,团结出版社 2008 年版。

赵友培:《文坛先进张道藩》,重光文艺出版社 1975 年版。

陈布雷:《陈布雷回忆录》,传记文学出版社 1981 年版。

胡绍轩：《现代文坛风云录》，重庆出版社 1991 年版。

苏雪林等：《抗战时期文学回忆录》，文讯月刊杂志社 1987 年版。

重庆出版社辑：《作家在重庆》，重庆出版社 1983 年版。

翁植耘、屈楚、周特生、冯克熙编著： 《在反动堡垒里的斗争——忆解放前重庆的文化活动》，重庆出版社 1982 年版。

孔瑞、边震遐编：《罗荪，播种的人》，社会科学文献出版社 2005 年版。

乐齐编：《叶圣陶日记》，山西教育出版社 1997 年版。

董丽敏：《洪深：激流中的呐喊》，上海教育出版社 1999 年版。

石曼：《重庆剧坛风云录》，重庆出版社 2001 年版。

文天行：《周恩来与国统区抗战文艺》，四川社会科学院出版社 1985 年版。

王芝琛：《百年沧桑——王芸生与〈大公报〉》，中国工人出版社 2001 年版。

江涛：《抗战时期的蒋介石》，华文出版社 2005 年版。

重庆抗战丛书编纂委员会编：《陪都人物纪事》，重庆出版社 1995 年版。

孙善齐编著：《重睹大后方文坛芳华》，重庆出版社 2005 年版。

高宁：《烽火年代的呼唤——〈救亡日报〉史话》，重庆出版社 1988 年版。

广西日报新闻研究室编：《救亡日报的风雨岁月》，新华出版社 1987 年版。

吴玉章等：《新华日报的回忆》，四川人民出版社 1979 年版。

石西民、范剑涯编：《新华日报的回忆·续集》，四川人民出版社 1983 年版。

碧野等：《作家在重庆》，重庆出版社 1983 年版。

冷若水主编：《中央社六十年》，"中央"通讯社 1984 年版。

专著与论文集：

杨义：《现代中国学术方法通论》，山东教育出版社 2009 年版。

黄修己、刘卫国主编：《中国现代文学研究史》（上册），广东人民出版社 2008 年版。

刘炎生：《中国现代文学论争史》，广东人民出版社 1999 年版。

张大明、陈学超、李葆琰：《中国现代文学思潮史》（下），北京十月文艺出版社 1995 年版。

吴中杰：《中国现代文艺思潮史》，复旦大学出版社 1996 年版。

贾植芳主编：《中国现代文学社团流派》（下），江苏教育出版社 1989 年版。

司马长风：《中国新文学史》，昭明出版社 1976 年版。

蓝海：《中国抗战文艺史》，山东文艺出版社 1984 年版。

苏光文：《大后方文学论稿》，西南师范大学出版社 1994 年版。

苏光文：《抗战文学概观》，西南师范大学出版社 1985 年版。

文天行：《国统区抗战文学运动史稿》，四川教育出版社 1988 年版。

廖全京：《大后方戏剧论稿》，四川教育出版社 1988 年版。

靳明全主编：《重庆抗战文学论稿》，重庆出版社 2003 年版。

靳明全主编：《重庆抗战文学新论》，重庆出版集团、重庆出版社 2009 年版。

唐正芒等：《中国西部抗战文化史》，中央党史出版社 2004 年版。

苏光文主编：《1937—1945 年中国文学爱国主义母题研究》，重庆出版社 2001 年版。

［美］孙隆基：《中国文化的深层结构》，广西师范大学出版社 2004 年版。

［日］池田诚编著：《抗日战争与中国民众》，求实出版社 1989 年版。

王金铻:《抗战时期的中国知识分子》,中国社会出版社 1996 年版。

中国郭沫若研究会、郭沫若纪念馆编:《文化与抗战——郭沫若与中国知识分子在民族解放战争中的文化选择》,巴蜀书社 2006 年版。

刘心皇:《抗战时期的文学》,台北"国立"编译馆 1995 年版。

尹雪曼:《中华民国文艺史》,台北中正书局 1975 年版。

周锦:《中国新文学史》,台北长歌出版社 1976 年版。

金达凯:《郭沫若总论——三十至八十年代中共文化活动的缩影》,台湾商务印书馆 1988 年初版。

〔美〕费正清:《剑桥中华民国史》,中国社会科学出版社 1994 年版。

蒋永敬:《抗战史论》,东大图书公司 1995 年版。

蒋永敬:《百年老店国民党沧桑史》,传记文学出版社 1993 年版。

刘再复、林岗:《传统与中国人》,安徽文艺出版社 1999 年版。

金耀基等:《中国现代化的历程——知识分子与中国现代化》,时报出版公司 1980 年版。

史全生主编:《中华民国文化史》,吉林文史出版社 1990 年版。

肖效钦、钟兴锦主编:《抗日战争文化史(1937—1945)》,中共党史出版社 1992 年版。

民革中央孙中山研究学会重庆分会编著:《重庆抗战文化史》,团结出版社 2005 年版。

中国社会科学院近代史研究所编:《中国抗战与世界反法西斯战争:纪念中国人民抗日战争暨世界反法西斯战争胜利 60 周年学术研讨会文集》(上卷),社会科学文献出版社 2009 年版。

温贤美、李良志、裴匡一:《抗战时期的国共关系》,北京出版社 1997 年版。

杨奎松：《国民党的"联共"与"反共"》，社会科学文献出版社
2008年版。

张弓、牟之先：《国民政府重庆陪都史》，西南师范大学出版社
1993年版。

郝明工：《陪都文化论》，新疆大学出版社1994年版。

唐正芒：《南方局领导的大后方抗战文化运动》，湖南师范大学出
版社1999年版。

彭亚新主编：《中共中央南方局的文化工作》，中共党史出版社
2009年版。

陈白尘、董健：《中国现代戏剧史稿》，中国戏剧出版社1989
年版。

倪伟：《"民族"想象与国家统制——1928～1948年南京政府的文
艺政策及文学运动》，上海教育出版社2003年版。

赵凌河主编：《国统区文学传播形态》，辽宁人民出版社2006
年版。

朱猷武、王俊芳：《国统区的文化和文化人》，天津人民出版社
2009年版。

陈鉴昌：《郭沫若历史剧研究》，四川大学出版社2009年版。

饶良伦、段光达、郑率：《烽火文心——抗战时期文化人心路历
程》，北方文艺出版社2000年版。

张全之：《火与歌：中国现代文学、文人与战争》，新星出版社
2006年版。

高旭东：《梁实秋——在古典和浪漫之间》，文津出版社2005
年版。

丁亚平：《水底的火焰——知识分子萧乾（1949—1999）》，中国
人民大学出版社2010年版。

季进、曾一果：《陈铨：异邦的借镜》，文津出版社2005年版。

江沛：《战国策派思潮研究》，天津人民出版社2001年版。

吴立昌主编：《文学的消解与反消解——中国现代文学派别论争史论》，复旦大学出版社2004年版。

朱晓进等：《非文学的世纪——20世纪中国文学与政治文化关系史论》，南京师范大学出版社2004年版。

叶隽：《另一种西学——中国现代留德学人及其对德国文化的接受》，北京大学出版社2005年版。

中国社会科学院新闻研究所编：《抗日战争时期的中国新闻界》，重庆出版社1987年版。

韩辛茹：《新华日报史（1938—1947）》，重庆出版社1990年版。

王润泽：《张季鸾与〈大公报〉》，中华书局2008年版。

周淑真：《三青团始末》，江西人民出版社1996年版。

报纸杂志：

《新华日报》（1937—1945）

《中央日报》（1938—1945）

《大公报》（1937—1945）

《新蜀报》（1937—1945）

《抗战文艺》（1938—1946）

《文化先锋》（1—2卷，1942—1943）

《文艺先锋》（1—2卷，1942—1945）

《战国策》（1—17期，1940—1941）

《新文学史料》（1978—2008）

《抗战文艺研究》（季刊）（1985—1988）

《抗战文化研究》（第一、二、三辑）

《文史资料选辑》

相关论文：

崔莹：《抗战初期的国民政府军事委员会政治部第三厅》，《历史档案》1989 年第 3 期。

周苏玉：《第三厅与武汉各界第二期抗战扩大宣传周述论》，《湖北社会科学》2005 年第 11 期。

王谦：《郭沫若与国民政府三厅》，《文史精华》2004 年第 4 期。

《政治部三厅的一份工作汇报》，《郭沫若学刊》1987 年第 2 期。

曹汉文、谭阳：《武汉三厅时期的王琦》，《新文化史料》1996 年第 2 期。

苟兴朝：《抗战时期郭沫若宣传活动综述》，《郭沫若学刊》2008 年第 2 期。

侯衔正：《武汉抗战时期的文化运动》，《江汉大学学报》1999 年第 1 期。

徐行：《周恩来与抗战初期的政治部第三厅》，《南开学报》（哲学社会科学版）2005 年第 4 期。

徐志福：《阳翰笙与国统区抗战文艺运动》，《西南民族学院学报》（哲学社会科学版）2001 年第 12 期。

安子昂：《周恩来同志与国统区抗战文艺》，《重庆师范大学学报》（哲学社会科学版）1983 年第 1 期。

秦文志：《周恩来与大后方抗日救亡文化运动》，《探索》2003 年第 1 期。

段从学：《鲁迅在新文学传统中的领导地位之建立——文协与抗战初期的鲁迅纪念活动》，《鲁迅研究月刊》2008 年第 7 期。

温贤美：《国共两党领导重庆抗日文化运动的主要机构及其指导思想与影响》，《中华文化论坛》2004 年第 1 期。

扶小兰：《抗日战争时期中共南方局的文化统一战线工作及其成效》，《重庆社会科学》2008 年第 12 期。

邓静：《文艺界的抗日统一战线和南方局的区域文化政策》，《福建党史月刊》2000 年第 4 期。

詹永媛：《抗战时期中共文化政策及在国统区的实践》，《广西民族学院学报》（哲学社会科学版）2003 年第 5 期。

詹永媛：《试论国统区抗战文化运动的特点》，《贵州民族学院学报》（哲学社会科学版）2001 年第 2 期。

詹永媛：《试论政治与国统区抗战文艺的互动关系》，《广西民族学院学报》（哲学社会科学版）2004 年第 6 期。

梁丽萍：《国民党主流意识形态的建构与失败（1928—1949）》，《中共中央党校学报》2004 年第 3 期。

梁丽萍：《文化"围剿"缘何失败？——国民党意识形态建设失败的原因分析》，《党政干部学刊》2004 年第 11 期。

张强：《国民党抗战时期的文艺政策》，《民国档案》1991 年第 2 期。

王文英：《抗战文学的精神品格》，《社会科学》2005 年第 8 期。

章绍嗣：《抗战文艺研究 60 年回眸》，《抗日战争研究》1998 年第 4 期。

林刚：《抗战文艺运动述略》，《北京行政学院学报》2002 年第 6 期。

吴宏聪：《抗战文艺在中国现代文学史上的地位》，《中山大学学报》1985 年第 4 期。

章绍嗣、尹鸿禄：《新时期抗战文艺研究述评》，《社会科学研究》1991 年第 2 期。

曹敏华：《国统区抗战文化运动述论》，《党史研究与教学》1995 年第 5 期。

戴知贤：《抗战时期文化运动的几个特点》，《教学与研究》1995 年第 4 期。

粟孟林：《抗战时期国统区的文化政策》，《吉林广播大学学报》2007 年第 2 期。

唐正芒：《抗战时期大后方反对国民党文化专制政策的斗争》，《湘潭大学学报》（哲学社会科学版）1999 年第 1 期。

唐正芒：《近十年抗战文化研究述评》，《湘潭大学学报》（哲学社会科学版）2007 年第 4 期。

王晓岚：《抗战时期国民党排共、反共的新闻谋略与手段》，《新闻与传播研究》1997 年第 4 期。

程光炜：《多元共生的时代——试论四十年代的文人集团》，《海南师范学院学报》（社会科学版）2003 年第 4 期。

李继凯：《多维的世界和审美的透视——关于抗战文艺的一点思考》，《延安大学学报》（社会科学版）1989 年第 1 期。

江惠之：《关于"抗战文艺的分期问题"》，《重庆师范大学学报》（哲学社会科学版）1984 年第 2 期。

蔡震：《在与国共两党的关系中看郭沫若的 1926—1927——兼论与此相关的史料之解读及补充》，《郭沫若学刊》2007 年第 1 期。

蔡震：《"去国十年余泪雪"（上）——郭沫若流亡日本的心理历程》，《郭沫若学刊》2006 年第 3 期。

蔡震：《"去国十年余泪雪"（下）——郭沫若流亡日本的心理历程》，《郭沫若学刊》2006 年第 4 期。

蔡震：《"革命文化的班头"：抗战赋予郭沫若的历史角色》，《郭沫若学刊》2005 年第 3 期。

蔡震：《生命的辉煌——论抗战时期的郭沫若》，《郭沫若学刊》1995 年第 4 期。

蔡震：《郭沫若的个性本位意识与传统文化情结》，《文学评论》1992 年第 5 期。

蔡震：《抗战：郭沫若的不归路》，《涪陵师范学院学报》2006 年第 3 期。

向纯武：《郭沫若与〈新华日报〉》，《郭沫若学刊》1989 年第 3 期。

苟兴朝：《抗战时期郭沫若宣传活动综述》，《郭沫若学刊》2008 年第 2 期。

魏红珊：《论郭沫若文化身份的嬗变——从〈女神〉到〈屈原〉》，《中国社会科学院研究生院学报》2006 年第 3 期。

陈俐：《抗战时期武汉大学教授群体的文化选择——兼论郭沫若抗战时期的文化选择》，《郭沫若学刊》2005 年第 4 期。

刘铭：《关于文艺"与抗战无关论"——抗战时期文艺论争再议之一》，《齐齐哈尔大学学报》（哲学社会科学版）1987 年第 3 期。

孙续恩：《抗战时期梁实秋的"与抗战无关论"再认识》，《中国现代文学研究丛刊》1988 年第 2 期。

朱学兰：《抗战需要文艺　文艺必须抗战——关于抗战时期文艺界跟梁实秋的"与抗战无关论"的论争》，《重庆师范大学学报》（哲学社会科学版）1981 年第 4 期。

彭玉斌：《论重庆抗战文化地图中的"文协"》，《重庆社会科学》2005 年第 1 期。

孙国林：《毛泽东与抗战文艺》，《延安大学学报》（社会科学版）2005 年第 3 期。

秦弓：《关于抗日正面战场文学的问题》，《重庆师范大学学报》（哲学社会科学版）2009 年第 1 期。

秦弓：《抗战时期作家与正面战场的关系》，《抗战文化研究》2007 年第 1 辑。

秦弓：《抗战文学对正面战场问题的表现——抗战文学与正面战场研究》，《陕西师范大学学报》（哲学社会科学版）2006 年第 2 期。

秦弓：《抗战文学对正面战场的正面表现》，《涪陵师范学院学报》

2006 年第 1 期。

秦弓：《抗战文学与正面战场》，《河北学刊》2005 年第 5 期。

王明钦、徐英军：《论抗战时期中共团结抗战的宣传及其效应》，《许昌师专学报》（社会科学版）1993 年第 2 期。

周韬、谭献民：《论中国共产党与国民精神总动员运动》，《湖南师范大学社会科学学报》2006 年第 6 期。

曹艺：《新生活运动与国民精神总动员论析》，《民国档案》1999 年第 2 期。

周宗根：《抗战中的国民精神总动员运动》，《民国春秋》2000 年第 6 期。

谷小水：《抗战时期的国民精神总动员运动》，《抗日战争研究》2004 年第 1 期。

陈明明：《论南京国民政府腐败的政治根源》，《南京师大学报》（社会科学版）1997 年第 3 期。

文松：《十余年来南京国民党政权失败原因研究综述》，《历史教学》2001 年第 9 期。

马烈：《试析蒋介石成立三青团的原始动机》，《民国档案》1996 年第 4 期。

王春南：《贪污——民国政治痼疾》，《人民论坛》2004 年第 4 期。

赵春华：《殷鉴不远：抗战时期国民政府的腐败惩治》，《历史研究》2006 年第 4 期。

马俊山：《1937：戏剧突围》，《上海戏剧学院学报》2002 年第 1 期。

马俊山：《论国民党话剧政策的两歧性及其危害》，《近代史研究》2002 年第 4 期。

马俊山：《重返市民社会　建设市民戏剧——论 40 年代的话剧创作》，《中国现代文学研究丛刊》2003 年第 2 期。

马俊山：《从〈蜕变〉的审改看抗战时期国家认同的歧义性》，《中国现代文学研究丛刊》2005 年第 4 期。

王鸣剑：《中国现代话剧的黄金时代——抗战时期重庆的戏剧运动与创作》，《重庆社会科学》2005 年第 11 期。

何吉贤：《行走在路上的戏剧——"流动性"与抗战时期的民众戏剧》，《艺术评论》2008 年第 4 期。

何云贵：《抗战时期大后方的戏剧演出》，《戏剧文学》2005 年第 8 期。

李江：《大后方戏剧思潮的对象观念》，《青海师专学报》1995 年第 3 期。

李江：《论大后方剧作家的审美价值尺度》，《青海师范大学学报》（社会科学版）1991 年第 3 期。

孔刘辉：《〈野玫瑰〉上演的前后》，《新文学史料》2009 年第 2 期。

白杰：《〈野玫瑰〉批评与话语权力之争》，《石家庄铁道学院学报》（社会科学版）2008 年第 2 期。

肖宁遥：《抗战文化氛围中的〈野玫瑰〉》，《西南民族大学学报》（人文社会科学版）2005 年第 9 期。

李岚：《〈野玫瑰〉论争试探》，《中山大学学报论丛》（社会科学版）2000 年第 3 期。

文晖：《简谈〈野玫瑰〉的创作得失》，《中山大学研究生学刊》（社会科学版）2000 年第 1 期。

何玲华：《从〈野玫瑰〉之争看战国派文学》，《南昌大学学报》（人文社会科学版）2002 年第 4 期。

马俊杰、杨明生：《荒芜大地上盛开的"明艳"的野玫瑰——陈铨〈野玫瑰〉风波再探》，《大众文艺》（理论）2009 年第 13 期。

万安伦：《陈铨〈野玫瑰〉浅议》，《中国现代文学研究丛刊》

1998 年第 4 期。

刘安章：《评陈铨剧作的"浪漫精神"》，《重庆师范学院》（哲学社会科学版）1981 年第 3 期。

胡星亮：《陈铨与德国浪漫派戏剧》，《中国话剧研究》第 6 期，文化艺术出版社 1993 年版。

王海燕：《围绕历史剧〈屈原〉的一场国共斗争》，《文史春秋》2004 年第 10 期。

碧莲：《历史剧〈屈原〉的首次公演》，《文史杂志》2009 年第 6 期。

丁景唐、马积先：《抗战话剧史上的丰碑——陈鲤庭忆〈屈原〉在重庆的演出》，《新文化史料》1996 年第 3 期。

高音：《〈屈原〉——用戏剧构筑意识形态》，《文艺理论与批评》2006 年第 3 期。

余斌：《〈野玫瑰〉昆明出台前后》，《西南联大·昆明记忆》第一卷，云南民族出版社 2003 年版。

魏建：《得失之间的"戏"——郭沫若历史剧戏剧本体的再探讨》，《山东师大学报》（社会科学版）1993 年第 6 期。

倪伟：《"抗建文艺"与国民党的民族主义》，《社会科学》2005 年第 8 期。

周华：《论抗战中文学的浪漫主义现象》，《云南师范大学学报》（哲学社会科学版）1993 年第 3 期。

高玉：《重审中国现代文学史上的"民族主义文学运动"》，《人文杂志》2005 年第 6 期。

郑万鹏：《中国现代文学的"救亡"主题》，《海南广播电视大学学报》2005 年第 4 期。

魏朝勇：《民族主义的政治正当——陈铨的政治抱负和文学理念》，《开放时代》2004 年第 4 期。

孙宅巍：《陈诚在武汉会战中》，《武汉文史资料》1990 年第40 辑。

博士学位论文：

唐正芒：《论南方局领导的大后方抗战文化运动》，中共中央党校，中共党史专业，1998 年。

段从学：《文协与抗战时期的文艺运动》，北京大学，中国现当代文学专业，2006 年。

彭文斌：《战火硝烟中的文学生态——〈抗战文艺〉研究》，中国社会科学院研究生院，中国现当代文学专业，2006 年。

陈建新：《〈大公报〉与抗战宣传》，浙江大学，中国近现代史专业，2006 年。

宫富：《民族想象与国家叙事——"战国策派"的文化思想与文学形态研究》，浙江大学，文艺学中国现当代文艺思潮专业，2004 年。

张志云：《〈文艺先锋〉（1942—1948）与国统区文艺运动》，四川大学，中国现当代文学专业，2007 年。

周韬：《南京国民政府文化建设研究（1927—1949）》，湖南师范大学，中共党史专业，2008 年。

王永恒：《媒体的力量——抗战时期的〈新华日报〉及其影响》，华中师范大学，中国近现代史专业，2004 年。

潘志强：《四十年代"国统区"文学研究》，南京大学，中国现当代文学专业，1999 年。

刘圣宇：《四十—五十年代的文学转折》，北京大学，中国现当代文学专业，1998 年。

王家康：《抗战时期思想文化背景中的历史剧写作》，北京大学，中国现当代文学专业，2003 年。

硕士学位论文：

李莉：《"三厅"与武汉抗战音乐》，武汉音乐学院，音乐学专业，2004 年。

曹宁：《成熟与繁荣的历程：抗战时期的话剧运动》，西北大学，1990 年。

张好洁：《重庆抗战戏剧研究》，北京语言大学，中国现当代文学专业，2007 年。

刘文娣：《论国统区话剧创作的"自由"主题》，南京师范大学，2007 年。

汪翠华：《战时国民党文艺政策的晴雨表——〈文艺先锋〉研究》，西南大学，2007 年。

龚赛红：《抗战时期国民政府的思想文化传统》，中国人民大学，1990 年。

侯建国：《抗战时期重庆〈新民报〉研究》，中国社会科学院研究生院，1990 年。

张明平：《中共南方局的文艺政策》，重庆师范大学，中国现当代文学专业，2005 年。

柴怡赟：《〈野玫瑰〉及其风波》，中国社会科学院，中国近现代史专业，2005 年。

贺艳：《"战国策派"：关于国家与民族的叙事和文学想象》，西南师范大学，中国现当代文学专业，2003 年。

周津菁：《政治权力与话剧活动——论战时重庆"雾季公演"》，西南大学，中国现当代文学专业，2008 年。

袁丹：《1942 年—1945 年的〈新华日报〉副刊与国统区文学》，北京师范大学，中国现当代文学专业，2006 年。

后　记

　　在完成这本论文的过程中，我越来越深刻地体会到，研究者的生命体验和人生阅历之于文学研究的重要性。在我看来，来自书本上的文学史知识、文学文本或者理论方法都是苍白无力的，只有融入了研究者的生命和精神才能变得丰盈和生动起来。也许可以这样说，文学研究对象的深度取决于研究者的深度，而学术研究正是在历代研究者全副心力的滋养下不断发展和进步的。因此，从这个角度上讲，这个博论题目对于我这样一个从未踏出过校门的年轻学子，无疑是一个巨大的挑战。第三厅和文工会无论在抗战时期的民国史上，还是中国现代文学史上，都是研究较为薄弱的领域。现有文献史料的匮乏与历史叙述的轻描淡写造成了我在知识背景方面的严重缺陷。但是这样的"先天不足"反而调动起了我浓厚的研究兴趣，雄心勃勃地想要开拓属于自己的研究领域。

　　刚刚进入题目的时候是非常轻松的，我在搜集、查找资料的时候顺便进行了一番游历，以最为直接、感性的方式去触摸民国。从南京的中山陵、总统府，到台北的中正纪念堂、故宫博物院，随处可见的"天下为公"的高大牌坊让我深刻地感受到了中华民族精神文化血脉的贯通。当历史的中华民国和现实的中华民国共时性地出现在我面前时，我的研究视野才真正地打开了。在我的印象中最为深刻的一次触动是在从台中到台北的旅游大巴上，台湾导游播放了两部关于蒋介石和民国史的纪录片。其中对于蒋介石主持抗战大局、制定种种正确的抗战政策与策略、坚持抗战直到胜利以及宋美龄在美国不辞劳苦、奔波斡旋等史实的集中讲述，验证了我在南京图书馆翻阅抗战纪念册时的感觉，促使我开始在脑海里建构自己的民国印象与抗战史。

然而真正进入论文写作之后，我才意识到这个论题的艰巨性与问题不断。首先是文献史料的严重匮乏。在开始搜集资料的时候，南京第二历史档案馆、国家图书馆、中国社会科学院图书馆都在对档案、书刊进行封闭整理，我在预想中寄予很大期望的档案史料、台湾书报刊物方面都收获甚少。可以使用的只有中国现代文学馆、中国社会科学院文学所和近代史所图书馆，而在现有的文学史、近代史研究中，有关第三厅、文工会的历史叙述和评论的数量也是很有限的。其次是文献资料的不对等。我所见到的参考文献，绝大多数都是左翼文化人的一家之言，台湾学者的论述仅有一两部（篇），完全构不成对等的关系。而两岸学人的相关评述都集中产生于 20 世纪八九十年代，局限于时代和党派立场，缺乏客观的学术态度。在与台湾学者的交流中，我也非常遗憾地发现这个题目的研究在当代台湾同样没有得到重视。再次，面对众多以各种文本形态呈现的历史叙事，考验的是研究者知人论世的功力。在处理丰富复杂的历史事件时，以我单纯浅薄的人生阅历很难保证真实、到位地进入历史情境的想象和分析，并得出有突破性和说服性的结论，因而在很大程度上限制了论文研究的深度和具体论述的展开。因此，当我在多重的"先天不足"之下艰难地完成论文时，内心充满了遗憾：如果我能多读一些书、多积累一些文化历史知识和人生阅历，也许这本论文就可以写得更好一些。

博士学位论文的写作是我第一次深刻地体验到从事学术研究的艰辛，同时也是一次幸运的人生经历。我的博士生导师杨义、赵稀方两位先生在论文的选题、研究方法、资料搜集、框架结构等各个环节给予我悉心指导，常常在轻松谈笑间令我茅塞顿开，领悟到受用不尽的治学之道。在论文的准备和写作过程中，我得到了硕士生导师李锡龙先生和社科院文学所的张中良、黎湘萍、陈福民等前辈学者的关心和帮助，为我提供了许多宝贵的研究经验、资料和角度，对于拓展论文的深度和广度大有裨益。每当我在论文写作中遇到困难，年长于我、研究经验也远比我丰富的两位同门兄长王巨川和李思清都会放下自己的研究工作，耐心细致地帮我分析、理清思路，在论文修改阶段也提出了大量具体而富于建设性的意见和建议。还有在学习、生活各方面给予我帮助、和我一起为论文而艰苦奋斗的同窗学友，以及所有关心、鼓励、支持我的朋友们，在此一并致以衷心的谢意。

在社科院读博士的三年时光倏忽已逝，得遇良师益友，将是我生命中最宝贵的财富。相信多年之后，我在此收获的教益与情谊将依然是我受用不尽的精神宝藏，支持我的学术之路走得更长更远。

最后愿将此文献给我的父亲母亲，作为我有生以来对他们的第一份微薄的回报。

李　扬

2010 年 5 月于中国社会科学院研究生院